斂財小淘氣 1

文創風 547

涼月如眉 著

目錄

序言

涼月如眉

當編輯通知我《斂財小淘氣》能出繁體實體書時，我既驚喜又不敢相信。這本書的主題是輕鬆搞笑，甚至還帶一點點反套路，真的被慧眼識珠看中了嗎？

結果是真的！

也許這叫無心插柳吧？從小就一直喜歡看書，看多了自然嘗試著下筆。那時是寫在小本本上，興致勃勃的編寫自己想像的故事。

真難啊！那些明爭暗鬥的算計、你死我活的衝突，絞盡腦汁也寫得不如己意。可是每當場景轉換到輕鬆活潑無厘頭時，卻一氣呵成，自然流暢。往往自己回顧時還會忍不住莞爾。（我的笑點是有多低呢？）

磕磕絆絆的摸索中，終於知道自己比較拿手的還是輕快搞笑的風格。於是，這便有了一個不同的古言女主陸鹿。

女主就是牙尖嘴利了一點、愛財了一點、度量小了點、有自知之明了一點，這麼多一點綜合起來，就是一個有趣活潑的人物。

有趣的女主不管她有多麼苦大仇深的前世，總究是開朗快樂的。又因為有清楚的規劃，對錢財的喜愛也是坦蕩自如的。

至此，全文的基調就始終如一。

在我還沒下筆寫這個故事，男女主連名字也還沒設定好之前，他們的相遇和幾場有意思對話就已經反覆在腦海成形，還一遍遍演示過。因為自己喜歡，覺得寫出來，會有讀者也喜歡這一款吧？畢竟那麼輕鬆，不用動腦，也沒有陰狠到骨肉相殘。

此外，對於這本書的男主段勉，我寫得最是意猶未盡。外冷內熱，喜歡一個人卻不懂表達，表達得又生硬，彆扭得可愛。

這本書除了輕快有趣外，我覺得還能讓人融入。女主的光環我特意設定得沒那麼厲害，不可能一朝魂穿就宛如超人附身，全知萬能。她是普通人物，沒有傾國之貌也沒有顯赫的家世，自帶的技能在這個世界發揮有限，那就識時務的融入這陌生的環境。

我總在想像，一無是處的現代女穿越回古代，大抵就如女主這樣吧？隨遇而安，順勢而為，心態平和，不作不死。

最後，感謝默默看文的讀者。因為有你們，我好幾次想斷更的念頭都被打消了。再怎麼樣艱難，還是要給我喜歡的男、女主一個圓滿的結局。也謝謝起點這個平臺，謝謝我的編輯，更特別謝謝狗屋出版社在書海茫茫中慧眼相中這本書。多謝！

楔子

大齊國升元三年，初夏，陰晴不定。天有異象，太陽與月亮同時出現在天上，蔚為奇觀。而涼河那邊，小道消息瀰散京城——和國的騎兵已經逼近鐵門關。

京城官道上快馬飛書絡繹不絕朝禁宮而去，帶起煙塵滾滾，也引發人心惶惶。

陸鹿還清楚的記得。石榴樹下，陪嫁丫頭之一的春草驚慌的跑進冷園大聲喊。「小姐、小姐，不得了了！亂兵快要打進城裡來了。老夫人、夫人、姨奶奶她們都不見了！」

「啊？怎麼辦？」陸鹿頓時手足無措。

「小姐，快，快點收拾細軟，我們也跑吧！」春草急得快哭了。

「秋水、夏紋和冬語怎麼辦？」這三個也是她的陪嫁丫頭，早上出門到現在都沒回來。

春草跺腳催促。「小姐，她們早就隨老夫人跑了。要不是我去前頭催午膳，哪裡曉得府裡一個人影都沒有了。這群沒良心的，出這麼大事都不來通知小姐一聲……嗚嗚……」春草委屈地抹淚。

「好了好了，春草，不哭。我們也快逃吧。」陸鹿安慰著唯一還跟隨在身邊的丫頭，一邊跑回屋裡匆忙收拾細軟。

「轟隆隆——」震天巨響嚇得主僕二人立刻相擁，小臉煞白，身子瑟瑟發抖。排山倒海的鐵蹄錚錚及震耳欲聾的喊殺聲清楚灌進這荒僻的冷園。

天色越發陰沈昏黑。滿地的鮮血染紅了京城的大街小巷，到處是濃煙滾滾，到處是哭爹喊娘撕心裂肺的尖叫，到處是慘不忍睹的死狀。

紅色衣甲的騎兵揮著長長鋒利的彎刀，肆無忌殫的砍向奔逃的人流，而手握尖槍的步兵滿眼戾氣的剖挑著無辜百姓的身子。

大齊國都城玉京剎那間成人間地獄。映著「和」字的大旗高高飄揚。

縮躲在牆根殘壁斷瓦間的陸鹿和春草噤若寒蟬，眼睜睜看著「和」字旗所飄之處，血流成河，老弱婦孺無一倖免，死狀極慘。

天色越來越暗，烏雲壓頂，狂風大作，似山雨欲來。

「小、小姐……怎麼辦？」春草嚇得緊拽著她，一臉絕望。

陸鹿雙腿也在發抖，這等屍山骨海般的煉獄，她何曾見過？只能打著驚嚇嗝，一抽一抽地呼吸，頭腦全是一團漿糊。

忽聽到又是一陣山呼海嘯般的轟隆聲，地面彷彿也隨之震動般顫慄著。

緊接著聽到有人扯開嗓子驚喜喊。「是紫衣將軍！是紫衣將軍打回來了！紫衣將軍來救我們了！」

紫衣將軍？不就是陸鹿那未曾謀面的夫君段勉嗎？他、他竟然領兵解圍來了？鐵蹄踏地、疾風撒豆一般。「和」字旗驚慌掠過，繡著「段」字的紫旗緊追不放。

聽著飛矢嗖嗖如流星密集，伴著殺聲連天的怒吼，陸鹿忽然有主心骨似的，雙眸燃亮道：「春草，我們、我們有救了！」

「嗯，小姐，是姑爺！是姑爺回來了！」春草也喜極而泣。

主僕兩人天真的以為救兵來了，相互攙著從藏身地冒出頭。寒光一閃，一把彎口卷刃刀橫擋眼前。「哈哈哈，好水靈的妞啊，小的們，走大運嘍！」

說話的是橫擋在主僕二人面前的一隊衣衫不整、赤裸上身的雜牌軍。大約十來人，不曉得是和國敵軍還是齊國逃兵，總之面目可憎，滿眼的淫邪。

「你、你們要幹什麼？」陸鹿拖著春草駭然退後。

「幹什麼？當然是幹妳嘍！」為首那個口吐髒言，笑得邪惡。

「不、不要！非禮呀！來人啊！」陸鹿和春草同時拚命大喊。

「哈哈哈……」這十來人放聲高笑。這年頭，生死都顧不上，誰還管得過來一對偏僻胡同處的弱女子？陸鹿的心猛地沈到極點，明白此刻是凶多吉少。

「小姐，妳快跑！」危急時分，春草挺身而出捨命護主，將陸鹿大力朝後一推，雙手展開擋住那幫混蛋。

「啊，春草？」陸鹿踉蹌著想衝上前，就見為首那個一把就將春草扯進懷裡，大手一撕就剝去她的上衣。

「不要！」春草奮力掙扎，淚流滿面。

「春草！」陸鹿心疼極了。

「小姐，別管我，快、快去找姑爺！」這是陸鹿聽到春草所說的最後一句話。

「找段勉，找到段勉救春草……」這是陸鹿拚了命奔逃的唯一動力。她不停的跑、不停的找，終於甩掉緊追不捨的混蛋們，在一處傾斜歪扭的招牌下見到騎著高大白馬、身著紫袍的段勉。

只是一個側影，紫袍上一片染紅，透著詭異的紫紅。護臂鎧甲沾染著紅紅白白，尖頭鋼槍以所向無敵、秋風掃落葉之勢挑落和國騎兵，在他周圍，屍首堆積成小山。

沒錯，是他！陸鹿難掩激動之情，眼淚不停的流，一直流，渾然忘了這裡還是殺聲一片的戰場。

紫袍將軍來不及喘口氣，就長槍一揮道：「殺一百敵軍者，賞金百兩。殺兩百者，賞金四百兩，殺一千者，升職副將。兄弟們，殺！」

重賞之下必有勇夫，在敵我軍力懸殊的情勢下，重賞是提升士氣最直接的方法。陸鹿聽罷抹了一把淚水，想擠過去，可沒等她有所行動，那軍旗一揮，段勉便與兵士廝殺著向皇城方向去了。

「段勉！」陸鹿只來得及放聲銳叫。沙啞的聲音如水滴大海，沒起一絲波瀾，就淹沈在角鼓四起、馬踏大地的轟聲中。

「哼哼。」

身旁突有陰惻惻的冷笑響起，陸鹿嚇得一個激靈，扭頭一看，死人堆中爬出一名身穿紅色盔甲的中年男子，搖搖擺擺拄著一柄彎刀，血糊一臉的猙笑，道：「妳是段勉的女人？」

陸鹿不答，抬腳就跑。

「站住！臭娘們，給老子站住！」中年男人的罵聲如影隨形。

陸鹿知道，被抓住就死定了！她只有撒腿跑，跑得越遠越好！

流箭亂射，慘叫聲不斷，哭喊聲未息，房屋噼哩啪啦起火，到處是煙塵和血腥味，而天色很暗，烏壓壓如一張黑網撒下。

「噗！」劇痛傳來，陸鹿右腿一軟，栽倒在地。

煙塵處閃出中年男人，他昂首得意的忿罵。「臭娘們，讓妳跑！妳再跑呀！」

陸鹿挪動被槍釘中的傷腿，一步一步朝前爬，拖出一道鮮紅的血痕。

「段勉的女人吧？很好，很好！老子先玩夠，送段勉這小王八蛋一頂世上最大的綠帽子，哈哈哈……堂堂齊國紫衣將軍的女人成了我明平治的玩物，羞死他段家！」

腿上的劇痛並沒有令陸鹿喪失理智，她清楚的聽明白這頭畜生的下流意圖，神情決然，眸光絕望，死死咬緊嘴唇，恨恨地啐噴口水。「呸！」

「哈哈哈……」明平治已是勝利在望，渾然不在乎她的反應，步步逼近。

突然，太陽消失，剎那間黑夜籠罩大地。

四周慘叫哭喊聲變成驚駭尖叫道：「天狗吞日了！」

「啊！天要亡我大齊國不成……」

「嗚嗚……」

鬼哭慘叫中，那中年男子不錯過機會，大步上前伸手一撈。但，地上哪裡有傷者呢？

不消片刻，黑雲消散，日光漸漸透灑下來。一口水井赫然出現在中年男人腳邊。井水黑幽，深不見底，波紋震盪，令他莫名生出寒意。

第一章

大齊正平九年，仲夏。北水支流分叉下的陸家莊西河岸，蟬鳴陣陣。一群打著赤膊、身體曬得烏漆抹黑的村童在水中打鬧嬉戲。岸上樹蔭下納涼的村人談論著田地收入，指點著不遠處渡口的來往行腳者。

陸鹿愜意的拿張荷葉蓋在臉上，躺在河邊一塊光滑石塊上。正好一樹蔥蘢的枝葉幫她遮蓋大部分烈陽，只剩點點光斑漏枝而下。

聽著蟬聲歡唱、孩童嬉鬧、牛哞遠揚，她覺得自己在升元三年的那場遭遇或許只是一場惡夢，太過真實的惡夢而已。

然而，她明白不是。她跳井的剎那，天狗吞日。等她再次睜眼，卻成了一個瘦小的十四歲女娃。

如果只是這樣，她也不會那麼糾結忐忑。更詭異的是她的身體同時還進駐了另一道來自未知世界的靈魂。漸漸，原屬陸鹿懦弱的部分被對方一點點侵佔。

她同時有兩種記憶。竟記得有關陸鹿的部分，也擁有一個叫「程竹」的記憶。

「小姐，小姐！」一道清脆尖嗓子在叫喚她。

陸鹿還是一動不動，她曉得這是丫頭春草的聲音。春草只比她小一歲，可是卻像小大人似的，盯她盯很緊。

「小姐，妳又跑出來了？」春草尋了過來，苦笑不得地拿開她蓋臉的荷葉。

陸鹿瞇了瞇眼，慢吞吞坐起，不在意道：「哪有什麼關係？外頭涼快多了。」

「可妳是陸家大小姐呀！妳看妳……」春草一瞥之下大驚，大小姐還把褲管擼起，露出細白的腳踝，嚇得手忙腳亂幫她抻平。

「小姐呀，衣衫不整要被人指指點點的，這要傳回益城讓老爺知道，奴婢活不成了！」

陸鹿隨意拍拍春草的細肩，安慰。「沒事的。這裡沒人我才敢捲起褲腳。」

「小姐……」春草扁扁嘴。

「這鄉下莊子，哪有城裡那些講究？」陸鹿站起來拍拍屁股穿上鞋道：「回吧。」

春草搖頭嘆氣。瞧自家小姐這副衣著，不像小子也不像姑娘家的，這要讓益城老爺、太太知道，非扒了她們這些服侍的人皮不可。

「小姐……」春草快哭了。

「打住。」陸鹿趕緊抬手。

雖穿到這裡一個月都不到，可是她算看明白了，只要春草露出這副神情，那就又要展開長篇大論。比跟在身邊的衛嬤嬤還嘮叨。程竹那世，她獨立慣了，不愛哭也不喜歡看女人動不動哭哭啼啼。光哭能解決問題嗎？

「夏紋呢？」

「她去那頭尋妳了。」春草聽聞她提及另一個貼身丫鬟，便指指相反方向。

「哦。去叫她回家吧。」

「小姐，那妳……」

陸鹿遞給她個放心笑容。「我慢慢走回去，妳們快點追上。」

這樣安排似乎不妥當，春草心裡猶疑，卻見大小姐已經大步走開，不得不追著叮囑一句。「小姐走慢點。」

「不妨事，妳快去尋她回來。」

「是，小姐。」

重生之前，陸鹿十五歲時，被以沖喜名義抬入段府，因出身商戶，雖拜堂卻算不得正妻，一個貴妾而已。誰知道她不但新婚夜沒見到夫君段勉，就是拜堂都是由小姑抱公雞成禮。

更倒楣的是沖喜未成，段老太爺反而一命嗚呼。於是，她被挪到偏僻的冷園，度過五年的隱形人生活，直到戰亂跟春草逃生，慘死。

想到春草忠心護主、受辱慘死及自己最後跳井而亡，陸鹿心口一痛，腳步一滯。

因段家下帖子求娶，明知一個商戶女坐不到正妻位置，陸家陪嫁卻甚是豐富，丫頭配齊四個。

想到最後棄主逃生的其他三個，陸鹿苦笑。似乎也不能全怪她們棄主逃生，那種危急時刻，除了春草這個憨丫頭外，誰會顧得上一個沈默懦弱膽小的主子呢？

唉！這世，定不教悲劇重演就是了。

陸鹿暗下決心。不嫁段府、避亂江南是她首要的兩大目標。

若她記得沒錯，過些日子，益城的陸父會派人將她接回去，並不是要享天倫之樂，而是讓她待嫁，挑一個最有利於陸家利益的人家將她嫁出去。

在益城陸家過活，可不比遠在鐵門關附近的陸家莊單純隨興呀！

陸鹿邊思忖這些日子梳理的資訊，邊挑了一條羊腸小徑返家。

流水淙淙，野花爭芳，若不是確認這裡屬於古代齊國，附在陸鹿身上的程竹簡直要流連忘返，樂不思歸了。

多藍的天呀，多白的雲呀，多青的山，多綠的水呀。

空氣嘛……聳聳鼻子，花香草香，好像還有牛糞味，並不十分清新。舉目張望，視線落在坡下的河面。咦？除了白晃晃的水波，怎麼還有一片紅色呢？

陸鹿早已不是原本那個膽小怕事的陸鹿。她好奇又小心的跳上前，定睛一看。這塊紅一半浸水中一邊搭岸邊，好大一坨，似乎是個人？

又再站近點。看清了，是個男人仰面躺著，鬍子拉碴，臉色青白，還有點浮腫。而紅色則是他的戰袍。

戰袍？陸鹿心一驚。

此地離鐵門關不近，但也不遠，關外是齊國死對頭和國邊界。和國人窮凶極惡、全民習武，妥妥的好戰分子，騷擾鄰國、欺辱邊民的事每個月總會發生二十來起。

陸鹿再不曉事，也聽莊子裡的提過，和國士兵好像就是穿紅色盔甲？

「哼哼！」陸鹿陰惻惻的笑了。

她捋起袖子上前先探探鼻息，竟然還有絲絲氣息。

陸鹿審視他傷情。腿一直流血，染紅了河水，前胸也有砍傷，手臂更不用說，有刺傷。

看來已是將死之人，沒什麼好怕的，她伸手就開始搜索傷者的身上。

重點是銀子、金葉子，次則是密件什麼的……都沒有！窮鬼！還好他腰間有一把古樸佩刀，不長不短正好給她防身用，反正不能白髒手。

俐落的拿到手，抽出刀對日光一照，寒光流動，嗅有血腥。

「行了，可以去死了。」陸鹿藏好搜羅來的佩刀，抬腳踢向紅袍傷者，對方卻紋絲不動。打量一眼，雖然他下半身浸泡水中，仍可看出身材高大修長並結實。

「還奈何不了你半死不活的混蛋？」

陸鹿不會忘記逼死她及春草的仇人是誰，稱呼混蛋已經很文明了。

她狠狠一腳重踹，還是沒動。考慮到時間問題及春草的耐心，陸鹿只好將衣袖與褲袖高高捲起，站到淺水邊拽著傷者的腿將他往水中拖。

「嗯……」悶悶的痛吟從男人的喉頭發出。

陸鹿猝不及防，嚇得鬆手，差點跌坐水中。

段勉喬裝成和國士兵深入和國邊境刺探軍情，在抽身返回之際意外被識破。饒是他藝高人膽大，還是雙拳難敵四手，身負重傷，拚著僅存的一點意識跳入橫跨兩國的北河中。

負傷實在太重，隨波漂流中，他最終昏迷過去，怎麼漂到這陸家莊外面的河中他是一點印象都沒有。

就在他頭腦一片渾噩、求生的意識也快要失去時，就碰到陸鹿的折騰。搜身，他沒什麼反應，直到踹他，並進一步拖他下水沈溺，段勉總算稍稍回過神來。

見他痛吟出聲，陸鹿傻眼了。真是具有小強般的生命力呀！這樣都不死？不行，得趕緊送他去死！

陸鹿深吸口氣，奮力拖起他傷痕累累的腿往水中拽。這樣還溺不死你，我就不姓陸！

「得得得」的急促馬蹄聲由遠而近。

陸鹿並不在意，這裡離鐵門關雖不遠不近，總有不著調的將士路過。

「看，在那邊！」有人在岸上驚喜大喊。

陸鹿拖著段勉的腿抬眼一望，土坡飛奔下來三個黑臉的少年男子，衣袂飄飛，好像是藏青的戰袍。

咦？這不是大齊國將士的標配嗎？陸鹿眼珠子一轉，立刻有了新想法。

活捉敵軍一枚，會不會有獎賞啊？一定會有吧？她現在很缺錢啊！

於是，陸鹿不再將段勉的腿往深水裡拖，而是拱一拱往岸上抬，並對奔跑過來的少年疾呼。「快點，來搭把手。」

少年們先是一愣，本以為是個小子，聲音聽來分明是個少女？

不過，救人要緊。於是他們在稍愣後，顧不得脫鞋就跳下水，兩人抬頭，一人配合陸鹿抬腿，同心合力的將段勉運到乾燥的岸上。

「段參將？你沒事吧？」

陸鹿當先就放下褲腳和袖子，卻在聽到少年們著急稱呼後又傻怔了。參將？還姓段？不會那麼背吧？

三少年一邊試圖喚醒段勉神志，一邊解開濕答答的紅色戰袍，各自懷裡都摸出藥瓶開始施救。看得出，這三名年不超過十六的少年手法嫻熟，動作飛快、配合得當，很快收到了成效，段勉緩緩地睜開眼睛。

「段大人，你醒了？」

三少年喜極而泣。

「嗯。」段勉忍著劇痛問。「這是哪裡？」

「大人放心，這是咱們齊國境內。」

「幸好趕上了，總算不負顧將軍一番苦苦尋找，我們這就召人送您回軍營。」其中一少年掏出根管子模樣的物體，朝天一揚。

「咻！」白日焰火，不對，是信號，衝天而散。

陸鹿看了半晌稀奇，腿也站麻了，這要死不活的段參將不把她當回事就算了，怎麼這三少年就如此赤裸裸地忽視她的救命之恩呢？

「咳咳。」陸鹿輕輕咳一聲。

其中一個看起來比較老成的少年這才注意到她還沒走，詫異問：「姑娘，妳怎麼還在？」

陸鹿嘴角輕微一抽，斂正神色細聲細語道：「呃？這位大人無恙，民女不勝欣喜。」

「多謝姑娘。」少年們這才意識到他們不是第一個發現者。

「舉手之勞，不值一提。」陸鹿瞄一眼鬍子拉碴、似乎歲數很大的段參將，淺淺笑。

「若非三位小哥及時趕來，民女縱然一己薄力也無可奈何。」

三少年交換個眼神，拱手道：「姑娘不畏凶險，勇氣可嘉，請受我等一拜。」

「哎呀，這，民女不敢。」陸鹿慌忙避身。她不要口頭感謝呀，她要金子、銀子！

其中一個好像聽到她內心吶喊，解下腰間一個沈甸甸的袋子，掏出一錠銀子奉謝。「一點小意思，請姑娘收下。」

陸鹿還假意推辭了番，道：「民女愧不敢受。」

「請姑娘收下。來得匆忙，改日大人復原定當重謝。」另一個也鄭重勸她收下。

陸鹿只好裝作不好意思道：「如此，民女恭敬不如從命。」

喜孜孜地接過亮燦燦的銀子，陸鹿向一直閉目運氣調息休息的段勉蹲蹲身道：「段大人此難已消，必有後福。請多保重。」

段勉忽睜開眼睛問：「姑娘尊姓大名？貴府何處？段某改日定登府酬謝。」

陸鹿想了想。大齊國男女雖不同席，但並不是那麼變態的防得緊。民風偏近歷史上的唐朝，雖然沒那麼開放，可也比明、清要開明多了。救命之恩問個姓名也不是什麼大事。

「民女程竹。家居河對岸榆樹村。」

段勉點點頭，上下打量幾眼，暗忖：個子單薄，衣裳空蕩，面容沈靜，眼眸淡定。膽子不小啊！

「嘶——」腿傷發作，他齜了齜牙。

「段大人……」三少年急忙圍上前。

陸鹿既然得了好處，自然也沒必要圍觀他們的施救過程，悄沒聲息就溜走了。

段勉的傷多是外傷，刀箭刺傷頗多，又在水裡泡過，一時半會兒被三少年控制，卻很快又發作了。好在也沒過多久，後續增援的人手到齊，眾人七手八腳將他抬上藤床擁著轉回軍營。

陸鹿半路遇到春草和夏紋，免不得又被春草囉嗦了幾句。

她們從陸家莊正門進去了。整個鄉莊就數陸家最氣派，三進三院，整潔又乾淨。

衛嬤嬤是陸鹿的奶娘，先幾年對陸鹿被繼太太送到莊子裡來很是不服氣，也曾暗中想了些辦法希望把這元配劉太太的唯一骨血留在益城教導。

但幾次三番跟繼太太龐氏過招後，總是敗下陣來，又見龐氏也沒加害到底，只是不聞不問而已，便歇了心思，轉而認真教導陸大小姐行為舉止。

本來還滿好的，陸鹿被她教得謹慎膽小，很少出這莊子蹦躂，可自從大半月前，陸大小姐打秋千摔下來腦袋著地，躺屋裡兩天兩夜眼看沒氣了，衛嬤嬤急得差點一夜白頭時，她又醒轉過來。

大小姐醒了，莊子裡服侍的人也鬆口氣，可是沒想到性子卻大變了，變得活潑頑皮，莊子裡再也關不住她，這不，又施施然沒事人一樣的從外頭回來。

從頭到腳沒點小姐的樣子，衣上沾了草屑，裙褲濯還濕得不像話，髮型也亂了。

「大小姐……」衛嬷嬷板起臉，等在三進院子門檻。

陸鹿馬上摸頭，臉色痛苦嚷。「哎喲，我的頭……」

自從秋千架上摔下來躺兩天兩夜再醒轉後，陸鹿還喜歡裝頭疼。衛嬷嬷請了大夫瞧過，說是上回摔跤碰到頭又昏迷時間久，留下了後遺症，叮囑不可惹怒病人，不然頭疼症發作，可沒藥醫。但凡她嚷頭疼，衛嬷嬷就沒轍。

陸鹿梳洗一新，坐在梳妝檯前任夏紋幫她綰髮。

她面無表情地瞧著，鏡中人皮膚略白，眉眼很精緻，五官秀雅。有嬰兒肥，沒完全長開。真正發育好後，必定是個眉目如畫的小美女，現在只是個美人胚子。

沒有表情時，顯得很溫婉和順，一旦說話，眉宇間就染上俏皮靈動。

陸鹿嘆氣。想她還是程竹時，可是前突後翹、五官明媚大氣的美女，沒想到死後穿到這具身體，卻是這麼平板一塊。

唯一值得慶幸的是穿成小姐，衣食無憂不用那麼苦哈哈。不過，說是穿越嗎？想起「陸鹿」悲苦的記憶，她胸口很是悶痛不快，儘管她現在認為自己是程竹、是穿來的，可陸鹿那世的灰暗人生，也如她親身經歷。或許，兩個人都曾是她吧？

再嘆了一聲，她不再糾結自己是誰，轉而想起自己這陸小姐的逍遙日子也快到頭了。記憶中，中秋前兩天會有益城陸家的人來接她去團圓。

說好聽點是團圓，說難聽是她的繼母龐氏緩過神來，想起還有這麼一個發配鄉莊的嫡女，年紀也十四了，正是婚配年紀，可以拿來利用一下。

在陸鹿的記憶中，龐氏可不是什麼善茬。她填房到陸家後，肚子也爭氣，生下兩個兒子陸應和陸序。只不過再爭氣，家裡小妾也沒減少，如花小妾不少，庶子庶女們更是爭先恐後的往外蹦。所以她宅鬥忙，顧不到發配到鄉莊的嫡女，才讓陸鹿苟延殘喘的活到十四歲。

「小姐的頭髮又黑又順，梳各種髮式都好看。」夏紋幫她綰好髮誇一句。記憶搜索被打斷，陸鹿咧嘴對鏡一笑。「那是妳手巧。」

夏紋喜得福身。「謝謝大小姐誇獎。」

「行了，出去吧，我有點睏，要歇會兒。」

「是，小姐。」都快西斜了還歇？夏紋偷覷一眼窗外日頭，可她不敢攔阻。

春草端來茶點，就看到夏紋掩上門，問明情況後，磨牙笑。「夏紋，妳就不能不依著大小姐？這晌午都過了，再歇，晚上可怎麼辦？」

「可是大小姐的話，我可不敢駁。」

「我去。」春草是跟陸鹿從小一起長大的，膽子大，情分重，比別人更能說上話。

推門，裡頭閂上了。春草小聲喚。「小姐，還沒歇吧？奴婢送蓮子糕來了。」

「嗯，放下吧。」陸鹿鼻音懶懶的。

春草再敲門，卻沒有聲響，只好跺腳走到偏房候著。

房裡的陸鹿哪會歇著。她從床底最裡處翻出個不起眼的木盒來，拭去灰塵，開了鎖。裡面擺著不少碎銀子，她將今天得來的一錠放進去。

這是她的私產，誰都不知道。

從陸鹿回到十四歲這年，到程竹的魂附上，她都只有一個終極目標：離家。

六年後，玉京城發生戰亂，江南卻僥倖躲過。所以她不但要避開段家不靠譜的沖喜婚事，還得想辦法逃離江北遷去江南。這年代，交通不發達，行路難，更難的是沒錢，寸步難移。

所以，陸鹿開始一點一點積私產。陸家每月有例銀送來，不多也不算很少，可惜都掌握在衛嬤嬤手裡，她試過幾次想拿回財政權，都被衛嬤嬤果斷的駁回。

沒錢，一切都妄談。陸鹿看著盒子裡少少一點銀子，嘆起氣來：這什麼時候才能攢夠？

放下盒子，她將後腰的物件翻出來仔細瞧瞧，頓時樂了。

從姓段的大鬍子那裡摸來的寶刀，刀鞘古樸大氣，色澤渾厚有年頭，刀柄剛好一手可握，雕著繁複的花紋，刀刃又鋒利無比，想來她摸到寶了。

只不過，她不打算賣掉。她正愁找不到適合的防身利器，這把刀對她來說，是雪中送炭。

軍營。

段勉躺在行軍床上，身上、腿上都裹著厚厚的紗布。「王平、鄧葉。」

兩名少年應聲而入，拱手道：「屬下在。」

「我的那把短刀呢？」段勉著急問。

短刀？王平和鄧葉對視一眼，同時搖搖頭。

段勉仰頭閉目回憶了下，刀原來一直藏在靴筒裡，只因為跳入河中怕丟失，他還特意拴牢在腰間，放在手能輕易拿到的位置，萬一有什麼風吹草動，他好迅速抽刀應對。

王平想了下，補充道：「段大人，屬下救治大人時，就沒看到那把短刀。」

「當真？」

「屬下不敢欺瞞。」

段勉眼前浮現陸鹿見到贈送的銀子時，眼裡閃動的狂喜，咬牙狠狠道：「去！去榆樹村找程竹！」

王平和鄧葉詫異對視一眼。「大人是要重酬程姑娘嗎？」

「嗯，重重酬謝。」段勉深吸口氣。

與陸家莊隔河相對確實有個榆樹村，一百多戶人家。

王平和鄧葉帶著禮物及段勉的格外叮囑很快就趕過來。先去見了保長，開始大力誇頌民間奇女的義舉，末後請出程竹相見。

保長開始還很高興，村子裡出這麼一位能人，不管性別是什麼，總歸救助了位軍爺大人，日後必定能討點好處。誰知聽來人道出名字，卻傻眼了。

「程竹？」他們村沒有姓程的呀？而且十來歲的女娃要麼出嫁了，要麼留守家中，都是沒有大名的，稱呼以二丫、招弟、來弟、鐵妮為多，誰吃飽撐著給一個鄉里村姑取這麼文謅謅的大名？

「沒有？」王平和鄧葉這回真是大吃一驚。

保長不敢隱瞞，都知道當兵的是最不講理的。若是欺瞞，可能會拔刀相向，他可沒有幾個腦袋。「是，軍爺，確實沒有。這是天大的好事，老夫高興還來不及，豈敢推辭？實在村裡沒有這麼個姑娘家。」

王平老成些，冷靜問：「附近可有程姓人家？」

保長想了想，再次搖頭。「據老夫所知，這方圓三十里沒有姓程的人家。」

「對岸呢？」

「對岸是陸家莊，是益城陸大老爺的莊子。」

「陸家？」王平和鄧葉交換個眼神，心裡有了主意，準備渡河往陸家莊。

鄧葉問：「你以為這程姑娘是陸家莊的人，故意謊報村莊？」

「沒錯。」

「那，這個名字會不會也是假的？」

王平一愣。這的確有可能，只是他沒想明白，為什麼那個看起來單薄的小姑娘有如此的心思，為什麼撒謊呢？救助了一位大人，不是值得高興的事嗎？明明說好過後重謝的，難道她……

「鄧葉，我猜段大人那把短刀必是被她拿走了。」

「何以見得？」

王平嘴角撇出個冷笑。「心虛！」就是心虛才作假！

晌午時分，日頭正烈，蟬鳴似唱。陸鹿快快起身，由著春草和夏紋幫她梳洗，看樣子今天出不去了，兩丫頭盯得很緊。

衛嬤嬤手裡拿著花樣子進來道：「大小姐，這是益城新出的繡花樣子，我瞧妳好些天都沒摸過針，今日也歇夠了，該溫習溫習這女紅了。」

「哦，放那裡吧。」陸鹿無精打采。

衛嬤嬤努嘴指使另一個灑掃丫頭。「去把小姐的繡花繃子拿過來。」

「是，嬤嬤。」

陸鹿不由瞪她一眼。步步進逼呀！

衛嬤嬤還就打算守著她，絕對不讓她再找藉口偷懶了。都十四的姑娘家，鄉里人家這麼大的做娘的都有，這大小姐還一門心思瘋玩。

這時，莊上僕婦來報。「小姐，保長來了。」

「他來做什麼？」

「不知道，同來的還有兩位軍爺。」

軍爺？陸鹿眼皮猛跳。她壓下驚疑向衛嬤嬤道：「煩勞嬤嬤去招呼一下客人。」

莊子裡原本有莊頭，一應外院的招呼都歸他們管，保長指名要見大小姐還是頭一回。只是，帶著來歷不明的軍爺，這事就不好由小姐出面了。

衛嬤嬤答應一聲，撣撣衣襟隨著僕婦去前院。她前腳走，陸鹿後腳就帶著春草、夏紋偷偷摸摸的溜了過去。

前院偏廳，這會日頭正曬，正好院前有一株百年老槐樹遮去大半陽光，偏廳又剛灑掃過，倒也涼快。

陸鹿雖是莊子裡最嬌貴的小姐，可主持事務的卻是陸大老爺指派的王管事兩口子。這莊裡田務和莊內瑣事都歸他們打理，每月向益城大老爺彙報。

王管事恭敬接待了保長和兩個少年軍士，寒暄後，直入正題。

「程竹？沒有。」王管事直接否認了道：「莊裡人口簡單，下人、傭婦不過三十幾口，沒有叫這個名字的。」

第二章

王平和鄧葉對視一眼，問道：「敢問王管事，前些天可有莊內女子出莊遊玩？」

王管事眼角一抽。遊玩？可不就是家裡大小姐嗎？不過事關小姐名聲，且名字也對不上，更是一口回絕。「沒有。」

「你再想想。」

王管事煞有介事想了想，道：「真沒有。」

此時，衛嬤嬤正巧過來向保長見禮，保長便問：「陸大小姐可在府上？」

「在，在繡花。不知保長有何事相詢？」

保長指王平和鄧葉道：「兩位小軍爺說，前些天有奇女子勇氣可嘉營救負傷的段參將，如今參將大人傷勢穩定，特遣他二人重重答謝。」

聽到重重答謝，蹲後牆根偷聽的陸鹿不淡定了。

是銀子呢還是綢羅？總歸是錢吧？到底要不要冒出頭承認呢？但當時自己留了心眼，報的可是假名呀？不對，假名又如何，她臉可是真的！

正在猶豫，那鄧葉就笑道：「也順便問一聲那位程姑娘，可見著我們參將大人的佩刀沒有？」

「佩刀？」衛嬤嬤錯愕過後，搖頭。「兩位小軍爺只怕要失望了。我們這裡不但沒有什麼程竹姑娘，更加沒有喜歡舞刀弄槍的野丫頭。」

「能否請出莊上十五、六歲的姑娘們辨認一番？」鄧葉不客氣問。

王管事臉色一滯，這不好吧？是在認嫌犯嗎？

衛嬤嬤更是沈下臉色道：「兩位軍爺當我們這陸家莊是什麼地方？別說小姐不能見，就是服侍小姐的丫頭們也正當妙齡，怎麼能冒冒失失見外男？」

就是就是。陸鹿猛點頭。

她一聽對方還要查證佩刀，就把要冒頭出來領賞的心思按下了。萬一賞沒領成，扣她一頂「順手牽羊」的帽子，她豈不因小失大？

王平和鄧葉再交換個眼神，保長在一旁誰也不便得罪，只好裝聾作啞。

於是，王平不得不掏出軍牌，少年老成道：「軍令如山，違者斬。」

靠，不要臉！就這麼一個破事還搬出軍令，真是拿根雞毛當令箭。

陸鹿忿忿暗啐一口。旁邊春草暗暗扯扯她衣角，於是主僕仨又悄沒聲息的溜回後院。沒過一會兒，就有僕婦來請春草和夏紋過堂，哦，不對，是過審。

陸鹿藏好佩刀，然後對著鏡子開始化妝。

她明白這兩個少年軍爺不達目的不甘休，只怕這柄佩刀是那位段參將的心愛之物，不搜出來不好回去交差。既如此，她很可能也會被拎出去讓人認一認的。

以他們強硬霸蠻的作風，而她又是個不得意的商戶嫡女，被拎出去讓人看，也不是多奇怪的事。

化好妝，再看一眼鏡中的自己，面色黃中帶黑，鼻頭有幾處明顯的雀斑，顴骨畫影顯高了，嘴巴慘白慘白的，很符合大病初癒、怯弱的模樣。再換上最亮最豔的夏裝，還將鞋子多墊幾層，陡然填高身形，看起來跟上次在野外的陸鹿形象有很大差別。

衛嬤嬤氣鼓鼓的進來，先是看她一眼，愣了愣才嚷道：「我的大小姐呀，妳怎麼這副模樣？」

「衛嬤嬤，前頭怎麼樣了？」

「哎呀，簡直欺人太甚。那兩軍爺說要找人，把我們莊上丫頭看了個遍，說都不是。這會兒還不肯走，說要請出小姐一見呢。」

「簡直豈有此理，嬤嬤可著人去報官沒有？我好好的陸家大小姐，豈是外頭臭男人可見的？」陸鹿顯得很氣憤。

衛嬤嬤老臉一愣，期期艾艾道：「大小姐，這、保長都在，報官只怕沒用。」

「那嬤嬤說怎麼辦？」

「呃？那個，自古這秀才遇到兵，有理說不清。」衛嬤嬤為難道。「王管事和保長也說，小姐就見見無妨。反正，有他們陪著，誰也不敢說閒話。」

陸鹿翻個白眼，就知道會這樣。

「唉！胳膊扭不過大腿呀。誰讓我是沒娘的孩子呢？空掛著大小姐的名頭，誰都敢上門欺負。」陸鹿按按眼角，無奈假嘆。

衛嬤嬤心酸，也抬抬袖子抹淚道：「大小姐受苦了。老奴愧對先太太。」

陸鹿假意撲到她懷裡，聳動肩膀哭道：「衛嬷嬷求妳別說了。」主僕兩個正在傷心，王管事家的女人來催。「大小姐，外頭軍爺還等著呢。」

衛嬷嬷厲聲道：「催什麼？讓他等去。」

「算了，我還是見見去吧。」陸鹿回頭對王管家的婆娘道：「讓兩位軍爺去水榭等著吧。」

水榭？莊子裡是有一處池子，不過很小，也沒什麼看頭。

衛嬷嬷對愣愣的王管事女人道：「還不去？難道妳要讓大小姐跟那群丫頭們一樣傻站著，讓外頭男人過眼？」

「奴婢不敢。」王管事的女人唬一跳，急急去了。

陸鹿握著衛嬷嬷的手表示。「謝謝衛嬷嬷。」

她才不要近距離讓那兩個什麼狗屁軍爺盯著仔細瞧了，萬一穿幫呢？在水榭邊晃一眼就算客氣了，好歹也要維護一下小姐的身分不是？

陸家莊的水榭窄小又破舊。柱子的紅漆有些地方掉色了，臨水池子稀稀疏疏幾株沒什麼姿色的荷花，也沒有魚，只有一汪不大清澈的水。

王平和鄧葉看得嘖嘖直呼。這哪是什麼大戶人家的小姐住的地方呀？就一般鄉紳家都不會這麼破落吧？

王管事陪著笑等著，遠遠見衛嬷嬷伴著一名少女過來，忙道：「兩位軍爺，我們大小姐來了。」

回廊之下，衛嬤嬤身邊的少女穿得特別喜慶，粉紅上衣、紅色長裙，梳著雙鬟，兩耳垂下些許細髮。

「她是……」

「回軍爺，正是我們大小姐。」

王平和鄧葉都是跟段勉練過眼力的，雖隔著些距離，還是看清對方五官和皮膚。似曾相熟，可又帶著點陌生。

「身量好像不對？」鄧葉仔細觀察悄聲道。

「嗯，這位好像高不少。」

「鼻上有雀斑，眼神也木呆呆的。」鄧葉評價起來一點不留情。

王平搖頭嘆氣，向王管事問：「王管事，貴莊所有未嫁女子都露過面了？」

「回軍爺，是的。」

鄧葉又問：「沒有走親戚的女客嗎？」

王管事很肯定的保證。「絕對沒有。」

「那打擾了。」

兩人失望告辭。遠遠的，陸鹿面無表情在廊下輕輕走動，也不抬頭，始終溫婉不語。直到看見他們衝王管事拱手道別，才心喜放鬆。

衛嬤嬤暗中看了她一眼，不好多說。

等客人被送出莊後，她遣退春草、夏紋，冷著臉審問。「小姐，妳老實說，他們要找的人是不是妳？」

「不是。」陸鹿面不紅心不跳地否認。

「當真？」

「真真的，比真金都真。」

「妳發個誓。」這年頭，最重誓言。

陸鹿毫無心理壓力的舉起右手，鄭重道：「我所說的句句屬實，如有欺瞞，讓我被水淹死。」

反正她前世就是跳井而死，死過一次了。

衛嬤嬤急忙上前堵住她的嘴，惶恐道：「我的小姐呀，這種誓怎麼能隨便發呀？」

「妳說要發的。」陸鹿嘟囔。

「哎喲，我說大小姐呀！妳、妳不能再這樣口沒遮攔了！」衛嬤嬤憂心忡忡道：「這鄉莊到底不能久居，妳可是陸家大小姐，要乖巧知禮、進退有據。這樣才好找婆家。」

「衛嬤嬤，妳覺得我那個繼母會給我議門好婆家嗎？」陸鹿用困擾的商討語氣問。

衛嬤嬤又驚著了。這別的女孩子，就算是丫鬟、村姑，說到找婆家這個話題都是含羞帶臊的，怎麼小姐一副理所當然的口氣呢？

陸鹿不覺得失禮，手肘撐桌若有所思道：「不會配個鄉里小子吧？」

「大小姐。」衛嬤嬤果斷截下她的自問自答，板起臉色教誨。「這不是妳一個小姐該打聽的。」

「衛嬤嬤，我若不早點作決定，萬一繼母那邊弄點小手段，豈不一輩子毀了？」

不論是古代還是現代，嫁人相當於女人第二次投胎。嫁得好，下半輩子無憂；嫁不好，下半輩悲慘。

無數事例已經證明過，陸鹿也不用多說，衛嬤嬤自然心裡有數。

「大小姐，妳別管了。這些日子，妳好好在莊子裡學女紅針線活。就安心等著大老爺接妳回城吧。」

「我爹會接我回去嗎？」陸鹿歪頭問。

衛嬤嬤嚴肅神情，鄭重點頭。「會，一定會。」

時光如梭，很快到立秋了。也不知益城陸靖大老爺哪根筋不對了，忽然派了兩個管事婆子來接丟在鄉莊多年的陸鹿。

兩個管事婆子都穿得極為體面整潔，行為舉止有度，就連衛嬤嬤都自嘆不如。一打聽，卻不過是聽候太太差遣的二等婆子，還不是貼身上檔次那種。

也不用準備什麼，聽說家裡已經收拾出一進院落，專等大小姐回去。

於是，在一個風和日麗的秋晨，陸鹿終於離開陸家莊往益城前去。除開衛嬤嬤外，春草和夏紋都是帶上的。另外的粗使婆子和小丫頭各帶一名，輕裝上車，很快就駛離偏遠的鄉莊。

一路上，陸鹿很興奮。記憶中沒出過遠門，前世回益城時都悶在馬車內，連簾子也不敢掀，程竹穿過來後也不過偷偷摸摸趕了幾回鄉集，大城市、大鎮都沒來得及去逛呢。

這下好了，她沿路挑起窗簾與春草、夏紋肆無忌憚的指指點點。一會說那座山不錯，一會兒指坡邊水夠清，逢著打尖歇息的地方更是興奮得睡不著。

那兩個婆子自然是冷眼旁觀，瞧見這元配劉氏唯一骨血就這麼一副鄉下妞的模樣，暗暗發笑。

她們此來，一來接人，二來也為觀人。

老爺、太太無意中說起，算了算大小姐十四了，不能再丟鄉間不聞不問，該找戶人家議親了，至於能議到什麼親事，不但取決於身分，也要看行為舉止。

原來養在鄉間，又是這副野丫頭舉止，那太太也不用多慮了，更加不用感到威脅。

衛嬤嬤到底多吃了幾年鹽，也冷眼瞅見這兩個城裡來的管事婆子目露鄙夷之色，便背後勸了陸鹿幾回，又嚴加喝斥春草、夏紋胡鬧，帶壞大小姐也沒規沒矩。

兩個丫頭嚇壞了，再不敢放縱小姐撩起簾子隨意看景，還分別坐兩邊嚴防她再出么蛾子。

陸鹿心中頗不以為然。不過，身在這種環境，不得不隨波逐流，當下也收斂了幾分越發張揚的性子。

這天，一行馬車拐過十字路口，朝一條寬闊筆直大道而去。

衛嬤嬤認出這條路直通到底便是益城了，有些坐不住了。

突然「嘩啦」一聲，前頭馬車輪一歪，壞了，後頭的煞不住，差點相撞，拉車的馬也閃了一下腰，跳騰不起來。

沒辦法，只好靠邊停車，先修車輪，其次給馬看傷。

陸鹿跳下馬車，轉頭扭腰伸展活動四肢，問道：「離益城還有多遠？」

管事婆子回。「還有十五里。」

「那，幾時修得好？」

車夫回。「回大小姐，最多兩刻鐘。」

「行，那抓緊吧。瞧這天色，只怕要下雨。」陸鹿抬頭望天。

秋風比較寒涼，日頭也沒那麼毒辣，天邊飄著幾片烏雲。

「得得得」馬蹄聲急促如撒豆，由遠漸近。眾人順著聲音舉目望，後方有煙塵滾滾，好似千軍萬馬般馳來。

衛嬤嬤忙將陸鹿護到身後，叮囑春草和夏紋。「快閃開，只怕是軍爺過路。」

「切，不知道的還以為土匪來襲呢。」陸鹿翻個白眼。

不但他們，其他行人也紛紛閃避讓路。

那一溜煙塵很快就逼近，近看，果然是驍健的戰馬數十騎，個個揮鞭疾駛，馬蹄騰空，帶起一陣旋風從他們跟前掠過，頗有千騎捲平岡之威風。

「咳咳！」被濃塵嗆到的陸鹿頗為難受，差點要不顧形象的衝到路中跳腳破口大罵一句：趕著去投胎呀？

秋雷「轟隆隆」地在雲間滾動。

陸家的馬車還沒修好，可烏雲卻不等人，狂風也吹起來了。眼見怕是要下雨。衛嬤嬤跟兩個管事婆子頭碰頭商量了下，決定騰出拉行李和粗使婆子的馬車讓陸鹿先行一步。她們記得前面幾里遠有一座道觀可以暫避一下，而這裡的兩輛馬車則留下管事婆子和丫頭看守著。

衛嬤嬤和春草擁著陸鹿上了馬車，催促著車夫快馬加鞭，趁著秋雨還在醞釀多趕些路。

嘩啦啦！驟雨突降，如飛瀑沖石似的，噼哩啪啦打在窗櫺，陸鹿搓搓雙臂低嚷一聲。

「好冷！」

春草機靈地翻出一件披風給她披上，道：「小姐別凍著了。」

「一場秋雨一場涼。幸好早備下了秋衣，不然這冷天趕回府裡，只怕也要著涼。」衛嬤嬤扯扯自己身上的夾衣，很有先見之明地笑。

陸鹿感受到馬車還在不要命的趕，而外頭的雨透過窗縫絲絲縷縷的滲進來。

原先這輛馬車就是放行李兼給粗使婆子和丫頭坐的，品質不算多好，陳設更是簡單，很快的秋雨就一點一點的漏進來。

「衛嬤嬤，這怎麼辦？雨水漏進來了！」春草靠著窗哭著臉，半邊手臂都滲濺了不少雨絲。

「忍著，就快到了。」衛嬤嬤那邊情況也好不到哪裡去。

外頭車夫也可能讓秋雨催的，死命趕馬，頭上分不清是汗水還是雨水，總之，就在他全身濕透、眼睛都快讓雨糊得睜不開時，一道閃電劈下，劃開雨線，照亮十公尺遠的視線。

青雲觀到了！春草摸出一把油紙傘先提了裙子跳下馬車，放下杌凳。

衛嬤嬤送出陸鹿，也跟著舉起一把傘，急急的朝道觀山門而去。

這場雨來得實在又快又急又大。地上濕滑，陸鹿踩著雨水，低著頭扶著春草的手目不斜視的跨上道觀臺階。

「站住！」從臺階之上傳來一聲厲喝。

陸鹿主僕三個同時抬眼。莊嚴的殿門前，兩個佩刀的大漢一臉凶惡的攔在前頭。

幾時道觀有這般凶神把門呢？衛嬤嬤很納悶，不過她很快就陪著笑，上前說明。「我們是益城陸家的，不巧半路遇雨，暫借貴觀避避，請行個方便。」

「段大人在此歇足，閒雜人等退散。」

我呸？陸鹿差點暴起。什麼狗屁段大人，他歇足，別人就進不得？豈有此理，太欺負人！妥妥官欺民，只怕是個驕淫霸道的大貪官。

「憑什麼？」春草也很沒大沒小地叫嚷起來。「他歇他的，憑什麼我們避不得？」

「春草！」衛嬤嬤喝斥住春草，繼續陪著笑商量。「兩位爺，行個方便，雨水這麼大，我們主僕仨只求一方避雨淨地便可，絕不會多添麻煩。」

陸鹿狠狠白一眼這兩個攔路的傢伙，提起裙子就踏上臺階。

見她如此，「咣」一聲，大漢將刀出鞘。

陸鹿低頭吩咐。「春草，叫救命。」

春草一愣，卻機靈了一回，放開喉嚨大聲喊——「殺人啦！救命啊！來人啊！殺人啦～～」她還在變聲期，嗓子又尖又銳，聲聲劃破道觀的寧靜。

大齊國崇道，鄉鄉有觀，鎮鎮有道，且香火都還旺盛。青雲觀又處在這益城外大道旁，自然香客不少。今日大雨，香客們也一時趕不回去，讓段大人的手下給趕到後頭偏院去了，這會兒聽見嘩啦啦雨聲中傳來驚惶尖叫，個個都探出腦袋想一瞧清楚。

兩大漢俱是怔了。還真不好下手，尤其是這光天化日之下，何況對方只是想避避雨而已，理由再正當不過了。可是，他們是得了段爺吩咐守在這裡，也不可能隨便放人進去呀！

「讓她們進來吧。」忽然裡面傳出道清冷的聲音。

刀收鞘，大漢閃開。「進去吧。」

陸鹿翻白眼。吃硬不吃軟的混蛋！

正殿果然又暖和又乾淨。空氣中還有濃濃的香火氣息。陸鹿稍稍抬眼，就看到殿上散坐好些人，個個精壯剽悍的樣子，望見她們進來，皆警覺的盯著。

她們很自覺地直走到角落避風的地方，衛嬤嬤替陸鹿撣撣頭上、衣服上的雨珠，唸道：「小姐，方才太冒失了。以後斷不可如此任性了。」

春草卻歡喜道：「若不如此，我們還在外面淋雨呢。」

「這幫人不知底細，若他們動真格的，咱們可就凶多吉少了。」衛嬤嬤還心有餘悸，她可是親眼看到刀出鞘了。

「道觀清淨地，想來無論多凶殘之人，必定也會手下留情吧。」陸鹿微微一笑。

衛嬤嬤詫異睜大眼。原來小姐早有算計，算到道觀之地他們不會真的拔刀相向，所以才默許春草放聲尖叫？

「怕只怕，這事後……」衛嬤嬤方才老眼一溜，看清這幫人周身隱隱殺伐之氣，個個面容不善的樣子。

陸鹿沒接她的話，反正走一步看一眼唄。總是前怕狼，後怕虎的，顧慮越多越吃虧。

「咦，這位可是陸家莊大小姐？」有道略耳熟的聲音在十步之外響起。陸鹿聽聲辨音最是靈，稍加思索就認出這聲音好像是當日河岸救援三少年之一。

果然，聽得衛嬤嬤驚愕問：「可是前些日子入府的軍爺？」

「小的王平。衛嬤嬤是吧？」王平笑嘻嘻邁步過來。

陸鹿心道：糟了！要穿幫了！

前次給他們看的可是化了醜妝的陸大小姐，今天絕對不能讓他見著真容，不然這欺瞞之罪扣下來，她們主仨可吃不了兜著走。

她抬起袖子掩面避身，不讓王平看到。春草以為小姐是矜持含羞，便搶在前頭擋了擋王平的視線。

「陸小姐，幸會。」王平拱手致禮。

陸鹿羞答答，嬌怯怯的垂著頭微微側身，並不多言。

衛嬤嬤看得十分欣慰，只覺這才是大小姐該有的舉止，這些天緊急輸灌的速成教導看來起作用了。

「王軍爺，你也在此避雨？」衛嬤嬤客氣寒暄。

王平笑。「衛嬤嬤客氣了，叫我王平就是，可當不起一聲爺。小的是陪同我們參將大人回京，遇雨暫歇此處。」

「哦，就是那位歇足此處的段大人？」衛嬤嬤恍然大悟。

王平嘿嘿乾笑，拱手。「不知者不為過，還望陸小姐大人大量。」

「軍爺客氣了。」陸鹿捏起嗓子，細聲細氣還禮。切，說得好聽。就算她不是熟人陸小姐，三個普通女人避雨，怎麼說也不能拒之門外吧？這會兒派人過來察看，發現是熟人，就賠禮，倒讓人更輕視了。

陸鹿從始至終都不給王平正面看，當然他也不怎麼想看。那一臉的雀斑，還有那木木呆呆的神情，王平可沒忘了。他又略跟衛嬤嬤閒扯了幾句，不好逗留太久，便回去覆命了。

有些事，是越憋越急。像現在，陸鹿有點內急，她忍了忍。聽著外面嘩啦啦、淅淅瀝瀝的秋雨敲簷瓦，到底忍不住，臉色糾結的向衛嬤嬤道：「我、我去方便一下。」

「小姐，我陪妳去。」春草自告奮勇。

陸鹿看她一眼。因為一直顧著不讓小姐被雨淋著，春草半邊身子都濕透了，這會裏貼在身上，雖發育未全，還是多少能看出點女性曲線。「妳老實待著，哪兒也別去。」

春草被小姐打量幾眼，也跟著低頭看到自己這濕答答的狼狽模樣，羞紅臉忙不迭點頭。

「知道了，小姐。」那就只好讓衛嬤嬤陪去了。

可是，陸鹿指指正殿那一群凶神惡煞，壓低聲音道：「衛嬤嬤，我瞧方才那王平看春草的眼神不對，妳守著點，別鬧出什麼醜事來才好。」

衛嬤嬤唬一跳，看一眼滿臉羞紅、低頭一直在整理衣襟的春草，不敢相信地問：「小姐，妳可別嚇老奴！」

「真不是嚇妳。嬤嬤，妳守著春草，我去去就來。」

「小姐，妳不能單獨出門！」相對於春草的名聲，衛嬤嬤更關心陸大小姐，這般獨行，豈不更惹人口舌？

「不要緊。我很快就好。」陸鹿捂著肚子，眉毛皺一起，擺擺手，一步一挪的向著偏殿後側門去。

衛嬤嬤正要跟去，誰知那王平偏巧過來，手裡還端著熱湯，好心巴巴的送過來，立刻就引起了衛嬤嬤的高度警戒。果然是黃鼠狼給雞拜年——沒安好心！他要沒點齷齪心思，幹麼特地送熱騰騰的湯水幫她們祛寒降溫啊？

可憐的王平，好心沒好報，還被衛嬤嬤瞪了好幾眼。

殿外秋雨比先前小多了，只飄著零星毛毛細雨，秋風卻不減，颳得觀裡古樹東倒西歪，抖落一地雨珠。

陸鹿其實想趁著身邊跟隨的人少，好好逛逛這青雲觀。解決了內急，又沒有衛嬤嬤在旁邊嘮叨，沒有春草寸步不離的束縛，陸鹿神清氣爽的信步遛達。

唉！就要進陸府當大門不出、二門不邁的陸大小姐了，只怕以後出門放風的時間都沒有，當然要趁著現在好好吸吸新鮮空氣。

我吸……咦？什麼怪味？陸鹿聳聳小巧鼻子，循著怪味飄來的方向漸漸靠過去。只見長廊內側有一圓月門，桂樹下站著一名身材高大修長的男子。

頭佩玉冠，冠中鑲紅色玉石，身穿暗菱紋紅色長袍，襟繡淺銀卷雲紋，紮一條鑲玳瑁淺黑腰帶，足登帶銀紋的絳紅色靴子。面容俊朗、神色冷峻、目勝寒星、膚色微黑。此刻聽到動靜，神情清冷的望向圓月門外花癡的陸鹿，嘴角微撇，表情很不屑。

哇哇哇～～帥哥耶！大帥哥！陸鹿好像能聽到自己吞嚥口水的聲音。

這款正是自己最心水的。俊朗有男子氣概，清冷孤傲，帶著「生人勿近」的霸氣樣子，她喜歡！

第三章

「嗨，你好。」陸鹿拿出前世的作派，大大方方朝他擺手。

冷峻男子目光一滯，好像被驚到了。

「方才你有聞到一股怪味沒？」陸鹿主動搭訕。

冷峻男子眸光稍稍下垂。將他表情全部收納的陸鹿順著視線一看：地上彷彿有一灘污水，污痕看起來彎彎曲曲，是很粗壯的長條形。

「這是什麼？咦？臭死了，不是你放屁吧？」陸鹿順腳走近，才打量一眼就很不秀氣的捂鼻子拿手搧風。

冷峻男子見她靠近，肌肉繃緊，拳頭蓄勢待發……聽她嫌棄的這麼一問，身形一歪，差點趔趄，用「見鬼」的表情瞪視她。

「對，就是這股味道，很刺鼻！」陸鹿顧不得欣賞眼前帥哥，蹲下身嗅了嗅，歡喜笑。

「沒錯，就是這氣味，難聞死了！」

「妳聞到了？」對方開口了，聲音低啞嘶沈，好像聲帶受損了一樣。

陸鹿背負雙手衝他綻開個自認最親切甜美的笑容，天真俏皮地點頭。「是呀。老遠就聞到了。」

「呵呵，妳可真不走運。」冷面帥哥緩緩揚起手。

「大人，你沒事吧？」鄧葉突然衝進來，一眼看到陸鹿，煞住腳步，疑惑呼道：「程姑娘？」

「嗨，又見面了。」陸鹿見躲不過了，自然地打聲招呼，幸好衛嬤嬤和春草沒跟在身邊，不然先前的苦心隱瞞就白費了。

鄧葉點點頭，走到冷面帥哥身邊，低聲問：「大人，您還好吧？」

「解決了。」帥哥指指地上。鄧葉低頭看著漸漸被雨水沖刷掉的彎曲粗條形，倒吸口冷氣，驚恐抬眸望向沈穩的大人。

「這位大人是……」陸鹿求證。

「我認得妳。」冷面大人目光灼灼地盯她一眼，道：「程姑娘是吧？我的刀呢！」

什麼？後知後覺的陸鹿突然醒悟，這位冷面威武的帥哥，就是那天河中奄奄一息的大鬍子參將段大人？不會這麼衰吧？怎麼會是他？為什麼鬍子刮掉會差這麼多？騙子！

「什麼刀，沒見過，不知道。」陸鹿一臉無辜。

鄧葉幫忙回憶。「就是前些日子，我們段大人受傷，蒙姑娘在河中救起，但是，段大人隨身佩帶的一把短刀不見了。請問，姑娘可見著了？」

「沒有。」

段大人冷目斜她一眼，寒氣逼人。「沒有？」

「就是沒有。你們怎麼不去河裡撈撈看呀？或許掉在河底也說不定呢？」陸鹿捋捋頭髮出主意。這可是她辛勞的收穫，才不還呢！

「程姑娘，這把刀是我們段大人……」

「閉嘴！」段大人似乎很不樂意鄧葉透露這把刀的價值。

陸鹿從開始的花癡流口水到現在知曉身分後翻白眼，實在不想跟他們再待一塊兒了，擺擺手輕描淡寫。「下次聊吧。我家人還等著我趕路呢！」

鄧葉福至心靈，飛快瞄一眼段大人，上前一步陪笑問：「不知程姑娘將去何方？」

「哦，上益城探親。」

「益城？探親？」鄧葉記下了。

「嗯，沒事不要纏著我問東問西，保持距離。」陸鹿揮手趕鄧葉離她遠點。

鄧葉嘴角抽了抽，倒是冷面段大人目露鄙夷之色。方才是誰倚著圓月門發花癡的？是誰冒冒失失衝來主動搭話的？這會兒裝什麼良家淑女啊？

彷彿聽到他不屑一顧的腹誹。陸鹿轉頭再次打量一眼冷面段大人，靈活的眼珠微微一轉，笑咪咪福福身問：「不知這位段大人大名如何稱呼？」

「妳問這幹什麼？」鄧葉不解。

「哦，關於那把刀，或許過些日子，我心情不錯想起當日情景，說不定能對大人有所幫助呢！」

「我們段大人，單名一個勉。」

段勉？果然是他！陸鹿的第六感沒錯。現在是正平九年，他只是一個參將，六年後升為將軍，也不算升遷得太慢。

此時她眼裡早沒了花癡般的狂喜，取代的是深深的恨意。

殺千刀的混蛋！混蛋一家！那些前塵往事，凝結成滔天恨意，陸鹿恨不得現在就抽刀先結果了他，出出這口前身的惡氣。

段勉敏銳的感覺到對方散發出一股幽幽怨氣，對上她黑白分明、掩也掩不住的恨意，覺得很莫名其妙。

「呵呵，段大人，打擾了，告辭。」陸鹿斂下眼中噴薄而發的怒意，只想趕緊離開這裡，離這傢伙遠遠的。早知這傢伙是段勉，當天在河裡就該一刀捅死他，要不是前世從沒近距離瞧過他，就不會錯過這機會了。

「站住。」段勉開口了，臉色仍冷清，眸光微動，抬抬下巴道：「方才妳所見，不許透露半個字，否則，殺無赦。」

最後三字，段勉的表情是凶厲可怕的。要不是看在這名叫程竹的花癡女曾救過自己，段勉本來要殺人滅口了。

陸鹿臉色一僵，深深吐口氣，心底一片惱恨，面上卻硬是被她擠出個不自然的假笑，道：「不能說？好可惜呀，民女見段大人這一身紅，只怕是要趕進城當新郎官呢，還打算討杯喜酒，原來要保密呀，行，收到。」

言罷，提起裙襬，快速晃出圓月門。

「嘶——」牙疼似的抽氣出自鄧葉，他驚恐發現段勉的冷面變換了顏色，由黑轉紅再轉青，拳頭捏緊，急忙陪笑。「大人息怒。一個沒教養的村姑口無遮攔，不值得大人動怒。」

「氣死我了！」段勉這人，年紀不大，卻少年老成，一向喜怒不放在臉上的，但這會兒，他是真的被這個叫程竹的女人氣得怒形於色。

「大人，程姑娘也是天真爛漫、心無城府，看在她曾援救大人的分上，饒她一命吧？」想想也不過是個小女娃，鄧葉勸了兩句。

「死罪可饒，活罪難恕。」段勉按捺下心頭無名怒火，抬抬下巴。「派人跟著她。那把刀，一定被她順手牽羊拿走了。」

「是，大人。」

段勉低頭看一眼自個兒這身打扮。他身為男子漢確實有點偏愛紅色，正好他也能駕馭紅色。紅裳翩翩，往日他這一身街上那麼一走，惹無數懷春少女拋撒繡帕花枝，收獲的愛慕眼光可以點亮整個夜晚。

今日被陸鹿這麼一頓奚落，他再看這身打扮，就煩躁莫名。

鄧葉小心觀察他的臉色，見果然又恢復清冷虎臉，暗暗替陸鹿鬆口氣。

「鄧葉，那邊道士你去處理。」段勉畢竟從軍多年，心情調整很快，衝他往旁邊偏廂方向點頭。

鄧葉明白。朝中有人想段世子回京，也有人要制止他回京。這場秋雨折射出朝堂分派，看來二皇子與三皇子之爭朝堂已是心照不宣了。

青雲觀確實只是他們臨時歇腳避雨的地方，沒想到就是這樣還有人佈置圈套想下殺手對付段大人。好在，段大人機敏，成功避險。

避了禍，段勉心裡另有打算。這次奉詔回玉京，時間緊，任務重，對手根本不可能提前在每一處落腳點佈置。唯一的解釋就是他隨身所帶的精兵心腹之中，有內奸傳遞消息。

若不是看出那個送茶的假道士有名堂，只怕這會兒，身首異處的就是他段勉了吧？還有這個假道士，不像是臨時安排的刺客，道士所住的這處院子雖小而偏僻，可是陳設極高檔，還養著一條巨蟒，不為人知。

這也是為什麼行事穩重的段勉會遣開隨行心腹，獨闖院子制伏對手的原因，唯一沒算到的，就是那個闖入的花癡女了。

聯想到青雲觀離玉京城只不過兩天的路程，快馬加鞭還只要一天半，段勉就更是疑思重重。

雨已經停了，地面仍是濕透的，陸家莊的車馬也緊趕慢趕的在青雲觀停下。管事、婆子們個個都淋得渾身濕，借著道觀偏殿，請小道士燃起火盆烤乾外衣。

段勉一行人，當然是趕路要緊。臨走之前，段勉看一眼鬧哄哄的偏殿方向。這個程竹一看就是個狡猾的村姑，膽大包天，甚至敢譏諷他，她說的話水分太大，只怕要打對折。

說是進城探親，段勉猜想她可能是陸家的丫頭，隨陸小姐回益城而已。

鄧葉和王平見他回頭打量陸家那一堆人，以為他還在懷疑那個陸小姐。

「大人，陸家小姐她……」

正說著，剛好夏紋穿了件跟陸鹿顏色差不多的裙子，在殿門前急匆匆一晃而過。段勉一瞧，自覺猜測正確，擺手道：「沒事，走吧。」

一個陸家的丫頭，不足為患，等騰出手來再找她算帳。

這一行人又浩浩蕩蕩、神氣十足的絕塵而去。陸鹿躲在後頭看著是氣得牙癢癢的，卻又無可奈何。

以前的陸鹿懦弱無能膽小，被人嫌棄死了也不敢抗爭，最後還落個投井慘死的結局，這一回，她一定一定不要重蹈覆轍。此外，若能好好教訓一下這個負義的段勉那就再好不過了。

想起那灰暗的一生，陸鹿不但記恨段勉，整個段家她都恨上了。這個恨呀！難以消除，無法釋懷！

雨後，天空如洗，草木青碧。陸家一行人收拾妥當後，也匆匆趕著進城。

對於偶遇段勉，陸鹿在最初忿恨後，倒也冷靜下來。恨又如何？一個是商女一個是侯府世子，只要避免得當，以後可能永遠不會有交集了。況且真要報復，風險也太大。

「唉！」出不了心口惡氣，陸鹿只能悶在馬車中，看著外頭嘆氣。

益城很快就到了，衛嬤嬤讓她放下窗簾。匆匆一瞥，城門高深，牆垛上錦旗獵獵，進出城門的百姓牽擔趕車十分擁擠。

手癢地挑起轎簾一角，陸鹿偷偷打量這離玉京只有一天路程的益城。

因為離天子腳下很近，又依山傍水，佔據得天獨厚地形，水陸發達，是以，益城的繁華比起京城並不差，某些方面還有超越的架勢。

「咳咳。」衛嬤嬤乾咳提醒陸鹿注意舉止。

陸鹿斜她一眼，悻悻放下手，端正坐姿，認真問道：「衛嬤嬤，妳說父親看到我，會高興嗎？」

「小姐多慮了。小姐是陸家長房嫡女，如今接回來一家團聚，老爺自然是高興的。」衛嬤嬤安慰她。

「我算算呀。」陸鹿掐指算道：「從五歲被隔離到現在，有九年了。這九年，我頂著長房嫡女的頭銜，卻再也沒回過益城。」

「咳咳。」衛嬤嬤急劇咳嗽，急忙教誨。「小姐，進了府有些話可要收斂點，小心惹得老爺、太太不高興，又打發回鄉莊，就沒臉了。」

「哦。」陸鹿想了想，又問。「哪些話可以收哪些可以放呢？」

衛嬤嬤無語看著她，忽然覺得前途未卜。她可是教導大小姐之中資格最老的嬤嬤，如今養的小姐毫無端靜淑雅的樣子，入了陸府少不得要鬧笑話吧？鬧笑話倒也不打緊。若出什麼岔子，她這教養嬤嬤可少不得被連累受罰。

「總之，小姐，多看少言，萬事和為貴。」

陸鹿瞧她緊張不安的神情，了然笑笑。其實陸府有什麼人，她心裡清楚著。重活一世，她變了，陸府的人事卻沒變，她相信甩去懦弱的自己，可以遊刃有餘地解決無謂的麻煩。

馬車行進在喧雜熱鬧的街道，漸漸喧鬧之音淡去了，陸鹿聞到了淡淡花香，猜想離陸府近了。

她是沒娘的嫡女，又被冷落忽視多年，正門肯定不讓進。至於側門，按理若是小姐的馬車，必要拆掉門檻好方便馬車進入垂花門前，可陸鹿沒這待遇，直接被放在側門前下車。

抬頭仰望一眼高達一丈的黑瓦白牆，牆頭探出一枝枯萎的淺紅花。

兩個管事婆子笑吟吟趕上來道：「小姐這邊請。」

衛嬤嬤臉色很不好，她是懂點規矩的，明知這樣不合常理，卻又不好當場發作，只默默護著陸鹿邁進陸府側門。

看得出來，這是後宅院，花木扶疏，錯落有致，遊廊雅緻，處處皆景。

陸鹿倒沒覺得稀奇，可是身體內程竹的靈魂卻是頭一回遇見，不停地拿眼四處掃描，暗中嘖嘖稱奇：果然是大富之家。

這整個逛大觀園的節奏啊！亭臺水榭處處可見，樓閣小院庭院深深，還有這來往的丫頭婆子，穿戴確實不凡。

陸鹿還記得這陸府也跟官宦世家治理內宅一樣，丫頭分三等，以腰間飄帶為區別。能混到一等大丫鬟，那就跟小姐沒兩樣了，粗活不說，細活幾乎都不用染指的。

從西側門進到門房有一面影壁，然後是小花園，右邊垂花門則是兩排院子。又穿過一處遊廊，轉到旁門，仍是花團錦簇。

幽幽小徑花香瀰漫，過了好幾處小花園，得一道如意月門，沿著青石板通道，可見更多來往的丫頭僕婦。再走過一道抄手遊廊，便可見樹木之間飛簷高翹，想必是內院正房了。

前頭有處三間抱廈，裡頭得了信，迎出一個穿戴不俗的婆子，滿臉堆著笑上前給陸鹿見禮。「老奴見過大姑娘。」

接人的兩個管事婆子趕緊福身喚。「王嬤嬤。」

衛嬤嬤認得，低頭貼耳說：「這是太太身邊的王婆子。」

龐氏的御用婆子？陸鹿不好表現太過熱絡，太掉她嫡小姐的身分，微微笑應一聲。「王嬤嬤好。」

「哎喲，不敢當。姑娘請隨老奴這邊來，太太等很久了。」

「有勞嬤嬤。」

陸府後院龐氏當家，治理得井井有條。正院上房雖不少丫頭侍立，卻不聞聲息，見王嬤嬤接了一名罩著秋香色披風的少女款款而來，情知就是生活在鄉莊的大小姐，紛紛上前打起簾子。

便有輕聲脆語報：「太太，大姑娘到了。」

陸鹿目不斜視，踏足進正房就撲面一股甜沁暖香，還有淺淺脂粉香。一屋子金光燦燦的擺設，她來不及欣賞，就被帶進檀架屏風後的起居外室。見她進來，裡頭起了點動靜，女人居多，珠光寶氣，花紅柳翠的看著眩目。

「太太，大姑娘接到。」

陸鹿不用看也知道上座那婦人便是龐氏，福了福身口稱。「向母親請安。」便盈盈拜下去。

「起來吧。」龐氏臉上掛著淺笑招手。「過這邊來。」

便有一個腰纏緋紅衣帶的丫頭過來扶起陸鹿。陸鹿飛快瞅她一眼，記得是龐氏四個一等丫頭之一的如意，向她淺淺一笑。

如意也回過笑，矮身見禮。「大姑娘好。」

龐氏年紀不大，三十出頭的樣子，容長臉面，皮膚保養不錯，五官不是很出彩也不難看。她托著陸鹿的手，不鹹不淡笑道：「好相貌，我瞧著比明容更明豔。」

她這麼一說，旁邊侍立的易氏陪笑道：「容姐兒哪裡比得上大姑娘。」

豔麗的朱氏掩帕笑道：「太太眼光自是不同。大姑娘這模樣，我瞅著倒跟太太有七、八分像。」

聽見這明顯的諂媚，易氏輕鄙她一眼。

陸鹿知道這屋裡還有陸靖幾位小妾，雖是長輩，只她是主子，斷沒有給她們先見禮的道理。果然，打趣幾句後，龐氏便擺擺手令幾位妾室先見過陸鹿。接著，衛嬤嬤領著春草、夏紋拜見主母。

龐氏略微說了幾句，揮手讓退下，然後向王嬤嬤道：「大姑娘服侍的人怎麼才兩個丫頭一個婆子？一會兒挑幾個伶俐的去竹園供大姑娘差遣。」

「是，太太，老奴昨兒個已經挑了兩個手腳俐落的丫頭、兩個婆子、兩個粗使丫頭，只等大姑娘過目。」

陸鹿很領情，向龐氏笑福身。「多謝母親。」

只有朱氏嘴角撇了撇，心道：這龐氏可真有控制慾呀?!這才第一天，就將自己人安插到大小姐身邊，想得可真長遠！

正房內，各自見禮又禮貌客氣了一番後，陸鹿有些睏倦了，便想著告辭。卻聽門簾嘩啦一聲，接著一個變聲的沙啞嗓音笑道：「聽說今日家裡來了個姊姊，我可趕上了吧？」

原本表情淡漠的龐氏瞬間笑臉如花，語氣寵溺道：「偏你們耳報神多。」

早有兩個一模一樣的少年公子束著玉冠，穿著天藍色綢袍輕快的進門，向著龐氏笑咪咪見禮。

龐氏欠身一手拉一個，喜笑道：「下學了，怎麼衣服也不換就過來了？」

兩個少年依著龐氏，笑應。「脫脫穿穿的麻煩，一會兒還要去二叔家見大哥哥。」他們嘴裡跟龐氏說話，眼睛卻瞄向安靜的陸鹿。

「這就是養病在鄉莊的大姊姊嗎？」右邊那個更跳脫，指著陸鹿笑嘻嘻問。

「正是。」龐氏笑咪咪點頭，又向陸鹿道：「這便是妳兩個弟弟，從小頑劣，最是調皮，只有老爺才能管得住。他們若是煩妳，只管找我或老爺說一聲。」

「大姊姊好。」

這兩個正是龐氏這半輩子的驕傲。仗著兩個兒子，龐氏很是意氣風發了一段日子，以至於都沒想起找陸鹿的茬。

等她想起嫡女被以養病的名義送到鄉莊後，本想乾脆地收拾掉，好給自己生的嫡女騰出嫡長女的位置。沒想到她沒生出嫡長女，新近入門的朱氏卻生了個庶子。龐氏有了危機感了，也沒功夫管陸鹿，與朱氏鬥智鬥勇兼拉攏易氏為夥，總算將更年輕美貌的朱氏氣勢壓了下去。

陸應和陸序今年十三歲，與庶弟陸慶跟著家裡請的先生在前院書房讀書習字。功課還好，不甚出彩卻也博取了個秀才資格。

陸靖手握巨富，唯一遺憾沒作成官，自己是一生無望了，便將希望寄託在兒子們身上，陸鹿對這些彎彎繞繞還是記得的。

她盈盈起身笑還半禮道：「兩位弟弟好。」她來時，帶了禮物分送弟弟妹妹的，只不過交託衛嬤嬤先分發到各房去而已。

陸應客氣寒暄。「瞧著姊姊氣色不錯，想來鄉莊果然適宜養病。不知姊姊一路可曾遇雨？」

「是，多謝母親，那鄉莊空氣清新，物產也豐富，沒煩沒憂的，住上這麼幾年，我這病可不都養好了。」陸鹿順著他的話笑說。「路上遇雨，所幸臨近青雲觀，託福，一路平安。」

「青雲觀？」陸序臉色微妙。「大姊姊在青雲觀停駐？」

陸鹿不解，還是細聲細語點頭回。「是，得道長借一偏殿短暫避雨。」

她強調偏殿。自然是指她身為陸家小姐，哪怕是倉促避雨也沒有跟其他亂七八糟的人混在一起，而是單獨一室，好讓這群女人挑不出是非來。

朱氏笑說：「這可巧了，我們陸府可是青雲觀最大主顧。姑娘怕是不知，若報上陸府名號，別說偏殿，正殿都進得。」

龐氏輕皺下眉，掩帕乾咳一聲。

陸鹿也皺下眉。還有這事？前世她怎麼不知道？

「這又是趕路又是避雨的，想來大姑娘也乏了，太太，不如我領著姑娘去竹園歇歇，晚點再去書房向老爺請安？」易氏見陸鹿眉尖一蹙，很為她考慮。

龐氏點點頭。她原本就沒什麼耐心應對這元配的女兒，看著單薄纖瘦，眉眼又極像那元配，更是看得窩火，不知怎麼就讓她長到十四歲，實在是失策。

她揮揮手道：「那竹園雖說才收拾出來，卻也清靜宜人。妳先下去歇會兒吧。」

「多謝母親體恤。」陸鹿福福身，便由易氏領著出正房。

陸應和陸序對視一眼，賴著龐氏說笑。其他妾室們見狀，怕擾他們母子享天倫之樂，便都識趣的告退。

陸應見人都退光，索性揮手讓龐氏心腹丫頭也退出去。

「應兒，你可是有話說？」龐氏端起茶杯輕抿一口。

「母親。我聽說西寧侯世子段勉被皇上金牌急召回京，如果消息無誤，便是今日到達益城。」

龐氏一怔，眨眼道：「那又如何？」

她一個婦道人家，還是商婦，是不大懂朝政的，可她兩個兒子已經十三歲了，並且因家在益城，又是聞名江北的巨富，自然會引起朝堂有心人士的注意，再加上蓄意結交，所以他們嗅覺比一般人靈。

「母親，妳可知前些日子，爹在海棠館設宴招待的是何方神聖？」陸序壓低聲音。

龐氏眼珠轉轉，回憶了一會兒道：「聽你父親說是京裡的客商，喚作林公子。」

陸應搖頭，左右瞅瞅，壓低聲音道：「這事，父親沒跟母親明說，孩兒先跟母親通個氣，是京裡大人物。」然後併起三指神秘道：「三皇子的人。」

「啊？」龐氏萬萬沒想到，尊貴如天人的三皇子竟然還派人跟丈夫接洽，又驚又喜。

陸序忙擺手。「母親可千萬保密。這事，父親一直瞞著，想來事關重大。」

「那你們如何知曉？」

陸應指指北邊道：「二叔家的大哥前頭無意中遇見，說曾經在禮佛寺皇祭那天見過一面。母親也知道，大哥過目不忘，他說見過此人曾跟在三皇子身邊，想來沒錯。」

龐氏點點頭，有些激動的站起，捏著帕子。

大齊國商人地位偏低，就算身家千萬，還是入不得官老爺們的法眼。如果、如果，攀上三皇子……那簡直是陸家祖墳冒青煙，不但陸家以後在商場混得更風生水起，陸應和陸序也能謀個更好的前程。

「等等，應兒，這跟西寧侯世子又有何關聯？」龐氏疑問。

陸應小聲道：「母親難道不知，這西寧侯是二皇子那邊的人。」

龐氏倒抽口冷氣。她平常接觸的也多是富商家眷，哪裡去探聽得這樣的朝堂八卦，憂心道：「你是說，這鹿丫頭只怕在青雲觀與段世子偶遇不成？」

「母親多慮了。」陸序反而笑起來。那段勉是什麼人？甚至聽說有「厭女」症，身邊服侍的都是小廝，不說對陌生女人，對家裡女眷都是板著張冷臉的。

「那這是……」

見她滿臉疑惑，陸應嘆氣，到底是婦道人家，就算多吃了幾年鹽還是搞不清形勢。

第四章

「母親，得派個人去青雲觀打聽一番。若沒什麼倒罷了，若有事，咱們家是青雲觀最大香火主顧，萬一追查起來，怕是脫不了關係。」

龐氏到底出身七品低階官員之家，話說到這分上，瞬間就懂了。她吃驚的瞪大了眼。那西寧侯是二皇子派的，世子被皇上急召回京，萬一遇雨避在青雲觀，有個三長兩短或者什麼意外，追究起來，陸府難免被牽扯進去。

想通後，龐氏心裡急，卻還是強自鎮定對兩個兒子道：「我疏忽了，幸得我兒提醒。嗯……這事，事關重大又不能大張旗鼓，巧的是前日青雲觀來催香油錢，如今就派個老成的，借著送香油例錢的名義先去打探一番。」

「如此更好。」陸應想了下道：「周總管年紀過大，不如派向管家去吧？」

陸序也附和雙胞哥哥道：「嗯，瞧他是個機靈的。」

龐氏沒有意見，揚聲叫人。「來人。」王婆子和丫頭們很快魚貫而入。

瞞應歸瞞應，龐氏還是預先就將內院西北角長期閒置的一處叫「竹園」的院落收拾出來給陸鹿住。

顧名思義，竹園置身一片修竹之內。一條幽靜的竹道大約前行五十公尺就是一處粉牆碧瓦，當中小小的兩扇淺紅色大門，四面有抄手遊廊，迎面先是一條鵝卵石蜿蜒窄道，繞過一大束月季花叢，才見坐北朝南三間上房，有兩側耳房相傍。

廊下站立著數名婆子、丫頭，見她進來，都肅目斂容齊齊見禮。「見過大姑娘。」

陸鹿擺手，全權交給衛嬤嬤去打理，她要好好歇會兒。進了內室，都已收拾妥當，窗明几淨的，陳設雖不富麗，卻比鄉莊不知強多少倍。

春草和夏紋趕緊服侍她洗面去妝，陸鹿歪躺榻上聽衛嬤嬤在點名認人，然後熟練的分派事項。

一會兒，人都散去，衛嬤嬤輕手輕腳進來，覷一眼陸鹿，見她半眯眼，知道未睡熟。

「還有什麼事？」陸鹿皺皺眉頭。

衛嬤嬤忙笑上前，指指身後兩個模樣齊整的丫頭道：「府裡舊規，未出閣姑娘家配兩個一等大丫頭、兩個二等丫頭。這兩個是太太那邊指派過來服侍大小姐的，老奴不敢妄做主張，請小姐示下。」

陸鹿一個激靈就清醒了。她慢慢起身，接過春草遞來的溫茶漱漱口，抬眼皮打量一眼，只覺好面熟。「叫什麼名字？」

兩個看起來也才十二、三歲的丫頭忙跪地見禮道：「奴婢小秋、小語，見過大姑娘。」

「小秋、小語？」陸鹿心底暗嘆，果然是她們。

前身她陪嫁過去的四個丫頭之中的兩個，那時叫秋水、冬語。這兩個名字還是她改的，應對春草、夏紋。這一世，她不打算重走老路，所以這兩個丫頭的名字就不改了。

「衛嬤嬤，太太怎麼說？」陸鹿詢問。

衛嬤嬤陪笑道：「太太只說小姐才從鄉莊回來，兩個隨侍丫頭也是一直待在鄉下，怕府裡人衝撞了，特意賞了身邊兩個三等丫頭過來好生服侍小姐。」

「哦，竟是太太身邊三等丫頭，那咱們這邊就提升到二等吧。我這裡一等丫頭春草和夏紋的兩個名額滿了。」

小秋、小語兩個悄悄對視一眼。她們可是以為調派到大姑娘身邊能升一等丫頭的呀！王嬤嬤可是許諾過的，不然她們才不想來呢！

衛嬤嬤也不覺得有什麼不對，點點頭。「好，就這麼辦。」

靜默了小片刻，小秋和小語兩個到底不敢憤起反抗，委委屈屈的磕頭拜謝。「多謝大姑娘。」

「下去吧，用心做事。我這裡規矩雖不如太太那邊，卻也是賞罰分明。」

「是，奴婢謹記姑娘教誨。」

陸鹿不耐煩擺擺手。等她們退出後，春草和夏紋才鬆口氣，又歡天喜地謝過陸鹿。打從她們進府後，見識到陸府之富，才發現她們在鄉莊的這十多年真是井底之蛙，不要說什麼都不懂，就是這一路來所見就足夠顛覆她們的三觀。

又聽得什麼一等、二等、三等丫頭，細細看去，果然丫頭們腰間飄帶顏色不同，就是衣料質地也有明顯的區別，好怕大小姐怪她們鄉下土包子不要她們呢。沒想到，大小姐這麼念舊，不但沒讓她們去做粗活，還是一等丫頭的待遇。

「行啦，妳們也要小心做事、謹言慎行。這裡不比陸莊，多少雙眼睛盯著呢！」

「是，小姐。」

正說著話，小秋脆生生報。「二姑娘、三姑娘來了。」

陸明容和陸明妍都是易氏所生，一個十四歲，一個九歲。陸鹿比陸明容大兩個月，可瞧去個子還沒這個庶妹高，大約是營養沒跟上。

陸明容長得嬌豔，面容酷似易氏，舉止也頗有度。陸明妍個子、五官都未長開，一團稚氣。雖是同父，卻異母，沒什麼太多話聊，禮貌性寒暄後，略坐了坐，兩庶妹就告辭了。

陸鹿送出園門外，看著她們消失在修竹道上，抬頭望望天色。「怎麼好像又要下雨呢？」

衛嬤嬤一旁笑。「這入秋了，雨水多是常事。」

「怕不是好兆頭。」陸鹿輕聲嘀咕一句。

晚間，龐氏只叫廚房送來分例菜，卻沒有叫陸鹿去後堂用晚膳。衛嬤嬤很是氣惱，覺得這是太太在給前頭太太嫡女難堪。陸鹿倒無所謂，她也不想去一堆女人中立規矩，很是心安理得地享受入府後第一頓熱飯熱菜，比鄉莊美味不知多少倍。

她不在乎，陸府其他人可不那麼想，私下偷偷議論這是龐氏故意冷落嫡女的方式。逢高踩低是任何大宅院中的一貫原則。當晚，竹園的人再去大廚房要湯水，便受到婆子們的慢待，小語是掩著臉抹著淚回來的。

衛嬤嬤氣憤，當即要去討個說法，讓陸鹿攔下了。

「算了，萬事和為貴。」陸鹿可不想第一天就露出尖爪，先裝幾天溫順小白兔看看再說。這一世，她想重新認識陸府諸人，好知己知彼，才能佔據上風不是。

入夜，果然秋雨又重新淅淅瀝瀝下起來。打發丫頭婆子出去歇著，陸鹿要靜下心來好好規劃接下來的人生。

首先，段家的沖喜親事肯定要避過，但要怎麼避呢？嗯，這一次要麼完全避開，實在不行，得找個替死鬼，比如說陸明容。

說到陸明容，陸鹿支起腮回憶了下，前世，她好像讓陸靖給送到京城去了，之後……之後的消息陸鹿完全不知。

最重要的，就是她得遠走避往江南，可這有兩大問題：錢和時機。

錢，她可以想辦法，反正陸府有錢，但是時機？陸府雖非大戶人家，卻也是富商，家中嫡女無故離家，只怕也是很丟面子的事。再說，她跑得出去才怪——怎麼趕路？路上有危險怎麼辦？要不要帶護衛？哪裡找女護衛？

「媽的，煩死了！」陸鹿搓著頭髮苦惱地爆出粗口。

突然「哐噹」一聲，好像有什麼人撞了銅盆似的。

外間的守夜婆子舉著傘視察後，來正房彙報。「回大姑娘，是貓撞翻了牆下花架子。」

「哦，沒事了。」陸鹿拍拍心口，確實受到了驚嚇。

外間值夜的春草進來給她披上一件半舊外套勸說：「姑娘歇了吧？明兒早起還要去給太太請早安。」

「行了，妳歇去，我再看看書。」陸鹿隨手翻著一本書。

春草又添了熱茶，見小姐執意不肯讓她服侍，便掩上內門出去了。

陸鹿心忖，當務之急便是撈錢，不曉得天天去陸靖跟前哭窮，能不能博到同情？陸大老爺一天沒回家，是以她今天都還沒父女相認。

「噼啪」一道閃電照映出窗格一道人影，陸鹿張嘴欲呼，卻見那道人影已飛快的趴俯下去。

好呀，這誰吃飽撐著來聽我的牆腳呀？陸鹿惡狠狠的想。也不坐在桌前唉聲嘆氣了，披上舊外套，換了雙鞋，從角落拎出門閂輕手輕腳地打開內門。

探頭一看。正好，春草不在，估計上茅房去了。繞到正房後牆之下，陸鹿借著不時的閃電亮光摸過來，見到人影，先不管是誰，打一頓才解氣。「咚」先是一門閂下去，結結實實的打在對方身上。

「噼啪——」又是一道亮如白晝的閃電炸過。

陸鹿卻傻眼了。被她揍的好像是個男人？穿著藏青色外袍，踏著一雙靴，頭朝下趴著，身下好像有血流，與雨水混在一起，蜿蜒流向地溝。

陸鹿撐著門閂沈吟少頃。她的竹園在陸府確實是相當偏僻，但也不至於有外男闖入而不驚動巡夜婆子們吧？難道是府裡小廝犯事，亂跑亂竄過來的？

她整整思緒，悄悄上前。

第一步，探鼻息。見還活著，第二動作，搜身。

序。

腰袖間鼓鼓的，有橫財！陸鹿大喜。管他是誰，錢財留下，再把人交出去才是正確順序。

「嗯。」陸鹿聽到一聲低吟，接著她伸向對方腰帶的手讓一隻有力的大手給掐住了。

「哎呀？」陸鹿唬一跳，輕輕低嚷。「鬆開。」

哪知，頭朝下的人向前掙了掙，另一隻手撐了撐身體，勉強背蹭著牆根半坐起。黑黑的雨夜，甫一打照面，雙方都一怔。陸鹿只看到一雙炯炯發亮的眼睛，像黑夜中的照明燈似的掃向她。

而對方看起來目力極佳，將她面貌看清，輕輕哼笑。「是妳？」

「你誰呀？你、你鬆手，我喊人啦！」陸鹿抽了抽手，對方鬆開了。

「來……」陸鹿轉身想逃，嘴才喊出一個字，就讓人以豹般的速度捂住了。

「嗚嗚嗚……」陸鹿掙扎罵著：混蛋，放開我！

「多喊一個字，我掐斷妳的脖子。」

陸鹿確實感到脖子上多了雙冰冷的大手，只好妥協，放老實了。

「我、問妳，老實回答。」對方顯然用了很大的力氣，一直大粗喘氣。

陸鹿嘴被堵上，擺明兩人現在的距離相當相當近，肌膚相貼，她完全可以感受到對方衣服下結實而精壯的身材，還有身上帶寒氣的雨水以及沖刷不掉的血腥味。她點點頭，很配合挾持犯。

「首先，帶我去沒人的空屋子。」

陸鹿有點為難。她也才來呀，哪知道什麼地方有空屋子。

「扶我起來。」對方冷聲下令。

陸鹿只好認命的去扶他的腰，聽到對方痛嘶一聲，可能碰到傷口了。對方比她高一個頭，又很重，陸鹿咬牙扶住，低聲道：「你就不會攢點勁嗎？我快扶不住了。」

「哼！」對方還冷哼她。

雨仍在下，萬籟寂靜。跌跌撞撞的，總算穿過院子花徑，找到一間雜物房，堆放著柴禾之類的東西。屋裡更漆黑了，陸鹿偷偷伸手去摸柴棍。

「老實點。」對方將她扯摔到地上，然後聽到「啪」的火石聲。屋裡頓時燃起一簇微弱的火苗。

「嫌死得不夠快呀？被人看到，我也完蛋了。」陸鹿撲過去要滅火，忽然愣住了。這張雨泥沾點的臉怎麼有些眼熟呢？

「呵呵，程姑娘，幸會。」

「段、段勉？」陸鹿連名帶姓的叫喊出來，完全傻眼了。怎麼會是他？怎麼又是他？天堂有路你不走，地獄無門你偏進來！

陸鹿心中憤怒，不假思索，抄起牆邊一根木棍就劈手一揮。

段勉是受了傷，但底子還在，又一直留意她的動靜，很快就避過，反而欺身上前，一手箍著她細細脖子，冷聲道：「妳想死，我成全妳。」

「咳咳，你放手。我不想死。」

段勉看一眼她手裡握得緊緊的棍子，以眼色示意她扔掉。

敵我雙方實力太懸殊，陸鹿最是識時務，當即扔下，拉長臉道：「姓段的，你跑不出去的，快點去自首吧。」

「自首？」段勉力乏又跌坐地上，痛苦的摸著左腰。

陸鹿冷眼看著，小心的一步一步挪向門口。

「妳敢叫人試試？」段勉不用看就知道她打的什麼主意。

陸鹿只好頓腳，雙手袖起，無聊問：「哎，你不會臨死拉個墊背的吧？」

「正是。」

「去死！」陸鹿踢起地上一根柴禾。意外的是段勉這回沒有避過，反而悶哼一聲，又倒地痛苦嘶吟。好機會！陸鹿跳起來就想溜，手摸到門邊又猶豫了。

就這麼出去，萬一他死在這裡豈不是惹人話柄？怎麼著也要把他扔到後巷去死吧？這裡可是竹園，她陸家大小姐的院子，平白無故死個男人，臉面上可不是什麼光彩的事！

這個該死卻不死對地方的臭男人！陸鹿又回轉身，蹲下試呼。「哎，段勉。」

段勉眼睛睜了睜，又瞇上，無力抬手，指指自己懷中。什麼？陸鹿飛快的摸向他懷中，有幾個小瓶，扔一邊不理會。再摸，咦，真有一小繡包，聽響聲是金屬片。打開一看，果然是亮燦燦的金葉子。

陸鹿喜開懷，好心的拍拍段勉道：「行，我這人最有同情心了，會給你買口棺材入殮的。」

「藥……」段勉痛苦難當擠出一個字。

「什麼？要什麼？上好棺材肯定不行，頂多薄棺。」

「藥、藥……」段勉話都說不清，此時內心是崩潰的。

陸鹿見錢眼開，笑著打趣道：「要，要，切克鬧……」哼著五音不全的曲子就要起身。

「唰」又是一隻冰冷的大手纏上脖子，段勉全身力量壓過來，撲倒她，惡狠狠又用盡力氣道：「拿人手短，妳、妳趕緊給我上藥。」

「上藥啊？我又不是大夫。」陸鹿臉跟濕濕的地面親密接觸很不舒服，嘴還硬道。

「白、白色的。」段勉從她背後翻滾倒地，一隻手卻死死的掐向她命脈。

「哎喲，痛痛，放手。」陸鹿齜牙咧嘴。

段勉全身蜷縮起來，咬牙威脅她。「大不了同歸於盡。」

「有話好說，先放手。」

「先，上藥。」段勉拚盡最後的力狠狠道。

陸鹿左摔右晃，可惜他力道很大，死掐著不鬆手，真怕他一命嗚呼了，就更加鬆不開手了。迫不得已，只好低聲道：「行行，你別亂動，忍著口氣。」

還好燃起火石後，加上段勉懷中有防雨的火摺，亮光一線，仍可照明。

陸鹿摸索問：「白色藥在哪裡？」

「白、白瓶……」

「哦。」她只好一隻手在地上亂摸。被她從段勉懷中摸出來亂扔掉的小瓶子還好沒扔遠，很快就找到了。「然後呢？」

「腰腹。」

「哎，我是未出閣大姑娘家家的，這不好吧？」陸鹿這會兒開始講男女授受不親了。

段勉大口喘氣，道：「妳想怎樣？」大不了，幫她贖身好了，實在纏不過，納了也行。

「加錢！」陸鹿抖了抖摸出來的金葉子道：「至少一千……」

「呵。」段勉原本痛苦得受不了，卻被她逗笑了。「成交。」

陸鹿一聽答應得這麼爽快，馬上變臉義正辭嚴道：「我還沒說完，是一千兩黃金。貨幣單位是黃金。」

貨幣單位是個什麼鬼？段勉分心嘀咕了一下。這年頭，要錢倒好辦了。他眉頭都不眨的應承。「行。」

有錢能使鬼推磨，當然有錢也能使看不順眼的這個負心漢變為一尊閃閃發亮的金主。陸鹿一聽他答應了，立即眉開眼笑。哦耶！路費湊齊了！成功一半了耶！比起痛恨他前世的無情冷血，陸鹿覺得今世的錢財滾滾更重要，把握當下嘛。

「不許反悔。」

段勉眉頭皺了皺，這女人怎麼愛財如命又囉嗦呢？「快點！」

「好嘞。你忍著點。」陸鹿手腳麻利的解開他的濕外套，然後掀起一看，倒抽口氣。

有一道猙獰的刀痕從肋骨直直砍到腰部以下，血肉翻出來，被雨水沖刷得有點發白，這會兒正隨著段勉的呼吸起伏還在冒血。她趕緊將白瓶瓶塞扯開，小心地倒出裡面的白色粉末。還真有奇效，白色粉末沾上後，血就止住了。

「腿。」段勉冷汗直冒。

「哦。」原來左小腿也被剜個大口子，深可見骨。

「哇，這是什麼武器造成的呀？」陸鹿將他的靴子脫下，擼起袍子，捲上深黑色暗雲紋褲管。段勉不想回答，只臉部肌肉抽了抽。

「這個也用白色藥？」

「白，黑。」

「明白。」傷口沒得清理，也不用清理，雨水早就沖洗差不多，至少沒見塵灰。段勉的小腿光潔結實，不像別的男人一腿的濃毛。

陸鹿索利的將黑、白瓶的藥末倒上，然後抽出自己的手巾包紮好，抹抹汗鬆口氣。只能這樣將就了，身上的傷沒有紗布是不能包紮起來的，至於會怎麼樣，那就看他造化了。「好啦。」

段勉被她這麼一折磨，痛楚傳來，神識又清醒幾分，強忍著沒昏迷。「多謝。」

「別，口說無憑，立字為據。」陸鹿湊到雜物房窗口晃了晃，見雨小多了，只隱約飄著點毛毛細雨。「等著，我去寫借據，你來按手印。」

段勉明顯不相信她，原本鬆開手讓她上藥，現在又想掐死她。

「我、我保證不喊人。」陸鹿忙道。「比起交你出去，我的一千兩金子更重要。」

段勉愣了下，深深看她一眼。這張臉並沒多美豔，卻難得玲瓏有緻，雙眸清亮、靈動俏皮，唇不紅而潤，粉嘟嘟的翹起頗有點可愛的意味。再一聯想到，當初他昏迷水中，感到有人在摸索身上，事後她又一副不肯、直到得了賞銀才喜孜孜的模樣，十之八九是個愛財如命的丫頭。

「去吧，再帶點吃的過來。」

陸鹿嘴角扯了扯，涼涼地問：「要不要四菜一湯外加水果啊？」

「如此更好。」

「啐！」陸鹿悄沒聲息，貓著身閃身出門。

柴房地上太冰冷，段勉挪動傷腿傷身，靠坐在一堆乾燥柴禾上，閉目運息沈思。青雲觀遇襲很可能對方也是倉促的，按常理自己應該馬不停蹄趕赴京城才是，但他沒有。他選擇歇宿益城，以身為餌釣出暗中的大魚。

他歇在驛館，故意洩了點行蹤，果然引得官紳上門宴請。

宴請地點就設在驛館。酒席上談笑風生，一派和樂，行刺卻是在席散後。

段勉小小年紀，屢立戰功靠的可不是家世，而是實打實的好頭腦、好身手。但終究，他大意了，酒水是沒問題，可架不住其他有問題。

他先是中毒，後來被數十名訓練有素的精壯蒙面漢圍攻。強撐著迎敵，匆忙之中只看到這一戶人家高牆碧瓦，想必能隱藏的地方較多，便撐著口氣躍牆而入。要避過看門狗與巡夜的家丁不是難事，難的是大戶人家錯綜複雜的簷廊走道和四通八達的路徑。

段勉有些慶幸，幸好遇到的是程竹這個潑辣古怪的愛財女。若換成個膽小如鼠話都說不圓的，別說給他換藥，就是刀架她脖子時早就嚇得昏迷過去了吧？

輕微的「吱嘎」聲傳來，門開了，灌進一股涼沁寒風。見陸鹿手裡提著一個小小食籃貓著身閃進來，段勉鬆口氣。

「喏，先按手印。」陸鹿效率很快，幾筆就寫下借據，還拿來紅泥盒遞上前。

段勉接過看一眼歪七扭八的字體，無聲嘲笑。「這字……」

「這字怎麼啦？你管得著嗎？快點按。」陸鹿很不高興。

段勉掃一眼內容，差點又要笑死。

「我段勉今日欠陸府程竹一千兩黃金，以此為憑。某年某月某日。」他看一眼程竹，心忖：到底是個丫頭，就憑這種借據，賴帳太容易了。

他輕鬆的按手印，看著程竹寶貝一樣的吹了吹紅泥手印，小心收進懷裡。

陸鹿卻不急於將食盒遞過去，先翻出一堆乾淨白布出來，開價道：「這些另外算錢。你身上總還有散碎銀子吧？」陸鹿單腿蹲他面前，離一臂之遠。

段勉沒好氣道：「不是都讓妳搜刮走了嗎？」

「那，其他值錢的東西呢？總有吧？」陸鹿不死心，不把他敲榨乾淨，她不甘心。

段勉想了想，解下脖子上一塊玉珮甩給她。「這個最值錢。」

「咦呀?!我看看。」陸鹿手忙腳亂接過。

屋裡光線不好，但還是能看清這玉珮不單通體潤白，還有繁複的花紋，好像還有字？陸鹿舉起借光看了看，不大滿意又扔回去。「換一塊。」

「換？」段勉瞪著她像見鬼一樣。這可是他段家祖傳玉珮，傳男不傳女，價值無法估量，見玉珮如見人，這笨丫頭有眼無珠不識貨啊！

「這塊太招搖了。價值是連城，但當不出手。我一當，就會被抓，風險太高，你換塊平常的。」

段勉內心無法形容。敢情這丫頭不瞎呀，精明得很。他這塊玉珮有段家的標記，她若去當，肯定會被報官扭送衙門不可。

「沒有。」開玩笑，他是什麼人，怎麼會有平常飾品戴在身上。

陸鹿挑眉笑笑，拍拍身邊食盒及紗包道：「那你就餓著，等感染致死吧！」

「我死了，妳上哪兒領一千兩黃金去？」

「上段府呀。有借據在手，我才不管你死活呢。」陸鹿反譏。

段勉忍著翻她白眼的衝動，道：「隨便。」

「喂喂，你身上真的沒有值錢的東西啦？金子銀子沒有，總有其他的吧？咦，這頭頂玉冠上的玉是真的吧？」陸鹿發現新大陸似的嚷。

段勉嘴角劇烈扯了扯。最後，玉冠上的玉真的給陸鹿摳了下來，條件是天亮送信到某地給某人。

看著段勉強忍著傷痛自己包紮，陸鹿手裡把玩著青玉，小聲問：「為什麼要我送信？你這不沒死嗎？不會自己去？」

第五章

「妳只管送，到時少不了妳的好處。」段勉不給她解釋。朝堂之爭、勾心鬥角這些一個小丫頭能聽懂才怪。

「那這都下半夜了，你可以離開了吧？」陸鹿開始趕人了。

段勉將布打了個結，擰下濕衣服，看她一眼道：「不走了。」

「什麼？」陸鹿差點原地三尺蹦，怒氣沖沖道：「這可是陸府內宅，你想害死我們呀？」

「妳不說我不說，沒有人知道。」

「放屁！」陸鹿粗口道：「這裡是柴房，天亮後就有下人取柴燒，你要自尋死路，不要拉上整個竹園的人。」

「竹園？誰的竹園？」

「陸家大小姐。」

段勉「哦」了一聲，看她一眼道：「妳是陸家大小姐身邊的丫頭？」

陸鹿眼珠一轉，點頭冷冷道：「是，三等丫頭。」

「住鄉莊的陸大小姐？」

「是呀。」

段勉沒說話，強忍著傷痛，撐起身道：「既然妳如此怕牽連陸家小姐，那就少廢話。」

「你想幹麼？」陸鹿有點沒跟上他的思維。

段勉冷哼一聲道：「久聞益城陸大老爺經營有方，家財萬貫，想必這府院遼闊，屋宇眾多，總有幾間閒屋吧？」

「那是，彎彎繞繞的，一天都走不完。」陸鹿隨口接，隨即明白他的意思，瞪大眼驚慌道：「你不會是想……」

「沒錯，正是如此想。帶我去。」段勉拖著傷腿，忍著身上的傷勢及體內翻騰的毒性，挪到她面前命令。

「我不！」陸鹿堅決不答應收留這個傷者。

段勉居高臨下看著她，忽然興起一絲玩味問：「妳哪來的底氣說不？」

「我……」陸鹿這才發現敵人就站在面前，雖然受了重傷，可要想掐死她，好像還是很容易的。正何況現在傷口也包紮了，飯菜也吃光了，力氣養足了，她除了答應好像沒別的選擇了。

脫口喊救命？沒用，會把自己搭進去不說，竹園的人全要受連累。沈默聽從？那太沒志氣太不符合她惡女的本性了。「我跟著小姐剛回陸府，不熟悉這裡門戶。你要找間靜室養傷，你自己去找。」

段勉看一眼外面的天色，黑漆抹烏的，正適合夜行。「少廢話，走。」

「我……」陸鹿還要辯解，就感覺脖子上好像多了一片薄薄的金屬。

「你、你幹麼？」

「這把袖劍很鋒利，它好久沒派上用場了。」段勉毫無溫度的話在她耳邊響起。

陸鹿吞吞口水，氣憤罵道：「虧你還是將軍，竟然用這種手段威逼良家女子，呸呸呸，無恥！」

「是參將。」段勉修正她的稱呼。「非常時期非常手段。老實配合。」

「哼，早知道還藏了把袖劍，我……」陸鹿後悔極了，她要什麼玉冠上的玉呀，武器才是最有價值的好吧？進可以當掉，退可以自保。虧大了！

段勉悶悶哼笑，手一推，無情命令。「話真多。走。」

簡直要命了！又是深夜又是雨路，還得提防巡夜的婆子們，又得顧著架在脖子上的袖劍，陸鹿這段行程走得很憋屈也很驚險。七拐八彎的也不知走到哪個疙瘩，段勉忽然將她推到角落一處不起眼的耳房前道：「就這間。」

「為什麼？」陸鹿還挺好奇。

「有股好久沒有人住的氣息。」

陸鹿差點失笑，調侃道：「喲，你屬狗的吧？鼻子真靈，沒人住的氣息都聞得出來。」

「哼！」段勉回她一個冷哼。

「哼個屁！你鼻子要這麼靈，怎麼危險氣息沒聞到呢？還不是讓人給戳了幾刀。」陸鹿時刻不忘嘲笑幾句。

段勉懶得跟她囉嗦，上前拉扯一下，上鎖的。

「再找。」若是以往，他就強闖進去了。只眼下不行，他力氣還沒復原，而且若在這陸府弄出太大動靜，對他大為不利。

「我走不動了。」陸鹿看看夜色，再不回去，就要穿幫了。

雖然是她心腹春草當值，可出去這大半天，藉口不好編啊。

「走不動也得走。」段勉可不是憐香惜玉的書生，最看不慣嬌滴滴的女人家。

「不是說這間嗎？你怎麼又反悔了，故意折騰人是吧？」陸鹿火起。

段勉指指門前的鎖。

「哦，鎖著的呀？」陸鹿走前兩步，拉一下鎖，面無表情道：「切，這點就難倒你參將大人了？浪得虛名，沒點用！」

段勉有種想掐死她的衝動，卻見陸鹿攤手問道：「有細細長長、硬一點物件沒？」

段勉雖覺奇怪，還是撐著門，將袖劍刀柄纏著一圈的絞絲取下。「這個可以嗎？」

「總算機靈一回。」陸鹿一把搶過，微蹲身埋頭將絞絲在鎖眼裡搗弄一陣。

「妳在幹麼？」

陸鹿百忙中翻他一個白眼。「又笨回去了。」

「妳……」要不是非常時期，他段勉何曾會搭理這麼一個脾氣暴躁的毒舌臭丫頭。

「嗒」一聲，鎖開了。陸鹿長舒口氣，很自豪道：「還好老本行沒丟！」

「老本行？撬鎖是妳老本行？」段勉不只鼻子靈，耳朵也尖。

陸鹿一怔，冷笑。「鼻子倒靈，耳聾吧你，你哪隻耳朵聽到我說撬鎖是老本行了？麻煩不要腦補過度。」

「腦補是什麼？」怎麼淨是奇怪語言。他只聽過食補、醫補。

陸鹿翻白眼吐口氣，徑直推開門，她沒義務給他補習後世戲語。還別說，一股陳舊腐朽氣息撲鼻而來，彰顯著這間屋子確實好久沒有生人的氣息。

火摺子的光微亮一閃。看清屋子擺設了。桌椅板凳俱全，不過全堆集一處，有一張榻布滿灰塵。灰塵，到處都是厚厚的灰塵，空氣中也全是經久不散、不見天日的灰塵。

陸鹿呼吸有點堵，捂著嘴嘀咕。「咳咳、這是人住的地方嗎？」

「不錯，就這兒了。」段勉卻很滿意。

「哦，那你歇著吧。」陸鹿一聽，他都沒意見，自己當然就更沒意見了。

「等等。」段勉又叫住她。

陸鹿抖著腿叉著腰，滿臉不耐煩問：「你又起什麼么蛾子？」

「一日三餐準時送來，還有必要的藥。嗯，暫時就這麼多。」段勉擺擺手。

陸鹿瞪著他怒道：「我不是你段家的丫頭。」

「別想多了，就妳這樣，入我段家倒馬桶的資格都沒有。」段勉冷面歸冷面，損起人來也不含糊。

嘶！捅馬蜂窩了。士可殺，不可辱！女可罵，不可損。

「去你媽的！」陸鹿怒從心頭起，抄起邊上一張斷腿板凳二話不說就要砸過去。

聽慣了她的爆粗口，段勉只涼涼道：「一千兩黃金不想要啦？」

好，我忍！陸鹿放下舉到半空中的武器，重重摔到他腿前哼哼道：「你給我記著。」

「對了，再找身乾淨適合的衣服帶過來。」看到她要甩門而出，段勉又交代一句。

陸鹿的五爪又癢癢的想揍人了。她面目猙獰的轉身，誰知段勉低頭自顧的開始解濕衣。

「你、你幹麼？你這個暴露狂！」

段勉很無辜的抬眼，不解問：「妳還不走？沒叫妳更衣服侍啊？」

「我、我呸！」陸鹿氣得小臉通紅，咬牙切齒的奪門而出。

身後，段勉揚聲補充一句。「鎖好門。」

「要你說？」陸鹿狠狠啐一口。她當然知道要重新鎖好門，免得被人看出破綻。

段勉不由自主就嘴角彎彎，帶出一絲笑意來。

呃？不對，這丫頭火爆又脾氣差還貪財，他怎麼……怎麼竟瞧出一絲有趣來？他、他不是最討厭女人嗎？尤其是無理取鬧、哭哭啼啼、嬌氣嫉妒、耍小心眼還嫌貧愛富的女人？

只不過，這個叫程竹的丫頭好像都沒有，只有一項貪財算是愛富吧？

陸鹿要忙死了！她得先去柴房清理掉痕跡，才能安心回房。等她回房，就看到春草著急、無奈又震驚的等著她。

「姑娘，妳這是……啊？有血？姑娘，妳做什麼去了？」春草迎上來，又是驚得手足無措。

「噓！小聲點。」陸鹿脫下舊外套，解下靴子，興奮道：「賺錢去了。」

「這大晚上的……」春草慌忙幫著她更衣，換上乾淨衣服侍候她梳洗。

「就是大晚上才好賺呀。春草，妳是知道利害的，可不許向人透露半個字，不然我們只怕又要被打回鄉下住。」

「奴婢知道。可是姑娘，妳這一晚上……」

「不該妳問的就別問了。橫豎我知道輕重，妳只管幫我掩護就行了。春草，我最相信妳了。」給春草冠上一頂信任的高帽子，陸鹿就要趴床上去瞇一下。

春草哭笑不得。主僕同心這個道理她還是知道的。主子好，奴婢才好。

大姑娘這大半夜偷偷出門，又這大半晌才回來，她當然要幫忙掩護，不然沒好果子吃的人鐵定是她。

只不過，她也好想知道真相啊！萬一漏出點風聲，她也好幫忙圓謊呀！

「行了，睏死了，歇著吧。」陸鹿終於攤在床上，不消片刻就昏沈睡去。

這一天一夜，累得夠嗆。不過，一想到馬上有千兩黃金進帳，她作夢都是咧著嘴的。

這一夜，益城可不平靜。

益城的大街小巷到處是官差守兵，提著燈籠在查人，沿著蛛絲馬跡在可疑人家的門前標上記號。益城某處不起眼的院落，更是燈火通明一直到天亮。

昨夜落了大半夜的雨，第二天卻是個好天氣。

沒有人來請，也沒有提醒，可是陸鹿卻打著哈欠坐在梳妝檯前任夏紋梳頭，命春草翻出七、八成新的衣服來。

衛嬤嬤嘮叨道：「原先咱們太太可沒有這樣的規矩。」

「嬤嬤，這話以後少念叨點，招禍呢。」陸鹿捻起桌邊點心先填肚子，免得一大清早去請安還沒請到，先灌一肚子秋風。

陸府自龐氏當權後，內宅的規矩變動不少，比如這每日向長輩請安問候。家中幾個姨娘那是早中晚三餐都得去正房侍候的，有事不到還得先報備；不過，對子女們龐氏倒寬容得多，只要求早上請安就行了。

按理說，陸鹿昨日才回，今日就是去晚點都沒得說閒話，畢竟鄉莊長大的，也沒人特意教她這些規矩。但忙碌一夜的陸鹿卻起個大早，她想早點見到陸靖，才好對症下策啊。

帶著春草、夏紋和衛嬤嬤，陸鹿憑前世的記憶，也不用人領路就直奔後院正堂。她來得不算早，早有朱氏、郁氏、易氏和陳氏幾個有名分的妾室在堂屋裡候著。陸明容和陸明妍也在，衝她笑笑見禮。

陸鹿微笑回禮，不便大聲喧譁，也只點頭向幾個姨娘示意。

龐氏身為一家之主母，自然不會偷懶，早就在丫頭們服侍下梳洗好了，命一眾人入內見面。

陸鹿有些失望。陸靖還是沒在！

也許是龐氏看出她鬱鬱不樂心思，便笑著說：「昨夜老爺讓知府大人請去陪個貴客，竟徹夜未回。大姑娘也別急，總會見著的。」

「是。」陸鹿柔順垂頭。

再坐一會兒，陸應、陸序和陸慶也來了。一屋子熱熱鬧鬧便擺上早膳，說些閒話。

陸鹿看著一桌子美味，便想起了那個隱躲在暗處的段勉。

哼，這會兒他正又冷又餓吧？就讓他多受點苦，反正死不了。只是送信這件事，她真的有點不好辦。自己出門是不大可能的，找誰去呢？春草、夏紋想都不用想，成不了大事。

府裡小廝？她才來，不認得幾個呀？也不對，有一個她認得，還是前世認得的，是個機靈懂事也忠心的小子，叫小懷。他父母雙亡，依託著叔父在陸府做些粗活，幫著照顧馬匹，不刁滑，嘴也嚴，後來被提拔到陸府大管家周大福手下做事。

「大姊姊，不合胃口嗎？」旁邊陸明容見陸鹿若有所思的樣子，好心問。陸明容這一問，在坐的主母、嫡子、庶女們便都移過目光望向她。

龐氏望向她的眼裡，帶著幾分厭煩。才來一天就要嫡女派頭挑剔不成？難道我這屋裡膳食還比不過鄉莊？簡直不識抬舉！

陸鹿衝無辜瞪著黑白分明大眼睛的陸明容笑笑，搖頭道：「是不合胃口。吃慣了鄉莊玉米白麵小菜，忽然對著這滿桌珍饈美味，嗯，我的胃確實還沒適應過來。」

沒錯，陸鹿就這麼直白，她不拐彎抹角，反正鄉莊長大的，裝什麼斯文淑女呀？再裝人家也會在心裡嘲笑，還不如粗魯自然點。

果然，布菜的易氏便抿嘴輕笑出聲，郁氏和陳氏無所出，被龐氏治得服服帖帖的，自然是想笑，卻第一時間看向龐氏的臉色。

龐氏沒笑，她聽出來了——這鄉莊養大的嫡女在抱怨呢！抱怨鄉莊把她的胃養粗了，眼前精貴的膳食她是第一次見著，所以不合胃口。

「這，倒是我的不是。」龐氏按按嘴角，緩緩道：「只顧著一大家子平日習慣，卻忘了大姑娘與咱們府裡習慣不同。多順。」

多順也是她的一等大丫頭，聽見呼叫立刻就上前一步，垂頭應聲。「太太。」

「去，跟廚房說一聲，以後這大姑娘的膳食就按鄉莊的分例做。玉米白麵小菜都配齊著，切不可讓大姑娘的胃受半點損壞。」

「是，太太。」多順矮矮身，後退著出門。

此言一出，滿室寂靜。就連陸鹿都要對龐氏豎大拇指了。

厲害！這一家主母就是這麼霸氣。妳埋怨是吧，好，我就依著妳。妳吃不慣精細食物是吧？那就按妳原先的飲食來嘍，誰怕誰？

龐氏上頭沒有公婆壓著，下頭的妾室們又讓她鎮壓得老實了，除了要顧及下陸靖的面子外，她在這陸府是絕對的權威，根本不必小心用詞，也不用擔心惹出什麼不好的名聲。

名聲？啐！龐氏暗吐一把。

益城富商數陸府最富，她能容忍幾個姨娘活到現在，庶女、庶子平安長大就算是極限了，還想她怎麼著？還想她將這幫吃閒飯的供起來，就為外界一句「賢慧」評語？她寧可不要「賢慧」名聲，也要自己活得舒服。

陸鹿惶恐站起來，不安地絞手帕道：「是女兒的不是，母親息怒。」

她這一站起來，其他弟弟妹妹也就坐不住了。龐氏本想晾她一下，但看陸應和陸序都聽話的垂頭站著，也就不忍心了。

「罷了，妳也不必多慮。想來久居鄉莊，管教嬤嬤也就一個，縱著妳，規矩學得不多，性子也野了，是府裡大意了。從今起，妳也跟著二姑娘、三姑娘去女學堂吧。」

「是，母親。」陸鹿苦惱的一撇嘴。

女學堂能學什麼呀？除了針線女紅、琴棋書畫，還請了個嬤嬤教導禮儀，陸靖的野心不小，只怕要將三個女人培養成世家小姐，再打包往上頭送吧？

隨後氣氛有些凝滯，龐氏命撤了席，叮嚀了幾句陸應三兄弟去學堂的事，便懶懶地對陸鹿道：「原本今日要帶妳過去見妳二嬸母，偏典史太太大清早送信再三請我過去，竟不得閒。」

「母親辛苦，女兒自去向二嬸嬸請安便是。」陸鹿笑道。

龐氏似笑非笑。「這可使不得。」

蹙眉思索，派誰過去好呢？姨娘們是方便去串門，丫頭、婆子都要跟著出門，管家娘子們身分好像低了點。

正猶豫，那邊府裡石氏卻派了個身邊心腹婆子容嬤嬤向龐氏請安，順便帶話，說是石氏昨日聽說鄉莊裡的大姐兒回府，正等著見一面呢。

龐氏哼一聲，面上卻笑吟吟道：「妹妹也是個急性子。我這正要送大姑娘過去呢，偏這麼點工夫都等不及，我要再不放人，只怕弟妹就要親自搶人喲。」

一屋子人都笑了笑，陸鹿也福福身道：「不敢打擾母親，女兒便隨了容嬤嬤過去罷。」

「去吧。」龐氏擺擺手，看了看跟的人數，又指派自己這邊一個婆子跟了去。

陸府占地極廣，原因在於兩家兩府相連，只中間隔了條窄窄的巷子，巷子其實兩頭都封起來，專門用於陸府長房與二房來往走動。

開了西側門走十來步，就到陸二老爺陸翊的東側門。

陸二老爺府人口單薄，只一妻兩妾，三子一女外並無多人。

陸鹿在後堂正屋向石氏施禮，楊氏和胡氏都在旁，正好一起見了。

石氏保養得比龐氏更年輕，臉上一團和氣，始終笑咪咪的，拉著陸鹿問了許多在鄉莊的生活。這個時間堂哥、堂妹等人都去了學堂，所以陸鹿這一趟也沒見到陸二老爺的子女。

石氏見她乖巧溫順，很是欣喜。她只有一個庶女，加上原先跟劉氏關係還算不錯，對她的獨女便多了一分熱情，硬是留著吃過午飯才肯放回。

正在傳午膳，外面報道：「老爺回來了。」

陸翊急匆匆挑簾進來，眾人都一驚，忙施禮。

「二叔好。」陸鹿垂眼上前見禮。

陸翊倒沒想到姪女這時還在，略微一驚，擺擺手道：「大姐兒回來了！」

「是，昨日才回，因天色不早所以沒來得及過來拜見二叔二嬸。」

「一家人客氣什麼？坐。」陸翊容長臉方正，皮膚白淨，身材中等，穿著寶藍圓領長袍，五官有些寡淡，神情卻有些急促。

石氏急忙命人將老爺膳食也擺上來。

「不用了，外頭還有事。」陸翊抬腳進了內室。

石氏便知有緣故，向陸鹿笑道：「妳只管坐著，妳二叔回來拿件要緊東西，午膳只怕擺在外書房。」

「嗯，嬸嬸自便。」

石氏點點頭，忙閃身入內。

只聽裡頭陸翊問道：「前日收著的那塊玉璧在何處？快些找出來，有急用。」

「老爺，怎麼啦？」

「亂套了亂套了，昨晚……」陸翊的聲音急躁但卻漸漸低下去。

接著聽石氏「啊」驚呼一聲，似乎又捂住嘴。然後內室裡一陣翻箱倒櫃，聽得石氏在喚：「染翠。」

原本待在起居室這邊的一個大丫鬟便清脆應答一聲，快步過去了。

不消片刻，陸翊滿頭大汗，懷裡抱著個暗紅布包出來，向垂手而起的陸鹿笑說：「我外頭還有別的事，讓妳嬸嬸多陪陪妳，鹿姐兒有空多來這邊找明姝玩。」

「是，二叔慢走。」陸鹿微笑相送。

陸翊客套一番，急急去了。

這裡，石氏也顯得心不在焉的，顯然陸翊帶回來的消息令她坐立難安。

西寧侯世子段勉遇雨留宿益城一晚，誰知竟遇刺客，現下落不明，城裡知府老爺快將益城翻個底朝天了也沒見到人。

對，是生不見人，死不見屍，如今城裡但凡參加宴請的官紳都膽戰心驚的。

東道主沒精打采，強顏歡笑，陸鹿自然也有眼色的在午膳後就笑著告辭。這回石氏沒有熱情挽留，泛泛說了些家常客套話，便著人好生送到東側門。

陸鹿更是惦記著心裡的大事，回來後，得知龐氏還未回府，便轉回竹園，歪在榻上想主意。

「姑娘去園子裡逛逛不，才用完膳，小心積食。」衛嬤嬤笑勸。

「嗯。也好，難得好天氣。」

陸鹿扶著春草的手在小花園晃了兩圈，忽然笑。「原先在鄉莊就聽聞城裡王記桂花糕香糯可口，忽然嘴饞，春草去託人悄悄買些來。」

春草吃驚地四下看看道：「姑娘，別說才用膳，這會兒上哪兒託人去外頭買去？咱們才回城，府裡人可一個不熟呢。」

陸鹿想了想，笑說：「我昨日彷彿聽人說什麼養馬的小懷夠機靈，老爺、少爺都很賞識，妳去把他叫過來。」

「有嗎？昨日有人說起嗎？」春草一頭霧水。

陸鹿瞪她。「叫妳去就去。不許驚動別人。」

「哦。」春草搔著頭，問清馬廄方向，沿著牆根尋去了。

陸鹿撐額也很無奈，就算藉口編得爛那也是藉口，反正她就賭一把，賭贏了一千兩黃金到手，若賭輸了，大不了被責罵幾句禁足完事。

那小懷很是詫異。好好的怎麼才回府的大姑娘要見他？還說什麼老爺、少爺賞識自己？這謊扯的，錯誤百出。

懷著忐忑不安的心情，他低眉順眼的跟著春草來到竹園門外站著。很快，陸鹿就把他叫進一處耳房，先假模假樣誇獎一通，然後就是拿錢出來叮囑買糕點。

小懷鬆口氣。原來想走小廝、婆子的門路好方便行事，這好辦。可隨後，陸鹿便又叮囑他順便去某個地方送個口信，他差點嚇尿。

「大、姑娘，小的不敢！那、那可是……」

「你別管是什麼地方，反正你信送到了，到我這裡來領五兩跑腿費，不會虧待你。」

五兩跑腿費？這可是小懷一年也積攢不到的銀子呀！於是他大起膽子稍稍抬了抬眼問。

「姑娘，真的只是送口信？」

「不然呢？還要你領兵殺敵不成？」陸鹿斜他一眼。個子小小的，十三歲算半大小子了，按理是進不得二門當差了，樣子倒是乾淨伶俐，眼睛黑白分明又清澈。

「是，小的一定不負姑娘所託。」

「嗯。春草。」陸鹿因為前世的原因，雖然相信他，卻不能讓他一點甜頭都沒有，喚來春草先給了一貫錢，笑咪咪說：「剩的都是你的。」

「多謝姑娘。」

小懷領命而去，衛嬷嬷就黑著臉攔下陸鹿。「姑娘呀，這兒是陸府可比不得鄉莊，留頭半大小子進不得二門內宅呀。」

「我知道。」

衛嬷嬷指指這園子，咬牙道：「那姑娘可知道方才舉動有多少眼睛盯著？」

「讓她們盯去。」

「姑娘呀，這讓太太知道，妳怎麼回呀？」

陸鹿抬頭望望天色，若有所思道：「嬷嬷放心，我已想好了說詞開脫的。」

「姑娘，妳不可以像在鄉莊一樣任性了。」衛嬷嬷急得直跺腳。

陸鹿掏掏耳朵，滿不在乎地問道：「對了，衛嬷嬷，可有男人的舊袍子？」

第六章

「什麼？」衛嬤嬤簡直要一蹦而驚起了

陸鹿巧舌如簧，靈活運用，反覆辯證，最後終於讓衛嬤嬤相信，她打聽男人舊袍子與風月無關，而是陸鹿在這兒站穩腳跟的第一步——拉攏僕役。

竹園地處偏遠，明顯是龐氏故意為之，好無形中打擊她這個嫡出的地位。

為免前院時事消息被封鎖，竹園一干人等不得不走下人、婆子的門路。

婆子、丫鬟是要慢慢以銀錢腐蝕收攏，但若外頭沒個跑腿的僕從也是萬萬不行的。若不想消息滯後，還得外頭有個可靠機靈的偷偷往竹園送信，好及時掌握陸府最新消息，當然若能傳一傳益城大事件那是再好不過。

衛嬤嬤心底雖存了一絲疑竇，卻也認同這番歪理，於是翻箱倒櫃的，讓她尋出幾件她死去男人的幾件十分灰舊的袍子，瞧著不怎麼好，只怕送不出手。

陸鹿看了卻很滿意，指示夏紋收好，再去打聽竹園這附近當值巡夜婆子及守角門、側門婆子們的家庭狀況。

忙到下午，聽說龐氏回來了。陸鹿不慌不忙趕過去。

出門作客的龐氏似乎心情不怎麼好，歪在榻上半閉著眼。

「母親。」陸鹿堆起笑乖巧見禮。

龐氏微睜眼，嗯應一聲。「怎麼沒跟二姑娘、三姑娘去學堂？」

「原本要去的。跟二叔、嬸娘敘些家常，竟忘了時辰，便差人去學堂跟先生說一聲，明日再正式進學。」

「罷了。」龐氏擺擺手。

易氏從如意手裡接過參茶親自捧給龐氏，討好笑。「才熬的參茶，太太請用。」

龐氏撐起身，端過抿一口，剛想說什麼，外頭丫鬟忽道：「老爺回來了！」

話音才落，陸靖沈著臉走進來。

龐氏迎上前，親自接過披風笑問：「老爺今日回來得可早。」

「一會兒還得出去。」陸靖臉色不大好。

易氏忙見禮，又討好的遞上熱毛巾。陸靖才抹把臉，只聽有道嬌聲脆語呼道：「爹爹。」

聽著聲音陌生，他順著聲音看到一個十三、四歲的半大女孩笑意盈盈的向他見禮。

「妳是……鹿姐兒？」他乍然想起，前兩天龐氏說要去把鄉莊的嫡女接回來，只是他沒想到，這嫡女一晃眼竟然長這麼大了？眉眼活脫俏皮，五官雖未長開，卻隱見秀美，酷似劉氏，更兼溫婉甜美，他有些恍神。

「是，爹爹。」陸鹿，不對，這是程竹第一次見陸靖。個子算高，雖沒發福，卻在發福的邊緣，五官周正，眉黑眼厲，倒看不出是個地道奸商，還帶著儒雅的氣度。

「哦？回來就好。」陸靖移開目光，臉色稍緩，但仍有心事，擺手令妾室丫頭出去。

陸鹿料想他下午回內宅，必是有事跟龐氏商量，便也要告辭。

「妳等等。」陸靖卻叫住她。

陸鹿低垂著頭靜候一側。

「鹿姐兒安置何處？」這話是陸靖問龐氏。

龐氏一驚，這子女居所安置問題，陸靖從來不會過問的，難道是他聽說了什麼？

「我瞧大姑娘是個嫻靜的，偏家裡事多，其他院子雜亂無章，便收拾出竹園暫時安歇大姑娘。」

「竹園？」陸靖捧著茶，神思飄遠了一下。當年，劉氏就偏愛竹，還會畫幾筆。

「老爺可是要另外安排大姑娘住處？」龐氏試問。

「罷了，就竹園吧。」陸靖臉上帶點笑，悄然又打量一下這個十多年未見面的大女兒。沒見倒也沒什麼，這一見了，心裡多少有點愧疚。好歹是髮妻唯一骨血啊！雖然五歲讓送到鄉莊，自己也是默許的，沒想到出落得這麼標緻大方，看著也是個乖巧知禮的，不枉劉氏冒性命之危生下來。

「住得可習慣？」

「不瞞爹爹說，今早才漸漸習慣的。」陸鹿大方笑。

陸靖也隨著她笑點頭。「自己家，慢慢適應，有什麼不懂的問妳母親，誰敢給妳委屈也只管跟妳母親說，想玩什麼想吃什麼，儘管說。」

陸鹿很欣喜。莫非這渣爹良心發現，要補償這十多年對陸鹿的愧疚？

「嗯，謝謝爹爹。」陸鹿擠出天真無邪的笑臉重重點頭。

看得陸靖又是一陣心酸，再瞧她這一身半舊打扮，想必原先在鄉莊過得不甚如意。

龐氏卻聽得直絞手帕子。

這算怎麼回事？父女情深？這十多年把她忘在鄉莊的不就是大老爺你嗎？要不是前陣子無意中提起益城知府夫人要辦一場別開生面的菊宴，提到請本城官紳適齡小姐們務必到場，還是龐氏提了一嘴陸鹿的年紀，陸靖才想起還有這麼一個適齡女兒呢！

「老爺放心，我已經吩咐下去，繡院正在趕製三位姑娘秋衣，想必就這兩天能得。另外，竹園按例給添置了二等丫頭，粗使婆子也一個沒少。」

「妳辦事，我是放心的。」陸靖回過神來，衝龐氏點點頭，示意她別多想。

「在鄉莊可曾唸私塾？」

陸鹿垂下眸，骨碌轉眼，小聲答：「唸過兩年，後來先生讓西村吳家財主老爺請去，便停了下來。」

陸靖皺起眉頭。他們家不指望女兒得功名，可是若嫡出大姑娘認不得幾個字，這傳出去可要鬧笑話的吧？何況要攀結權貴，送一個白丁女兒過去，拿不出手吧？

龐氏又恰當地開解笑說：「老爺不必多慮。才說讓鹿姐兒隨著二姑娘、三姑娘跟二老爺家的姝姑娘一塊兒進學，因才回，怕一時沒適應過來，今日再休息一天，明日我親自送鹿姐兒過去。」

「嗯，也好。」陸靖便沒再多說什麼。

這臨時抱佛腳，不學也得學。看陸鹿這生機勃勃的氣息，想必在鄉莊也沒學到什麼規矩，不知曉進退，這麼大年紀，確實該抓緊了。

再略微敘了敘，陸靖眉宇便有煩色，龐氏察言觀色，使眼色給陸鹿。

陸鹿很有眼力的施禮告退。

退出內室大門，春草和夏紋迎上來，小聲笑。「姑娘，老爺留妳說了這麼久的話？」

「嗯。」陸鹿看一眼這滿廊侍立的丫頭婆子，噤若無聲，看來龐氏管理內宅有一手啊。

轉出短廊，迎面走過一個年紀不大、腰纏著粉綾帶的丫頭，向她矮矮身，笑咪咪道：「二姨娘有請姑娘。」

「妳是……」陸鹿瞇眼看了看，好像是易氏身邊的丫頭。

「奴婢是二姨娘身邊的秋碧。」

「哦，姨娘有什麼事嗎？」陸鹿可不想跟這些女人多打交道。

秋碧笑咪咪道：「奴婢不知，姨娘只遣奴婢有請姑娘過綠園。」

綠園？易氏的園子，離這龐氏的正室大宅並不算遠，轉兩重矮牆、一道月門就到了。

可是，陸鹿心裡有事，不想多扯，委婉笑說：「我還有事，煩請秋碧姑娘回覆二姨娘，改天一定登門賠罪，今日就失陪了。」

秋碧瞪大眼，沒想到她會拒絕，眼睜睜看著陸鹿腳步飛快的奔回竹園去。

回到竹園，小懷正好回來覆命。

他興高采烈的奉上一紙密封嚴實的信，笑道：「小的還沒誤姑娘大事，口信帶到。那邊大爺還賞了小的五十兩銀子。」

五十兩？這麼大方？陸鹿眼都紅了，早知這樣，她就排除萬難自己去了。

小懷不敢專享，還是拿出來請陸鹿定奪。

「賞你的，你就拿著吧。」陸鹿忽然覺得她許諾的五兩有點拿不出手。沒辦法，她現在窮，還沒發達，得等到段勉傷好出府才能兌現金子。命春草取出五兩碎銀交給小懷，還勉勵了他幾句。

小懷千恩萬謝磕頭道：「多謝姑娘，以後姑娘有事，小的隨時聽候差遣。」

「嗯，你知道該怎麼做吧？」陸鹿腹誹：一次跑腿賺一年都賺不到的工錢，當然樂意隨時差遣嘍。

「是，小的明白。」小懷自幼跟著叔叔在陸府混，知道這府上最忌諱多話的僕從，所謂禍從口出，若只圖一時爽快，很可能就看不到第二天的太陽了。

別看陸鹿是才從鄉莊接回來的，好歹是主子。她交派的事雖詭異，但輪不到他一個做小廝的多嘴揣測，反正有錢賺就行了！

「去吧。」陸鹿絕對相信這機靈小子會做到守口如瓶。

接下來就是等天黑，一直捱著捱著，好不容易用過晚膳、掌上燈，又假模假樣的繡香包，陸鹿不時看著外面天色。

外頭衛嬤嬤的聲音傳來。「妳怎麼來了？」

接著一個老聲笑。「早說想來，一直在姨娘跟前服侍不得閒，正好今日姨娘打發人過來給姑娘送果子，老奴便接下這項差事。」

「姨娘有心了。」

陸鹿豎耳聽著，不知這又是哪房姨娘。

門簾挑起，小秋抿嘴笑。「姑娘，二姨娘打發賈嬤嬤送果子來了。」

「讓進來吧。」

輕手輕腳進來一名跟衛嬤嬤年紀差不多的婆子，拱手向陸鹿見禮，口稱：「老奴見過大姑娘。」

陸鹿抬抬手笑。「有勞嬤嬤了，替我謝謝二姨娘。夏紋，上茶。」

「多謝大姑娘，老奴不敢。」賈婆子陪笑一側。

春草則將她送來的鮮果拿給陸鹿看。確實是時令水果，有好幾樣，便是陸鹿兩重身分，其中一種卻叫不出名來。外形像獼猴桃卻光滑滑沒有毛，還散有果香。

賈婆子見她盯著這果子猛瞧，便笑說：「聽說這叫雞蛋果，半月前老爺從外頭得來的，府裡太太一籃，姨太太們俱半籃，二姨娘沒捨得吃，留到現在，特送來幾個給大姑娘也嚐嚐。」

「哦，姨娘有心了，多謝多謝。」

衛嬤嬤拿出半吊錢作賞錢，賈婆子謙虛的收了，卻還是不走。

陸鹿奇怪地看她一眼，見她眼神飄忽，欲言又止。便假咳一聲吩咐夏紋領著小秋、小語兩個去廚房打探一番晚間提供什麼甜點。

夏紋答應一聲掩門去了。屋裡春草也退到屏風後，只剩衛嬤嬤守著。

「賈嬤嬤，妳還有什麼事？」

賈婆子曉得機會來了，忙從懷裡掏出一個方正布包恭敬小心地奉上道：「這是二姨娘讓老奴務必親手交給姑娘的物件。」

「是什麼？」

「老奴不知。」

「放下吧。」陸鹿端起茶杯輕啜一口。這易氏搞什麼鬼？幹麼這麼偷偷摸摸的？

賈婆子讓衛嬤嬤送出門，兩人又在廊下嘀咕兩句。

陸鹿隨手拿起掂了掂，不沉，打開一看，卻唬了一跳。

黑色布包裡是一個帶鎖的小方盒，盒底壓著一角白色絲巾，抽出一看，滿篇血字。

陸鹿發了會兒呆，聽見衛嬤嬤的腳步聲打回轉，急忙將絲巾納入懷中。

小方盒還不及收起，衛嬤嬤就進來，一眼看到，愕然頓腳。

「怎麼啦？衛嬤嬤，妳認得呀？」

「這、這是太太的密盒。」衛嬤嬤很激動地撲過來。她口裡的太太是指陸鹿生母劉氏。

「哦，怎麼會在易姨娘那裡？」陸鹿面無表情地淡問。

衛嬤嬤激動得快老淚縱橫了，聽她這麼一問，顧不上緬懷劉氏，按按眼角也疑惑回憶。

「可不是呢，當初太太血崩難產，老奴一直在旁邊守著，沒搶救過來後，府裡料理後事。太太那些陪嫁都在，就只這密盒不翼而飛，只當時進進出出的人太多，只怕是有那手腳不乾淨的摸了去……」

「我爹知道嗎？」陸鹿切中要害地問道。

衛嬤嬤搖頭。「老爺並不知太太有這只盒子，只老奴與原先陪嫁過來的李婆子知曉。」

「所以，也沒報官？」

「是。」

陸鹿又無意識「哦」一聲。

低頭擺弄著盒子上的鎖，竟然有密碼的，鎖上後有輪子可以轉動，上頭刻著數字，沒有鑰匙。

衛嬤嬤感慨道：「姑娘別費心思了，這只盒子除了太太，誰也打不開，要不，我們怎麼叫它密盒。」

「那，易姨娘送來是什麼意思？」陸鹿果然重新把它包起來。

衛嬤嬤愣了下道：「是呀？怎麼就到易姨娘手裡去了？又為什麼今日巴巴的差了賈婆子送過來？」

「這賈婆子是她心腹吧？」

「是。」衛嬤嬤怕她不明白，又加一句。「這易姨娘出身商戶，算小康之家，納進來易家還陪贈一個丫頭一個婆子，這婆子就是賈婆子。丫頭卻不是那秋碧，是一個叫春芽的。」

「知道了。」陸鹿擺手。「煩請嬤嬤收起來吧。」

衛嬤嬤想了想道：「姑娘明天要不要去問問易姨娘？」

陸鹿歪躺榻上笑說：「她就巴望我去問吧？明天我忙，沒空，等她自己忍不住上門唄。」

「可是，這畢竟是太太的遺物……」

「哎呀，先收起來吧。這會兒沒空解謎。」陸鹿對這位遙遠的生母沒丁點印象。也是，難產而亡，能有印象才怪。不過……她摸著下巴琢磨，陸明容只比自己小三個月，那就是說生母難產時，易氏也懷著身子，她是怎麼偷拿到這只陸靖都不知曉的密盒呢？

絕對有貓膩，絕對不安好心！不過，她現在的重點是等天黑去看段勉死沒死？然後儘快收金入帳！

天色終於黑下來。

本該夏紋在外間當值，陸鹿故意尋了個事讓夏紋跟著衛嬤嬤去監督那幫粗使丫頭和婆子，務必令她們斷黑後安靜待在竹園，不得隨意外出，不許大聲喧譁，只能留在各人屋子做些針線活計。

這事衛嬤嬤拿手也最樂意幹。夏紋自以為得姑娘看重，高興的與春草調換值夜跟著衛嬤嬤去了。

春草嘟著嘴，小聲問：「小姐，妳又要出門呀？」

陸鹿拍拍收拾好的包裹，嘿笑說：「不多跑動，哪來的銀子？」

「可是，這大晚上的，讓巡夜的婆子發現，太太會不高興的。」

「放心，我保管不讓巡夜婆子發現。」陸鹿很有自信。

「春草，這屋裡交給妳撐著，別讓其他人發現破綻哦。」這是她最擔心的。

這竹園雖說是她的小地盤，可心腹親信滿打滿算也才春草、夏紋和衛嬤嬤三個。其他的，人心隔肚皮，還不曉得揣著什麼心思呢？

春草小大人似的嘆口氣。「奴婢知道了。不過，小姐……」

「沒啥不過的，一定能過這道坎。」陸鹿及時斷話，令春草無話可說。

亥時兩刻，夜更深，秋意更濃。

陸鹿認路是絕對沒問題的，這也是她的必備技能之一。

閃閃躲躲的來到昨夜那間偏僻雜屋，先側耳聽了聽，沒啥動靜，又輕輕叩了叩門，裡面還是沒動靜，她有些慌了。

不會死在裡面了吧？急忙擰開鎖，回身掩上門，試探喚。「段勉？」

還是沒聲音。陸鹿放下包裹，取出一截蠟燭點上，微弱的燈光閃閃，映出一張鬍子拉碴、雙目深陷又帶血絲的眼睛。

「啊！鬼呀！」陸鹿手一抖，蠟燭朝地下栽去。

一股風過，蠟燭被托起上升，段勉沙啞的聲音響起。「怎麼才來？」

「呼，你嚇死我了！驚嚇費另算啊。」陸鹿拍拍心口，白他一眼道：「你真以為這陸府跟你家菜園子似的，想來就來？」

段勉將蠟燭放在一個破舊燈罩下，光暈瞬間更加弱小，透不出窗格去，也不易被發現。

陸鹿捏起鼻子嫌棄叫。「好臭！你不會就在屋裡解決內急的吧？」

這女人真是……真是百無禁忌呀，什麼話都敢開口說？段勉臉色一紅，淡淡道：「不是。」出恭這件事，他當然也不想在屋裡解決，這不臭自個兒嗎？

「哦，那就是你身上的傷口發炎感染了吧？」陸鹿蹲在地上翻動她帶來的大包裹。一件一件往外擺。「喏，這是我摸來的金創藥，還有一些聽說可以治癒刀傷的。這是吃的，雖然是剩菜，別嫌棄，就只能這樣了。這件是男人秋袍，舊是舊了點，總能禦寒……」

段勉看著她一樣一樣往外搬，燈下看見的側顏，少了潑悍多了絲溫婉。

「多謝。」她難得這樣溫和，段勉也不好板著臉，乾巴巴道謝。

陸鹿霍然回身，眼睛笑彎成月牙，攤手道：「不必，按時把金銀等阿堵物交到我手裡就行了。」

「呃？妳、妳……」段勉撐額，輕吐口氣，問。「口信送出去沒有？」

「送了。」

「妳送的？」段勉忍不住又看她一眼。

陸鹿將打包的剩飯菜放到灰撲撲的桌上，失笑。「當然不可能是我送呀。你真以為陸府是富戶，丫頭就可以隨意出門？」

段勉眉頭皺得死緊，加上冒出的鬍渣，面相生生老了十歲不止。他要傳遞的口信，傳達的人和地點可是保密等級的，這丫頭就這麼交派給別人，萬一……他不敢想。

陸鹿看他臉色陰沈，也不計較，又問：「你傷沒事了吧？」

「有事，不好。」段勉將她帶來的藥拿起看了看，擼上褲管就開始塗抹。

陸鹿袖著手旁觀。果然傷口周圍又黑又發紅紫，散著腐爛的氣味，她捏著鼻子躲遠點。

等段勉把自己的傷口料理完了，看一眼飯菜，涼是涼了點，好歹能下口。「那邊有口信傳回來嗎？」

「哦，有。」陸鹿將小懷帶來的書信交上。

段勉一把搶過，急急撕開一看，臉色稍緩，眉梢間帶出點笑紋。「好好好。」

「我說段勉呀，你精神不錯，能吃能動，什麼時候兌現我的金子呀？」陸鹿雙手攏在袖中，有些不耐煩催。

「妳急什麼？」

「我當然急嘍。你說你一個大男人，還是個傷患，死賴在陸府，還得我一個丫頭提心吊膽的送補給，這要讓人看見，我還活不活啦？我活不成，那些金銀可不打水漂了嗎？」

段勉眼角掃她一眼，站沒站相，一點規矩都沒有。「妳一個小丫頭要這麼多錢幹什麼？想贖身脫離陸府？」

「呃？一半一半吧。」陸鹿眼珠轉轉，笑道：「哪個願意給人當一輩子丫頭呢。不過，我家小姐對我挺好的，我攢多點錢傍身，也有一半是為小姐著想。」

「為妳小姐？」

陸鹿訴苦道：「是呀，我家小姐名義是陸府嫡長小姐，可五歲就被繼室太太送到鄉莊自生自滅去了，多虧小姐福大命大，這才磕磕絆絆長到如今這麼大，終於老爺太太想起來了，才把小姐接進家門，可是這一大家子太太姨娘，姊妹兄弟的……小姐這日子可過得不安心啦。」

「妳倒忠心！」

陸鹿假模假樣按按眼角，自得其樂吹捧道：「那是，我家小姐美貌溫柔善良可愛溫婉天真嬌俏，是百年難遇的好主人，我能不忠心嗎？」

段勉對這一連串的形容詞表示深深懷疑。「這是妳家大小姐？」

「沒錯，就是陸府嫡長大小姐。哦，對了，還很有主見哦。性子雖然溫婉柔順，骨子裡卻極有見識。」

「怎麼個有見識法？」

陸鹿清清嗓子道：「我們小姐私下說，天下納妾的男人都該閹了。都不是什麼好東西。」

段勉無語。這算什麼見識，這是出言不遜吧？這是溫婉柔順的女人該說的話嗎？乖張吧！

「好啦。我就不背後議論我們家好小姐啦，總之，那是百年難遇、千裡挑一的，若不是她深明大義、善解人意，我也不能帶著這麼個包裹出現在這裡。」

「妳家小姐知道妳的舉動？」

「你以為呢？」陸鹿翻他一個白眼。

段勉沒作聲，不過對這位吹噓上天的陸小姐卻生出絲好奇來，怕是個乖張的主吧？若不是，怎麼會帶出像程竹這樣沒規矩又膽大包天的丫頭呢？

「有筆墨嗎？」段勉掃一眼她帶來的那個包包。

陸鹿驚訝。「你還要傳書信？想隱藏在陸府，暗中指揮調度？」

段勉困惑地看她一眼，這丫頭懂得不少嘛。

「沒有，沒有文房四寶。」陸鹿態度強橫。

「去拿。」碰上個更橫的。

「給錢！」陸鹿伸手索要。養傷患還外兼跑腿送信，得雙份工錢！

「一千兩黃金還不夠？妳胃口未免太大了吧？」

「兩碼事。」陸鹿不依不饒不肯退讓。

段勉讓她氣笑了。索性雙手為枕往榻上一歪道：「沒錢。」

「哦，那免談。」陸鹿轉身就要回去。

「妳，站住！」段勉沈聲喝斥。

陸鹿淡漠轉身，抖著雙腿抬著下巴說：「快點給，我出來的時間不能太久。」

怎麼給？段勉身上值錢的都讓她搜刮走了，還簽下一張借據，現在除了傷口及幾樣小利器，拿不出值錢的。

陸鹿眼神瞄著他的袖子。她記得他有把袖劍的，不知道他靴子裡有沒有暗藏利刃？

「做人不要太貪心。妳訛了我一千兩金子，混水摸魚拿了我的短刀，又詐去一塊玉，還想要錢？」段勉嫌惡的給她數落罪證。

陸鹿鼻子冷哼一聲道：「首先，那一千兩金子是我應得的。畢竟我大可報官或報府裡老爺太太，這算是保密費，還提供藥及膳食，外加我的跑腿費，這些都算在裡面的。至於你說的什麼刀，我沒看見，你不要紅口白牙的誣賴人！至於那塊玉，也是報酬，怎麼到你嘴裡就成了訛詐呢？你要把我行為定義為訛詐的話，那咱們沒什麼好說的。」

陸鹿翻翻眼，轉身想走。

「妳去哪裡？」

「報官或報告老爺太太嘍！只怕酬金更可觀。」陸鹿嚇唬他。

「嗖」一聲，一柄薄如紙的短劍不偏不倚的扎在她足尖前的地板上。

氣氛凝了一下。段勉坐榻上，冷著面等她嚇得尖叫，然後求饒。

第七章

「哎呀，這把劍不錯！」陸鹿蹲下身，費力拔出來，笑嘻嘻的轉臉衝段勉揮了揮道：「你早點拿出來嘛。省得浪費彼此口舌。」

段勉噓了噓口水，這丫頭、這丫頭是什麼樣的腦構造呀？按常理不是該嚇得手足無措、痛哭流涕嗎？她怎麼敢拔劍？還笑得這麼天真？這都嚇不倒她，看來不好控制！

偏偏此時，屋裡飛速竄過一隻老鼠，還是從陸鹿腳邊溜竄的。段勉壓下心裡驚疑，準備閒閒坐看她跳腳亂蹦。

呃？讓他再次失望了。

陸鹿把玩著袖劍，感到褲腳有什麼掠過，低頭看到一隻肥胖老鼠竄過腳邊，只是退開一步，心忖：這陸府真是富得流油呀，老鼠都養這麼肥滋滋？

「妳……不怕？」段勉簡直要對她刮目相看了。

在他們西寧侯段家，別說嬌滴滴的段家小姐們看到老鼠會花容失色、尖叫嚇暈，就是丫頭們都個個驚慌亂竄，一臉的嬌弱不堪呢！

「怕什麼？老鼠嗎？切，我這麼大個人會怕那麼小隻鼠？」陸鹿很是不屑，在她身為程竹時，連蛇都敢抓的。當然，她不會說出來，免得嚇著這個西寧侯世子。

話音剛落，又有一隻老鼠沿著前鼠的路竄向對面，再次經過陸鹿腳邊時。她反應極快的抬腳踩住。老鼠發出「吱吱」痛叫。

陸鹿咬牙切齒，面容可怖的還使勁揉壓幾下，沒幾下老鼠就吱聲皆無，死翹翹了。她移開腳，鞋底用力在地板上蹭了兩蹭，捏著鼻子道：「完了，我不拎出去呀，髒手。」死老鼠的味道可不好聞，她用腳踩可以，但她不想動手。精神上受到震駭的段勉無語的望著她，起身，拖著傷腿走過來。

陸鹿還捏著鼻子指使他道：「扔遠點，別扔草叢中，免得貓沒看見。」

「扔路上，不怕嚇著人嗎？」段勉哭笑不得。

陸鹿遞他一記「你懂個啥」的眼色，道：「放心，聞著味，貓一會兒就過來，能嚇著誰呀？」

段勉搖頭，探手入懷，摸出一個青花瓶子，搖了搖。「讓開點。」

陸鹿不曉得他要幹什麼，但總歸不是好事。乖乖退開。

段勉因有傷在腿，半屈起一隻腿，艱難的彎腰，擰開瓶蓋，微微傾斜瓶口，朝著死鼠灑下幾滴偏黃色的液體。

「哧」—死鼠身上冒起一股焦煙，隨即一股難聞的氣味散開。陸鹿捂著鼻子箭步衝到後窗，推開一條縫呼吸新鮮空氣。那股難聞的氣味隨著空氣灌入，總算沖淡不少。

陸鹿回頭藉著微弱燭光看一眼，頓時下巴一掉，眼珠子快凸出來。地板上哪有死鼠的影子，只留下一灘污水，顯示著一隻老鼠的形狀。

「啊哎～～」陸鹿激動萬分的衝過來，想去搶奪段勉手上的青花瓶，後者一把閃躲開。

她不死心，繞著段勉，興奮問：「這是化骨水吧？這就是傳說中的毀屍滅跡化骨水吧？」

「化骨水？」段勉頭一回聽這名字，搖頭。「這不是。」

「怎麼不是，一模一樣的功能，能把屍體銷毀，聽說只有一些極端恐怖的門派才會研製出來，沒想到堂堂段世子竟然也掌握了這門古老技藝。對了，你有幾瓶呀？」最後一句才是她的重點。

段勉嘴角彎起，晃晃手上這小小一瓶，挑眉問：「妳問這個幹什麼？」

「我？」陸鹿眼珠轉轉。她想要呀！可是沒好藉口怎麼騙到手呢？

「我隨便問問。」

段勉沒跟她多廢話，只吩咐。「去取筆墨來。」

「好嘞。」陸鹿屁顛屁顛就去了，並且很快就回來，還給他帶來一床破被子，以及一壺熱茶，很是殷勤小心的服侍起研墨的活來。

段勉對她是好笑又好氣，她這用意也太明顯了吧？不過，有這麼一件事吊著她胃口也好，省去不少口舌，也省得又被她敲詐銀錢。

唰唰幾筆寫罷，段勉親自封好，交給陸鹿說：「這封交到太平坊秀水街十八號。」

「哦。」陸鹿也不多問。

基本沒什麼事了，段勉皺起眉頭趕她。「妳可以出去了。」

陸鹿哪裡甘心，嘻嘻一笑，小聲問：「段公子，這化骨水，不對，你管它叫什麼名啊？」

「逆屍水。」

「哦，好名字，很貼切！」陸鹿擊掌吹捧，見段勉冷淡的眼光逼視著她，害得陸鹿不好意思，收起掌，又小心問：「你收集得多不多？」

「不多，也不少。」

「哦，那……」陸鹿要不是打不過他，都想動手搶了。

「想要？」段勉索性點明，省得她吞吞吐吐的堆起假笑。

「是呀是呀，你若有多餘的，送我兩瓶唄。」陸鹿大喜。

段勉嘴角猛扯一下。多餘的？送兩瓶？她當是藥水還是茶水呀？這玩意兒有多餘的也不可能隨意送她兩瓶好吧？

不過，迎上陸鹿靈活眸光中那一抹期待，段勉並沒有馬上拒絕，而是起了壞心眼，意外和氣地送她一個笑意。「好說。等這次事成，妳要多少，我送妳多少。」

「真的呀？」陸鹿被驚喜沖昏了頭，竟然相信了他的鬼話。

段勉沈穩的點頭，並不答言。

「好！」陸鹿豪氣沖天，伸出巴掌猛地拍在段勉肩上，讓對方震了震身軀，大聲道：「段將軍，從現在起，你的事就是我的事。說吧，除了送信，我還有什麼可以幫你的？」

「咳咳。」段勉差點讓口水嗆著，摸摸被她大力掌拍過的肩頭，不好意思的躲遠她，訕訕道：「沒有，多謝姑娘。」

「哎呀，不用跟我客氣。段將軍，你儘管吩咐，赴湯蹈火，在所不辭。」

「錯，是參將。」

「反正以你的家世、你的能力、你的忠心為國，遲早會升任將軍的。」陸鹿拱手笑。

「我只是提前恭喜一聲。」

「打住！」段勉深深吐氣，壓下渾身的不自在。這丫頭損起他來不客氣，吹捧起來也是肉麻死人不償命啊！

陸鹿臉上堆滿討好笑道：「好吧，那段世子，你想以你在益城遇刺為契機，故意隱藏不出吊出三皇子潛伏益城的餘黨，對不？」

「妳、妳怎麼會這麼想？」段勉這次是真的大吃一驚。

「哦，街上都這麼傳。你是二皇子一派的嘛，益城是離京城最近的下屬城，能讓你遇刺，不可能是尋常毛賊，除了政敵外還會有誰？當然，離天子腳下太近，稍微聰明點的政敵不可能親自出手，必定會安排其他人手，只這其他人手也是大有講究的，對不？」

段勉再次將她從頭到腳打量一遍。不對，這氣度、這膽量、這見識，不像鄉莊養出來的丫頭！

陸鹿警覺地掩胸，戒備地厲聲嚷：「你看什麼看？」

「呵呵。」段勉輕笑一聲。

「呵個屁，算了。反正你答應給我化骨水，不能反悔哦。」

段勉懶懶地瞅著她不語。

「姓段的，我警告你，大丈夫一言九鼎，說到做到。」陸鹿觀察他的神色，怕他又反悔。

想想看，她的路費湊齊了，接下來就是安全上路問題。若是有化骨水傍身，天下誰敢再招惹她呀。簡直可以橫著走！要不是為化骨水，誰耐煩討好他？

「妳回去吧，我睏了。」段勉不保證，也不反悔，就這麼涼涼的打發她。

陸鹿瞪他多眼，稍加沈吟只好說：「好吧，你老實點，不許在府裡亂竄，我明晚再來送東西。」

段勉躺到榻上，完全不想理她。等她出門上鎖，段勉翻身而起，摸摸腰腹那道傷口，痛還是痛的，不過他習慣了，從軍這麼多年，受傷是家常便飯。

最難受的是腿上那道口子，還有體內運功逼出毒後，身體還是不能有太大動作，不然就頭暈腳虛。但是，為了探明一下這個丫頭的真實來歷，段勉豁出去了。

深秋的月灰濛濛的，亮得不明顯。陸鹿眼神好，憑著記憶左躲右閃的往竹園去。

「喵嗚——」不知哪來的貓從她身邊竄過，唬了她一跳，接著有提燈籠的巡夜婆子遠遠從迴廊走過。陸鹿屏息閃到一叢花樹下，袖籠著雙手眼睛四下打量。她怎麼有種被人暗中窺視的感覺呢？鬼？肯定不是，身為現代女性程竹的靈魂和思想，她是不信這些鬼神之說的。

人？會是誰？府裡下人？不大像，若發現她鬼鬼祟祟的早嚷出來了吧？

經過她縝密的推理，嫌疑人落在段勉身上。問題來了，他為什麼會偷偷摸摸跟蹤她？是不信還是起疑了？

陸鹿想了想，就這麼回竹園，自己掩飾的丫頭身分就會暴露。別的好說，只怕這傢伙以此為要脅不肯付帳，那就大大不妙了。

於是她摸黑在後院故意瞎走，反正段勉有腿傷，不俐落，遲早先熬不住。而她邊疾走，還可以邊整理思緒。

寒夜秋風，陸鹿的記憶翻湧而起。

隱在暗處的段勉發現這沒頭蒼蠅一樣亂竄的丫頭忽然呆呆獨立寒夜中，周身莫名籠一層寒霧，淡月清輝之下，側臉哀傷而悽然，眸子裡也沒了那種張揚囂張的神采，而是無措迷茫，自帶一股深深的挫敗感。

段勉有種想衝出來安撫她的莫名衝動。他忍了又忍，在心裡告誡自己：她是重要的信使，千萬別出什麼意外，別凍出病來，傳不出信，會誤大事的。

就要他準備挪步走過去時，陸鹿卻又一臉的堅決，好像下了什麼決心，甩頭快速朝竹園而去。

段勉按按亂跳的心口，抬腳跟了上去。

竹園也是漆黑一片，不過陸鹿有春草接應，悄沒聲息的閃進去，也不讓春草出聲，摸黑回了正房，並不急於掌燈。

春草不明所以，悄聲問。「姑娘……」

「噓，春草，妳守了這大半夜，累了吧？去歇著。」

「可是……」可是她還沒服侍姑娘歇息呢？

「我還有事，不用妳服侍。」陸鹿擺手打發走春草。算算時辰，段勉觀察一陣就該收工回去了吧？

段勉確實看她進了竹園上房正屋，然後也沒亮燈，猜測是怕打擾到小姐休息，自己偷摸著躺下吧？靜候片刻，實在沒有異常，應該真的只是鄉莊陸家大小姐帶回來的一個丫頭而已。

雖然這個丫頭膽子大，出口驚人，是有些古怪，但無大礙。

段勉傷口疼得難受，也不好盯著人家小姐園子太久，只能無功而返。

夜深人靜，陸鹿靜默片刻，終於掌上燈。她拿出段勉交給她的信，一看封口，只用口水塗了一層，這太好揭開了。

小心翼翼的揭開信封，抽出裡面的信紙。段勉的字不錯，剛勁有力，還有點飄逸，行雲流水一氣呵成。信的大概意思是下命令，命調武騎衛嚴密監視知府大人及陸府所有男丁。

陸鹿驚著了。段勉果然懷疑陸府，將所有男丁都監視起來，這得多少人手。武騎衛好像是有名的皇城暗衛？他能調動？他不只是個參將嗎？就算他是西寧侯世子，可以調動皇家暗衛，這小子跟皇上的關係定是非同小可！

再接著看，信的後半段，陸鹿沒看懂。似乎段勉採用了暗語在傳遞另外的重要消息。她翻來覆去，絞盡腦汁也沒破解出來。

第二天一大早，陸鹿頂著黑眼圈去龐氏正屋請早安。

走到門廊拐角遇上陸明容兩姊妹，互相見禮後。陸明妍覷著陸鹿看了看，好心問：「大姊姊昨晚沒睡好嗎？」

「嗯，有些認床。」陸鹿編個理由。

「這都三天了，大姊姊才認床嗎？」陸明妍雖才九歲，卻不是小孩子了。要說認床，第一天認還情有可原，這都三天了，才頂著黑眼圈說認床，誰信呀？

陸鹿嘴角往上擠了擠，堆個乾巴巴的笑說：「我反應慢半拍，三天才認，不行嗎？」

好吧，自己都認笨了，別人也不好再多追問了。

進了正屋，濟濟一堂。妾室們都侍立在側，陸靖也在。子女們一一施禮後，便分坐兩邊聽早訓。陸靖看一眼這嫡子嫡女庶子庶女一大堆，心情稍微好點。兒女齊全、妻妾合睦是他平生最引以為傲的事。

先問了陸應、陸序和陸慶的學業，三個兒子恭敬答了；次問及陸明容和陸明妍跟著嬤嬤們學得怎麼樣？她們也都乖巧的回答得體；接著，目光轉向沈默喝茶的陸鹿。

陸鹿忙自覺站起來笑說：「女兒想著今日便能跟妹妹一塊兒入學堂認字學女紅，一夜都不曾入眠，也不知道要帶什麼，還請母親、爹爹掌眼。」

說罷，讓春草奉上今日帶著的包包。易氏接過轉給陸靖與龐氏過目，裡面幾本舊舊的四書、《女誡》之類的，外加專用的茶杯、筆墨外並無其他。

龐氏的臉色並不好看。什麼意思？怪她嘍？怪她沒事先讓婆子過去囑咐該帶什麼、不該帶什麼嗎？她怎麼知道這孩子這麼笨，還當著陸靖的面就這麼攤出來。

陸靖看著這舊包、舊書，眼角掃一掃龐氏，不好當面發難。「收起來吧。學堂裡什麼都有，不用自帶過去。」

「哦。」陸鹿乖乖讓春草收了，退到一旁。

龐氏當即喚上大丫頭多貴吩咐。「去給大姑娘準備入學束脩，比照著二姑娘、三姑娘的。」

「是，太太。」

陸靖忽然添聲道：「多添兩疋尺頭、兩副金錁子。」

「是，老爺。」

朱氏等妾便看向陸鹿，又看一眼陸明容和陸明妍。易氏臉色一動，手指甲掐進掌心裡。到底，這嫡女跟庶女還是有區別的呀！

隨後擺早膳，屋裡靜寂無聲，妾室只管站著布菜，丫鬟、婆子都退到門外侍候。

陸府是大富之家，卻好書卷，光學堂就自辦了兩處。

外院是大學堂，陸靖為兩府子弟延請名師指教。因兩府加上嫡子、庶子也才六人，便允許旁支外戚的適齡子弟也進學陪讀。

而為府裡小姐們特設的女學堂在內院梨香閣。

陸鹿見到教習的兩位女先生。姓鄧的那位面容和善、氣度從容，年紀也偏大，看著就是滿腹詩書的，果然這位真的就是專教姑娘們讀書、認字、練畫的。

姓曾那位年紀不大，二十八、九的樣子，身段苗條、五官秀氣，只眼神淡漠，不夠平易近人。她是專管教姑娘們琴技及行儀舉止的。

另外一個老態龍鍾的先生只偶爾教棋藝和茶藝。

嘖嘖！陸鹿嘖舌。琴棋書畫，茶藝及行為舉止都有專人訓練，這陸府真是在小姐們身上下大血本呀！這為了擠進權貴圈，絞盡腦汁呀！

龐氏並沒有真的親自帶著陸鹿過來拜師，而是讓身邊心腹婆子王嬤嬤代勞一趟。

奉上師禮，寒暄客套一番後，王嬤嬤自去了，兩位女先生便安心的安排陸鹿先拜過祖師爺。

而後，陸明容姊妹，還有二老爺那邊的庶女陸明姝，都湧過來向陸鹿打招呼。

陸明姝才十二歲，卻生得極美，隨她娘胡氏，楚楚動人、我見猶憐，偏又乖巧懂事，闔府都很喜歡她。除開這三位學生，還有四、五位是府裡旁支或親戚家的姑娘。

陸鹿都記得。別的不要緊，只是二老爺那邊楊氏的姪女楊明珠最是狡猾心大，需得特別提防，前世就曾吃過她的暗虧。

今天先教琴藝。其他人都一人一几的擺上琴具、點好燃香了。

鑑於陸鹿的身分，她被安排坐在頭排。看看矮几上古色古香的短琴，再看看自己的手，陸鹿嘴角直抽抽。

「好，大家先複習前日學的〈平沙落雁〉曲。」曾夫子面帶微笑，輕言細語。

「是。」其他人乖乖應一聲，手指開始起舞。

陸鹿乾瞪眼。別說現代人程竹，就算她帶著陸鹿的記憶，也不是個心靈手巧的主。

前身的陸鹿除了認得幾個字外，琴棋書畫都一塌糊塗，就女紅還能拿得出手。也是，長在鄉下，哪有人教這些風花雪月的奢侈玩意兒呢？

「鹿姑娘，妳怎麼不動？」曾夫子看向陸鹿。

「不會。」陸鹿乾脆地回。

曾夫子眼神閃了閃，歉意道：「是我的疏忽了。」

說著便從書架上抽出一本琴譜遞予她道：「學琴先從指法開始。左右手指法卻又不同。」曾夫子將兩手指法大略說了一次。

「哦。」陸鹿翻看琴譜，畫得很詳細，一目了然。

「音調主要為按音與滑音。」曾夫子在琴弦上示意道：「這是跪，帶起，推出，同聲，掐起。」

「叮咚」的單音節琴音一一響起，陸鹿看得很認真專注，一旁其他學生也都停下來聽曾夫子講解。好複雜呀！陸鹿在內心哀嚎。

「妳來試試。左手按弦，右手撥弦。」

陸鹿照做，全身都是僵硬的沒放鬆。

「右手撥動兩根琴弦為和音，左手按弦取音，往復擺動為吟、揉，上滑音為綽。」曾夫子耐心又細緻的手把手教習。

陸鹿別的不行，記性是滿好的。一面回想老師的動作，一面試著撥動琴弦，澀澀的單音節「琤琤」而出。

不夠清洌，不夠嫻熟，但是，對初學的陸鹿來說，已經是成功了一小步。

她欣喜抬眼問：「先生，是這樣嗎？」

曾夫子讚許地點頭。「不錯，指法雖青澀，卻是正確，多練習幾次就好了。」

「多謝先生。」陸鹿便埋頭苦練起來。

主要，她覺得很新鮮有趣好玩，指節彎彎曲曲，翹成蘭花指，好看！她一個人自得其樂彈個沒完，別人就沒法練了。

「大姊姊，妳歇歇吧？」陸明妍在旁邊小聲提醒她。

「我不累。」人家正得個新鮮玩意兒，沒玩夠呢！

滿屋子都是陸鹿那蹩腳的「叮叮咚咚」琴音。

曾夫子藉故有事出屋去了，放任屋裡學生們複習。

楊明珠是二老爺妾室楊氏的娘家姪女。因為楊氏生了兩個庶子陸度和陸鷹，在陸翊跟前很能說得上話。陸度又爭氣，年前考試也中了秀才，所以水漲船高，連帶著楊明珠在陸府也讓人另眼相看，待遇跟陸明姝不相上下。

她長得漂亮，自家也是富商，只沒陸府這麼大富，家裡人把她送到陸府女學堂不是為了學琴棋書畫，而是讓她有機會接近陸家的幾位嫡子、庶子，好親上加親攀交一番。

她本人是看中表哥陸度，不過，依楊氏的心思，則希望她嫁給陸應或者陸序，到底是長房嫡孫嘛！入學這一年多，又在陸府過慣小姐生活，楊明珠心裡便真當自己也是未來陸府一分子，性子高傲也不肯屈就的。

今日見陸鹿初來，又是姿色平平，才藝也平平，心裡就老大瞧不起。到底她是長房嫡女，也不好多說什麼，草草見過一面便退到自己座位。沒想到，她初學琴便練個沒完，害得其他人都苦著臉袖手旁觀。

楊明珠湊過去，看一眼陸鹿的手指，忽然笑。「大姊姊，這裡不該挑起來的。」

「哦？」陸鹿歪頭看她一眼，不客氣問。「妳誰呀？」

楊明珠一愣，方才不是見過禮嗎？

陸明姝溫柔笑道：「大姊姊沈迷練琴只怕忘了，這是楊姊姊。楊姨娘家的二姊姊。」

「楊姨娘？哦。」陸鹿斜她一眼說：「我練我的，妳跑來圍觀做什麼？很閒呀？」

「我？」楊明珠讓她平白嗆一頓，臉色脹紅。

另有一個女學生嘀咕道：「雖說各練各的，可是妳練得亂七八糟，害得我們的曲子也跟著跑調。」

「哎，妳誰呀？背後嘀咕什麼？」陸鹿側回身盯著那個不滿的少女。

一身淺綠色、梳著雙鬟，頭上只插著一支珠釵，面白如玉，就是五官肉多了點。

陸明容忙起身笑道：「大姊姊不要理會她，初學就是這樣的，我們也是這麼新奇過來的。」

「我記得妳姓易，想來也是易姨娘娘家姪女吧？」

陸明容笑道：「是，她叫易建梅。」

「一剪沒？哈哈哈！」陸鹿指著她捧腹大笑道：「妳是不是女紅特爛，一剪刀下去，沒了。這名不錯，應景。」

易建梅掩面淚奔。

這能怪她嗎？排行建字輩，家裡妹妹把蘭呀，菊呀，蓮的占齊了，偏她又是冬天生的，可不就得個梅字。這也要拿來取笑，真是太欺負人啦！嗚嗚，要去找先生告狀去！

書屋一片寂靜。陸明妍想起身去追回表姊，讓陸明容扯扯衣角，只得又坐下。很快，女夫子就臉色不大好的進來，易建梅抽抽搭搭的跟在身後，滿腹委屈。

「怎麼回事？好好的誰欺負易姑娘了？」曾夫子目光一掃，學生們齊齊垂頭。

「沒人欺負她。」陸鹿笑吟吟起身回話。「曾先生，方才練完琴，大家歇息的空檔，我瞧著這位姑娘臉如滿月，很是喜慶，便問了名字，鬧著玩的以諧音打趣一句，沒想到易姑娘這麼禁不得玩笑。」

「妳胡說！那是玩笑嗎？」易建梅眼淚汪汪的指責。

曾夫子臉色緩和了一點，至少陸鹿敢做敢當站出來了。

「怎麼不是玩笑啦？先生來評評理。」陸鹿理直氣壯笑說。「姑娘閨名易建梅，這發音再輕點，聽入耳中可不是一剪沒？」

曾夫子一聽，差點沒繃住笑出來。原來聽慣了不覺得，也沒往玩笑那頭去，如今聽來，還真是諧音一樣啊。

第八章

「妳、妳存心的！」易建梅看曾夫子都差點笑出聲，更是又氣又惱指著陸鹿道：「妳還說了別的混話。」

陸鹿攤手無辜反問：「哪有混話，全是同學之間的玩笑話，妳也太計較了吧？」

「我計較？妳、妳說我女紅不好，說什麼一剪沒……我……」她又要哭上了。

陸鹿還好心注解道：「玩笑話也要連貫有邏輯對吧？一剪，自然就想到剪刀，我們女孩家家的跟剪刀打交道可不就是女紅，所以一剪沒這個玩笑話自然要跟女紅沾邊啦，不然就不好笑了嘛。」

眾人絕倒，而易建梅氣得渾身發抖，怒叫：「我不是給妳來取笑的！」

「看，小戶人家出身就是這點不好，斤斤計較，針眼大的事也又哭又鬧又告先生的，嘖嘖。」陸鹿很不以為然地聳聳肩道：「要不然這樣，妳也玩笑一回我的名字好啦？」

「妳的名字？」易建梅抹一把眼淚，狐疑。

曾夫子越聽陸鹿的歪理越目瞪口呆：這、這新女學生行為乖張，視禮法於無物啊！聽說是在鄉下長大的，才接回府裡不久，難怪。

「是呀，姓陸單名一個鹿。妳可以玩笑說鹿鹿大順嘛，扯平！」

「呸！」易建梅臉色十分不好。

鹿鹿大順這名可不算取笑，這算錦上添花吧？憑什麼她的名字就大順，自個兒的就一剪沒，不行，也要想個難聽的外號埋汰她一下。

「好啦好啦。」曾夫子出面打圓場，對陸鹿道：「陸大姑娘，妳新入學第一天，許多規矩沒來得及教。這學堂第一要緊，不許喧譁。」

「是，先生，學生知錯了。」

曾夫子很欣慰，總算知錯就改，態度不錯。

又轉向易建梅道：「易姑娘也回座位坐著吧。新同學初入課堂，諸事不知，妳是舊學生要多包容，多互幫互助，大度一點。」

「先生，我、我不是……」易建梅滿腹委屈無處訴。她怎麼就不大度了？取笑她祖父取的名字就非得包容嗎？還笑那麼大聲！

「去吧去吧。」曾夫子可不願為著陸府嫡長女得罪一個妾室娘家姪女。

易建梅扁扁嘴，低著頭坐回去。

「明容。」陸明容剛要欠身嘀咕，便被曾夫子點名道：「新曲練習得如何？」

「回先生，還有一處略生澀。」

「妳給大家示範一遍。」

「是。」陸明容便整衣斂容，端正態度，翹起蘭花指撥動琴弦。

陸鹿的前世和程竹都沒啥藝術細胞，所以聽到陸明容熟練的琴技，一隻耳朵聽，一隻耳朵出。她在考慮，中午休息那一個時辰是送信去太平坊呢，還是找個機會去外院男學院轉一轉碰碰陸度。

陸度今年十四歲，家裡正在議親，他學問好，為人正直善良。前世陸鹿跟他並沒打過交道，但聽說他最後憑自己本事中舉當官，且當得還不錯，算是陸府最有出息的子弟。

要是跟他商量一下，陸府這回別站錯隊，可不就好了。後腦勺好像有些發熱？陸鹿轉過頭就對上易建梅那氣怨的目光，衝她咧嘴齜齜牙。

易建梅氣鼓鼓瞪她一眼，移開目光。

切！陸鹿暗自丟她一記白眼，慢吞吞轉過身，迎面又是曾夫子審視的眼神，笑容閃了閃。雖然這場玩笑鬧劇就這麼無疾而終，陸鹿明白自己這是無意中樹立了個敵人。

易建梅是易氏的娘家姪女，定是不甘心要告狀去的。再有那個楊明珠，原本是跟易建梅關係一般般，只怕兩人這下有共同敵人，要結盟了。

一曲完畢，曾夫子微笑點頭，鼓勵道：「不錯，除欠些熟練之外，其他相當不錯。」

「謝謝先生。」陸明容得了表揚，滿臉喜色。

於是，其他人也紛紛請教，曾夫子一一指點，耐心十足。琴課完畢，中途休息一刻鐘，接下來是作畫。陸鹿從春草手裡拿過茶杯，抿一口，望天嘆氣。

「姑娘是不習慣吧？」

「也不是。」陸鹿看著頭頂上秋高雲淡、北雁南歸，又嘆口氣。

就這麼一點方寸之地，看這麼一片巴掌大的天空，這是人過的日子嗎？她一向獨來獨往自由自在慣了，雖然最終沒逃過一死，靈魂卻飄來這個世界，嚮往自由的心亦不變。

要不是這個陸府大小姐身分，她現在不知多逍遙自在呢！不行，得趕緊把銀子賺足，才好計劃別的。

「春草，得空去外院書堂打聽一下，二叔那邊大哥哥今日可在？」

春草這些日子也摸清了陸府兩房的主要人員狀況，聽說要打聽陸度，想多嘴問一句。陸鹿卻直接擺手。「去吧，去吧。」

有女人多的地方就愛分小幫派。

這不，陸明容姊妹跟易建梅是一派，另外加上兩個旁支遠親的女兒家。

原本楊明珠跟陸明姝是一派的，只不過陸明姝從不摻和她們之間勾心鬥角的破事，是以，楊明珠便跟另外兩個二房的外戚家女兒混在一起。

中途休息這一刻鐘，楊明珠就氣得擰緊手帕子，惱怒道：「只不過是鄉下丫頭，裝什麼嫡大小姐？」

「明珠，話可不能這麼說啊。她雖然從小長在鄉間，到底是長房嫡出小姐。」

「對呀，對呀，如今又巴巴接回來，又是送來學堂，定然不會虧待。咱們還是息事寧人吧。」

楊明珠哼一聲道：「咱們息事寧人，人家只怕不領情呢。」

「那明珠姐，妳想做什麼？」

楊明珠眼珠一轉，嘴角撇出個冷笑。要她好看！

第二堂課是作畫。鄧夫子沈靜從容，沒那麼多廢話。學生行禮後便佈置了功課，今日要練習的是秋景，所謂秋景，便是跟秋天有關的，隨意發揮想像。

陸鹿又傻眼了。她不會，她連毛筆的握姿都不正確，字也寫得很糟糕，還要作畫？累死她算了。

咬著筆頭，苦惱的研著墨，陸鹿在想：隨便畫畫交差好了，畫什麼好呢？有了，畫幾塊石頭好了。於是，她開始專注又認真的畫不規則的秋石。以她看過的古代名家名畫來說，畫石的不少，寥寥幾筆就勾勒出秋意蕭瑟的意境，在後世拍賣會上還很貴呢。

坐她後排正是楊明珠。她嘴角露出一絲狡猾之意，狀似無意的甩甩筆頭。

「哎呀，明珠，妳的墨染到陸大姊姊衣裳上了。」旁邊的陸明姝抬眼看到，驚呼一聲。

什麼？陸鹿偏轉頭，看一眼坐她後面的楊明珠。

「對不起、對不起大姊姊，我不是故意的！」楊明珠放下筆，哭喪著臉起身賠罪。

陸鹿沒理她，二話不說將外衣脫下來，翻轉到後背一看，果然有兩團明顯的墨點，已經暈染開來。她今天穿的是件淺白絲綢外衣，七、八成新，在鄉間是捨不得穿的。

「對不起就行了？」陸鹿語氣很不友好，瞪著後悔的楊明珠問。

楊明珠眼眶微紅，態度很是誠懇道：「我、我賠大姊姊一件新衣。」

「哦，不用了。」陸鹿將外衣扔給她，板著臉道：「拿去漿洗乾淨熨平，下學之前還回來。」

「謝謝大姊姊。」楊明珠感激接過。隨後吩咐跟從的丫頭拿去洗淨，末了怕誠意不夠還吩咐。「把我那件紅毛外套送過來。」

不會吧？楊明珠性子這麼傲的人會態度這麼誠懇？

陸鹿心裡很是納悶了一番。不過，人家當面誠意做得這麼足，自己也不好再拉長臉，也笑笑大度擺手。「行了，知錯就改，善莫大焉。」

這什麼話嘛，只不過一件衣服，扯什麼善？楊明珠心裡譏笑一句。

很快，楊家丫頭送來備用的厚外套，是件紅色的短風衣，料子摸上去厚又軟。楊明珠十分殷切的要替她披上遮擋風寒。

陸鹿拗不過，笑咪咪接受了。

梨香閣氣氛空前的溫暖友愛。鄧夫子聽到風聲，隔著窗瞧見這一幕點頭微微笑，轉去隔壁書房與曾夫子說話去了。

紅色風衣才一挨身，陸鹿就聞到一股淡淡的古怪味道。在這滿屋脂香、花香的薰染之中，陸鹿敏銳的捕捉到，有別於姑娘們自帶香味之外的另一股氣味。

倒不是她鼻子多靈，而是這種氣味，她前世很熟悉。是藥味，而且不是一般的中藥味道。

這種東西程竹自己就曾經用過，效果驚人，撒在衣服上沁入他人皮膚會十分難受，起紅色小疙瘩，抓撓會破皮，不過只要及時入院清洗就沒事了。

她忽然想起來了，楊明珠家是開生藥鋪的，所以，楊明珠能弄到這種整人的玩意兒一點也不奇怪。

陸鹿唰的就把外套脫了下來，先看了看手，還好，沒異常。

「陸姊姊，快穿上，小心著涼了。」楊明珠正在做畫，抬眸見她脫了，十分熱心地勸阻道。

陸鹿笑容可掬，歪頭俏皮問：「楊妹妹，妳當真過意不去、誠心賠罪是吧？」

「是呀，陸姊姊。」楊明珠眨巴著大眼睛有些不解。

「嗯，我其實不喜歡紅色。可是呢，又怕著涼感冒了，不如這樣吧……」陸鹿指著她身上那件淺黃色外衣，笑道：「妳把這件脫下，換上這件紅色外衣，如何？」

楊明珠臉色一變，眼神閃躲了下，旁邊兩個狗腿女卻不滿道：「妳這是得理不饒人。」

「就是呀，楊姊姊又是賠禮又是贈衣，誠意這麼足，妳就算是陸家大小姐，總得講點道理吧？」

「有妳們兩個八婆什麼事呀？」陸鹿反嗆一句後，直勾勾盯著楊明珠，抬下巴。「快點脫下，我就要妳身上這件。」

其他驚呆的陸明容姊妹和陸明姝反應過來，都勸著道：「大姊姊，得饒人處且饒人吧？這……萬一爹爹知道了……」

陸鹿眼睛梭巡一遍這幫蠢呆瓜，看起來都很無辜也無知，真以為她在無理取鬧，便笑咪咪道：「正好，我也要向爹爹彙報今天入學第一天的學業，楊妹妹這件外衣，我先包起來吧。」

「啊？妳、妳包起來做什麼？」楊明珠驚慌問。

陸鹿笑吟吟道：「聽從大夥兒的勸，息事寧人、大度容人呀。不過，我晚間要向我爹報告學堂課業及同學間的相處之道。妳只不過灑點墨點在我衣上，卻這麼好心又是賠禮又是贈衣的，我當然要拿點證物呈上，讓長輩瞧瞧楊家教出來的姑娘多麼善解人意、溫柔嫻靜啊！」

陸明容撇嘴道：「大姊姊，這麼點小事就不要麻煩爹爹了。」憑什麼要讓二房姨娘家的姑娘出風頭呀？

易建梅更是心塞氣憤。就這一點破事要鬧到陸大老爺面前，楊明珠這下怕是要飛黃騰達了吧？

「不，不用了。」楊明珠緊張到額冒冷汗，苦著臉推辭道：「這是我應該做的。大姊姊不必為這點小事煩勞大老爺。」

「要的，一定要的。我說到做到。」陸鹿歪頭，手撐著頰，笑咪咪瞧著她花容失色。

楊明珠此時騎虎難下，抹抹汗，眼角四下張望，希望兩個跟她親厚點的出來打圓場。

「要麼，我們交換；要麼，我就回稟長輩？隨妳挑。」陸鹿向她下最後通牒，並同時眼神轉厲，掃過屋裡，冷冷道：「這是我跟她的事，妳們少摻和。」

陸明容冷哼一聲，轉過身。陸明妍想說什麼，讓明容扯了一把，只好同情的看著楊明珠。

「大姊姊，要不，我跟妳換吧？」陸明姝人美又心軟。

陸鹿甩她一記眼刀，不客氣反問：「妳耳朵有問題呀，這有妳什麼事呀？她是楊姨娘家的姪女，又不是妳胡姨娘家的親戚，妳裝什麼爛好人出來冒頭呀？」

陸翊的妾不多，就楊氏和胡氏，在石太太的管治下，相安無事，後院沒太多糟心事發生。陸明姝是二房唯一女兒，所以不但石氏喜歡，就連生了兩個兒子的楊氏也極照顧，是以陸明姝覺得楊明珠也就相當於自己的表姊一樣。

沒想到，好心沒換來好意，反倒讓這個粗魯無禮的長房嫡長姊給扣上「爛好人」帽子，陸明姝再好性子也惱了。她輕哼一聲，氣紅臉起身跑出梨香閣。

又是去告狀的吧？陸鹿轉眼逼視楊明珠，冷聲催。「快點二選一。」

「大姊姊，妳、妳何苦逼人太甚呢？」楊明珠淚水奪眶而出。

靠同盟們幫忙是行不通了，她現在唯一指望陸明姝去把鄧夫子搬來救場，只能裝可憐拖延時間。

陸鹿湊到她跟前，壓低聲音道：「別想著陸明姝把鄧夫子搬來，妳就得救了。妳會死得更慘，信不信？」

楊明珠淚水漣漣抬眸與她對視，眸光裡是不信的。

「如果我把妳在衣服裡做的手腳宣揚出來，妳說，最後倒楣的是誰？如果別人不信，咱們就當下找個倒楣鬼換上，妳說後果會怎樣？」陸鹿嘴角彎翹。

楊明珠瞳孔一下放大。怎麼可能？她怎麼會知道？她是怎麼知道衣服裡有貓膩的？

窗外好像有腳步聲了，應該是隔壁的鄧夫子被陸明姝請過來主持公道了吧？陸鹿老神在在，似笑非笑的盯著楊明珠。

楊明珠不流淚了，改冒汗；額頭、後背一層一層滲出冷汗。

要是被人知道她在衣服裡做的手腳，不但會被送回楊家，只怕她家的生藥鋪子也得跟著倒楣吧？瞧這陸鹿膽大妄為的架勢，十成十會向陸靖告狀。

陸靖就算再不喜這個鄉莊長大的女兒，可若別人有刁難之心，他不可能坐視不管。自己女兒自己管教，輪不到外人來整。

「我、我跟妳換！」楊明珠一下就想清楚了後果，咬牙做出艱難決定。

陸鹿欠身拍拍她的臉，磨著牙笑說：「上道。」

其他學生都用愛莫能助的眼神關注著她們二人，聽不清她們私下嘀咕了什麼話。反正，楊明珠很快就哆哆嗦嗦的將自己的外套解下來，流著淚換上那件紅色備衣。

陸明姝去請鄧夫子時，並沒有描述太多情況，只說學堂裡起了爭執，請夫子過去主持公道。等她進來一看，氣氛是凝重的，但大家都很乖嘛。

「楊姊姊。」陸明姝一眼就看到楊明珠的衣服調換了，失聲驚呼。

楊明珠眼裡飽含委屈的淚水，哽咽道：「明姝，我沒事。」

陸鹿隨著眾人一齊起身喚。「鄧先生。」

「出什麼事了？」鄧夫子皺眉問。

大家都垂頭不語，倒是陸鹿笑嘻嘻。「沒事，我們都在認真作畫呢。」

「沒問妳。」鄧夫子並不把她嫡小姐身分放在眼裡，轉向陸明容。

陸明容是這裡除開陸鹿外年紀最大的，平時就穩重好學，深得夫子喜歡。偶爾夫子不在還委託她代管，簡直跟班長沒兩樣。

陸明容垂手恭敬答。「回先生，並無大事。只是楊妹妹不小心將墨汁灑在大姊姊衣服上。已經賠過禮也另外贈衣防寒，大姊姊不喜歡紅色，便與楊妹妹交換。」

三言兩語就把事情說清楚，也沒有添油加醋，當著夫子面，陸明容誰都不得罪。

鄧夫子一雙老眼就看向陸鹿，再轉向絞著手的楊明珠。她對陸鹿沒什麼感覺，一個鄉間長大不受寵的嫡小姐而已。但是楊明珠一向嘴甜人也活泛，會討好長輩，所以，她私心是偏向後者的。

「明珠，妳來說。」鄧夫子把主動權交給楊明珠。

要有苦主，她才好懲罰施暴者呀，不然，難道她無緣無故就臭罵一頓陸鹿不成？

楊明珠惡狠狠看一眼陸鹿後背，對上鄧夫子關愛的眼神，眼淚不爭氣的又流下來，她垂頭小聲說：「陸二姊姊所說屬實，是明珠不小心惹到大姊姊了。」

「為什麼調換衣服？」鄧夫子對這種把別人身上衣服扒去的行為是很不齒的。

楊明珠抹把淚，強擠個假笑道：「大姊姊不喜歡紅色。」

「她不喜歡就可以扒妳身上的？」鄧夫子厲聲豎目。

陸鹿拉拉從楊明珠身上扒下來的外套，暗自翻個白眼，閒閒的看著自己指甲。

「是、是我自願的。」楊明珠哇的一聲，哭道：「先生息怒，真的跟大姊姊無關。」

「妳、妳等著。」鄧夫子咬牙，怒火蹭蹭起。

楊明珠越這麼可憐地把事攬身上，就越顯得她是被逼的。同情弱者嘛，人的通病。

鄧夫子凜然轉到陸鹿面前，一言不發瞪著她，氣勢嚇人。

「先生，妳瞧我這秋景畫如何？」陸鹿拿起她寥寥勾畫的秋石，吹吹墨汁，笑嘻嘻的奉上道：「陸鹿不才，剛剛完成先生課業，請多指教。」

「妳怎麼……」這麼厚臉皮啊？尋常人見到先生這麼一瞪眼一嚇唬，早就腳軟心跳了吧？

陸鹿眨著她黑白分明亮晶晶的眼睛，笑得很微妙。「學堂以學業為主，些許小事不敢驚動先生，何況我與明珠妹妹私下圓滿解決，也不知誰多事，竟敢煩勞先生去，這不是給先生添加無謂的麻煩嗎？真是不懂事！」

她也沒看陸明姝，只笑笑的迎上鄧夫子的厲目。

鄧夫子一愣。雙方都已息事寧人，她再跳出來翻案是要怎麼翻？

「如果楊妹妹實在覺得委屈，我們現在就去府裡請太太評理，可好？」陸鹿緩緩轉頭向楊明珠。

「不、不、不委屈！」楊明珠最怕事鬧大，馬上收起淚珠，綻開個真誠的笑容道：「這點小事，何必麻煩太太。」

「那要不要再麻煩一遍先生？」陸鹿噙著笑問。

楊明珠向鄧夫子施禮，態度很認真道：「先生息怒，是明珠的不是，擾得課堂混亂無序，明珠自請受罰。」

鄧夫子覺出點古怪來。楊明珠性子清高，幾時這麼低聲下氣受人施壓就自請受罰的？難道……她目光重新放在陸鹿面上。

陸鹿一片坦率天真，眼眸清亮又活潑，全無陰險之色。

「楊姊姊……」其他學生聽了楊明珠的話，俱大吃一驚。還要自請受罰？她腦子沒進水吧？

「罷了，明珠，好好坐下。下不為例。」鄧夫子當然不肯輕易罰人。

楊明珠抽抽鼻子，低聲道：「謝謝先生，多謝大姊姊。」

「咦？明珠，妳受涼了？」旁邊密友關切問。

「我不要緊的。」楊明珠推開密友，低眉順眼說。

鄧夫子格外開恩，淡淡道：「既然受了涼，就准妳半天假。畫作明日交就好。」

「謝謝，謝謝先生。」楊明珠這一刻是真的要痛哭流涕了。

再不走，真的等藥沁入皮膚，不但要當場出醜，她暗中做的手腳就要暴露眾人眼前了。好歹現在只有陸鹿一個知曉她的詭計，若是遲一刻藥性發作，她臉面會丟得更乾淨更徹底，更加沒人同情她了。

看著楊明珠驚慌失措的辭出梨香閣，鄧夫子若有所思地轉向陸鹿。

「妳，跟我來。」

陸鹿無奈。要不怎麼說老學究最是古板迂腐呢？雙方都已息事寧人，她卻起疑想弄個明白了。

隔壁書房古色古香，很有書卷味，靠牆還有張美人榻，旁邊几上有只小巧又精緻的燈籠，繪著梅蘭竹菊，像個藝術品。

陸鹿一眼就相中了，盯著看了好幾眼，直到鄧夫子嚴厲的假咳兩聲才拉回視線。「先生？」

「說說，為何調換外套？」

「不喜歡紅色。」

鄧夫子冷眼看著她，淡淡道：「哦，那妳手上這紅色帕子是怎麼回事？」

陸鹿低頭一瞧，手裡還擰著塊淺紅帕子呢，真是百密一疏！只得訕笑。「呵呵。先生目光如炬。」

「說。」鄧夫子冷淡催。

陸鹿回想了一下前世，當初也進了學堂跟著兩位夫子學東西，無奈她又笨又弱，總是被先生訓斥，後來乾脆就裝病不來了，陸靖生了回氣，也拿她沒辦法。

是以，她對學堂裡先生的脾性不是十分瞭解。只隱約覺出鄧夫子為人古板正經些，那曾夫子靈活懂得變通些。曾夫子的人緣比鄧夫子要好許多。

「個中原因一言難盡。」陸鹿沈吟後，屈身一禮道：「學生也不好多說什麼，先生若真想明瞭真相，不如眼見為實。」

「怎麼眼見？」

陸鹿微微一笑說：「先生派個人暗中盯著楊姑娘即可，瞧瞧她有什麼異常舉動，自然就明白了。」

鄧夫子對她的語氣態度不是很喜歡。

陸鹿一副「我說完了，妳愛信不信」的模樣聳聳肩。

「好，就依妳。要是讓我查出妳居心不良……」

「會怎樣？」陸鹿很期待地問。

鄧夫子板起臉嚇她道：「奪去上學堂的資格，除名。」

「哦，就是這樣呀。」陸鹿小小失落了下，心底倒是頗為欣喜。

她一點也不想上學堂呀，耽誤時間，害得她不能任意行事。原來隱瞞真相可以被除名？欺瞞先生會被奪去上學資格？嗯，實在待不下去，一定要試試。

鄧夫子看她這反應有點不對勁呀？不是該嚇得花容失色，繼而懇切表示不敢有異心嗎？她怎麼好像很期待的樣子？這女學生有古怪！

鄧夫子雖只是一名教書先生，陸府也是配備了使喚丫頭的。她令陸鹿回課堂去，招手喚來身邊用慣的丫頭，低聲吩咐幾句。

畫作收上來了，接下來又是休息時分。春草得空上前彙報說：「姑娘，奴婢去打聽了，那邊學堂說度大少爺今日請假沒來。」

「他請什麼假？」

「說是身子不舒服，延請大夫看過，需靜養兩、三日。」

陸鹿懊惱一擊拳，狠狠道：「真不是時候。」

第九章

「春草，去把小懷叫來。」

「小懷？」春草想起來，是馬房那個小廝，多嘴問道：「姑娘找他來又為什麼事？」

「要緊事。快去。」

沒辦法，找不到商量的人，陸鹿只好繼續乖乖的幫段勉送信唄。一時也沒其他好人選，重任只好又落到這個機靈又懂事的小懷身上。

小懷年紀小，在馬廄也沒多少事做，前日幫大姑娘跑了趟腿就掙了一年都掙不到的銀子，心裡美滋滋的，他懂得財不露白，一點不炫耀，仍是如往常一樣幹活，就是他叔叔也不知道這小子發了筆橫財。

下午左右無事，小懷躲到自己小屋子數銀子玩。他跟叔叔住在下人房，分得一間小小偏屋，光線差，空間小，卻已足矣。

「小懷，小懷。」外頭有人叫喚。

小懷嚇得趕緊將銀子收進他牆中的空洞裡，遮掩好後揚聲應。「來了。」

他走出屋子，看到同是馬廄的小夥伴小金子，擠眉弄眼衝他笑。「快去，有人專門找你來了。」

「誰呀？」小懷一頭霧水。

小金子對他這種故意裝傻的行為很不齒，白他一眼道：「你就裝吧！」

「我裝什麼啦？到底誰找我？」小懷更是莫名其妙。

「一個標緻的小姑娘。你可別說你不認識呀！」小金子不屑地翻他一白眼。

小懷搔搔頭。他是真不認識什麼標緻小姑娘嘛！

等看到來人，他眨巴眨巴眼，看來有些似曾相識，有些眼熟，但又想不起是誰，所以只愣愣的瞅著。

春草等在廊下，看到小懷過來，然後就傻乎乎的看著她，氣惱得一跺腳。「你看什麼呢？」

「呃，姊姊找我？」小懷讓她惱聲驚醒，忙淺淺施禮問。他看到對方腰帶，那可是一等大丫頭的證明啊！

「跟我來吧。」春草直接前頭帶路。

小懷摸摸頭，看看周圍，他的一些小夥伴都躲在暗處等著瞧熱鬧呢。

「姊姊有什麼事吩咐？」小懷忙陪著笑緊走幾步。

春草總算可以端一回架子了，抿抿頭髮，斜著眼睛道：「自然是有吩咐的。」

「請姊姊提示下。」小懷仍是陪著笑。

「跟我來就行了。」春草也不知自家姑娘要交派小懷什麼事，不好揣測，只得故作神秘。

「哦。」小懷摸摸頭，忐忑不安的跟在春草身後，也不敢多嘴問。他知道這府裡除開老爺太太最大外，少爺小姐不能得罪，就是那些有點體面的婆子、丫頭，都不是他這等小螻蟻可以得罪的。

小懷閉上嘴，小心跟在春草後面，越走他越疑惑。這不是去女學堂的路嗎？便遲疑著張口。「這位姊姊……」

「閉嘴！」春草作個噓聲的動作，嚇得小懷把要說的話吞了進去。只聽前方有嬌俏的笑語傳過來，小懷更是不敢再進一步。

春草沒為難他，轉向一株海棠花下，施禮小聲道：「姑娘，人帶來了。」

小懷偷偷抬眼一看，花下站著一名身著淺白綢衣的少女，大膽將視線挪到臉上，頓時鬆口氣，緊走幾步上前見禮。「見過大小姐。」

「小聲點。」陸鹿擺手細聲，左右瞅無人，將懷中書信掏出來快快遞過去道：「幫我送封信去外邊，有重賞。」

「是。」小懷趕緊接過，也不看，就揣進懷中。

陸鹿又低聲報了個地址，小懷眉毛一挑，訝異抬眼。「太平坊秀水街十八號？」

「有什麼問題嗎？」陸鹿眨巴眼反問。

小懷嚇一跳，忙不迭答應。「沒，沒問題。」

「去吧，小心點不要讓人看到，不要讓人發現。快去快回。」

「是，小的明白。」小懷眉頭緊皺，隱隱明白什麼似的，有著深深的擔憂。

「呵呵呵～～」忽然有陰陽怪氣的笑聲透過搖晃的花枝傳過來。陸鹿順著聲音轉頭，只見易建梅一步一步走過來，臉上帶著發現秘密的笑容。

「笑得真像烏鴉。」陸鹿不客氣地指出。

易建梅面色一變，瞪她一眼轉向身邊一個同伴說：「真是有辱斯文哦！大白天偷會情郎，這傳出來連帶著我們梨香閣的名聲都要臭了。」

「就是就是，真是不知廉恥。」同伴附和。

陸鹿左右張望，不解問。「一剪沒，原來妳來這邊是偷會情郎呀，那我不打擾妳了。」說著，提裙子就要離開。

「哎，留步。」易建梅抿著笑攔在她身前。

陸鹿也笑吟吟偏頭道：「可是我不想參觀妳跟妳情郎幽會啊。」

「妳少狡辯。」易建梅收起假笑，露出猙獰的嘴臉指著她道：「明明是讓我抓到妳私會男子的證據，休想把髒水潑到我身上來！」

「男子？什麼男子？易姑娘妳想男子想瘋了是吧？」陸鹿不客氣調侃她。

易建梅勃然大怒，伸手就想撓她，讓陸鹿反手就給扣住手腕扭轉到後背，惡狠狠的警告道：「一個妾室外姪女，妳敢打我？也不照照鏡子。」

「哎喲，痛、痛！放手，放手！」易建梅花容失色。

同伴想上前幫忙，春草機靈，雙手叉腰同樣凶狠的上前一步，挑眉道：「妳敢幫忙試試？」

「春草好樣的。」陸鹿騰出手給春草一個大拇指，春草嘿嘿回她個傻笑。

其實易建梅比陸鹿個子還稍高一點，但是她身手沒有陸鹿靈活，所以一個不慎就被反制了。她反應過來後，忍著痛楚，開始撲騰反擊。

這具身體是陸鹿的，可內核是偏向程竹的。她在後世的好身手雖沒帶過來，可潛意識仍知道該怎麼制伏對手，三兩下就把易建梅雙手扭轉到後背，還朝她脖頸劈了一個不太大力的手刀。

「啊——」易建梅慘嚎。同伴一看，嚇得撒腿就朝前院奔去，明顯不是去搬救兵就是去告先生。

「看到沒有？惹我的下場！」陸鹿狠狠在她耳邊道：「妳再敢胡言亂語，輕則我讓妳明天上不來學，重則我讓妳聲名大敗。不信，走著瞧。」

「我信、我信，大姊姊，放手，我再也不敢了。」

「不敢什麼？說！」

「不敢胡言亂語！我沒看到什麼男子，都是我胡說八道。」易建梅也是個嬌養大的姑娘家，何曾受過這等痛楚？眼淚鼻涕都流出來了。

陸鹿勾唇帶出絲殘忍的冷笑。「是嗎？我還最恨當面一套、背後一套的貨色。」

「我、我不是。」

「那好，一會兒先生來了，妳知道該怎麼回話，對吧？」陸鹿拍拍她的臉，笑得嚇人。

「知、知道……我知道了。」易建梅現在只求她放開自己。

陸鹿冷哼一聲，將她雙手一放，抱臂看著她。

易建梅挫敗的揉著雙手，縮頭退到一邊，迎上她似笑非笑的神情，怕她又發難，急忙表態。「大姊姊，我一定不會亂說。」

陸鹿卻挑眉笑說：「妳說不說關我什麼事？反正，我也長著嘴，不如妳聽聽看我是怎麼說的好嗎？」

「姊姊請說。」易建梅心頭一跳。

陸鹿雙手籠在袖中，款款慢走幾步，笑吟吟道：「我帶著丫鬟在這裡賞花觀景，無意中看到易建梅和同伴鬼鬼祟祟的，心知有異，悄悄閃避一旁卻見原來易建梅在此私會一個陌生男子，看背影年紀十六、七歲。不等我瞧出是哪家登徒子，他就驚覺奪路而去。原來瞧見這勾當就挺晦氣的，沒想到易建梅卻知事情敗露，反咬一口，於是起了爭執。」

越聽，易建梅的面色越煞白，她沒想到有人能黑白顛倒到這個地步，一口氣差點沒提上來，就是春草也驚駭的瞪著自家姑娘，一時無語。

陸鹿悠悠轉到易建梅面前，噙著笑問：「我說得對不對？」

「不對！」易建梅大聲否認，憤憤指控她。「妳指鹿為馬，妳血口噴人，妳……」

陸鹿冷冷笑。「我是陸府嫡長小姐，妳說我血口噴人，有證據嗎？沒證據，小心我撕爛妳的嘴，或是……妳想看妳那個做姨娘的姑姑能不能保得住妳？」

「我，我……」易建梅說不出話來。在嫡長小姐與她之間，易姨娘會保她？就是會，能保得住嗎？就算這嫡長小姐不受老爺太太待見，好歹是血脈至親，她算什麼東西？

紛雜的腳步聲急促傳來，陸明妍稚嫩的聲音在那頭喚。「大姊姊，梅姊姊。」

「這裡，我們在這裡。」陸鹿興高采烈的跳腳舞手。

易建梅急急忙忙抿抿頭髮，收拾下表情。

果然，曾夫子在那個誰的帶領下，面色不豫的走過來，同來的還有陸明容兩姊妹及陸明姝等人。

「梅姊姊，妳怎麼啦？」陸明妍撲過來向著易建梅。

易建梅扯出個淺笑，擺手。「我沒事。」

「曾先生，妳怎麼來了？」陸鹿驚訝上前施一禮問。

曾夫子臉色陰沈著，問。「妳們在這裡幹麼？」

「沒幹麼，聊天賞花。對不對，易姑娘？」陸鹿笑吟吟轉頭。

易建梅接到她的眼神，唬一跳，急忙應道：「是、是。我們在邀著賞花呢。」

同伴那個誰急得扯她衣角，小聲不解問：「妳怎麼啦？不是撞見她的破事，然後她還動手打妳了嗎？當著先生的面，妳還怕什麼？」

「沒有的事。」易建梅甩開同伴的手，笑盈盈向曾夫子道：「曾先生，我跟陸大姊姊確實在賞花呢。雖說這秋海棠快凋零了，可陸姊姊說秋景秋花便是如此。當然，我也爭執了幾句，說那秋菊就開得正好，陸姊姊才回益城，只怕還沒賞過知府夫人秋園菊花……如此而已。」

陸鹿默默衝她微笑，用唇語送她一句：孺子可教矣！

曾夫子那雙犀利的眼睛在她和陸鹿之間來回打轉，流連了好一會兒。

「梅姊姊，原來妳們在說知府夫人秋園的事呀。」陸明姝和氣笑笑。

易建梅偷偷看一眼陸鹿，見她神色滿意，心就放下了。

「一點小事就大驚小怪、驚慌失措的，姑娘家的禮儀舉止白學了。」曾夫子冷聲對著一眾女學生道：「通通回去，罰站牆半個時辰。」

「是，先生。」其他人敢怒不敢言。

只有陸鹿好奇小聲問：「罰站牆是什麼意思？」

梨香閣的東牆角下，少女學生們一排站定，頭上頂本書，兩膝蓋之間也夾著一張薄薄的紙張，目視前方。

「咦？好眼熟哦。」陸鹿偏頭張望隔壁的同學。這樣的訓練方式是矯正體型的吧？保證抬頭挺胸背不駝，時間長了，比較顯氣質。好像現代有些禮儀公司也是這樣培訓員工的。

「站好。」曾夫子手持戒尺敲擊一下東張西望的陸鹿。

陸鹿趕緊站正，苦著臉問：「曾先生，我是初來，能不能少站一刻鐘？」

曾夫子眼中詫異之色一閃而過。她還敢講條件？膽怎麼這麼大呢？看來要加強管教，非得把她在鄉莊的臭毛病改過來不可。

「一視同仁。注意，書本及紙張掉下來，加罰一刻鐘。」

陸鹿翻個白眼，不好硬拗，只好發呆。

漸漸的，她有點熬不住了。膝蓋不彎倒可以堅持，可腦袋一動不動，做不到呀！眼看頭頂上的書本搖搖欲墜就要掉下，陸鹿不由得伸手扶了扶。

「啪！」曾夫子的戒尺毫不留情的打在她手上。

「嘶……」陸鹿痛得捂手瞪大眼。

曾夫子警告道：「念妳初犯，這次就不加罰。再有下次，絕不容情。」

陸鹿嘀咕一句。「沒人性。」

「妳說什麼？」

「我誇先生人美又厲害呢。」陸鹿嘻嘻咧嘴笑。

曾夫子無語瞅了她幾眼，冷起臉道：「少嘻皮笑臉的，站好。」

「哦。」陸鹿這次學乖了，頭貼著牆，漸漸有點想打盹。

晚上睡太遲，白天起太早，還要在學堂跟一眾姑娘家爭個輸贏，太費體力和精力了。反正不管怎麼說，今晚一定要把段勉趕走，他若出府了，才好兌現黃金呀。一旦黃金兌成功，那她是不是可以接著準備離家出走的事宜？

忽然感受到隔壁傳來幽恨的視線，陸鹿慢騰騰的轉頭，對上陸明容的目光。

「都是妳害的。」陸明容小聲嘀咕。

陸鹿很不服氣白她一眼。「誰叫妳愛湊熱鬧。」

「妳說什麼？」

「那個誰跑去亂打小報告時，妳這老學生不該攔阻嗎？反倒興致勃勃的帶著先生趕過來，是想看我出醜吧？活該被連累上。」

陸明容胸脯起伏，愣愣的瞪著她。看陸明容無辜的神色，陸鹿氣不打一處來，要不是曾夫子在門邊低頭翻書，陸鹿都想伸腿去絆陸明容了。

「哎，另一個打小報告的是誰呀？我沒記住她的名字。」

陸明姝淺淺笑說：「姊姊貴人多忘事。她叫黃宛秋，是大伯家周大總管姨姪女。」

「周大福的姨姪女？」陸鹿搜索了下記憶。

陸靖府上大總管周大福可謂是一人之下、百人之上。統領著陸大老爺府裡的雜事，權力不小，更是許多人爭相巴結的對象。只是，陸鹿記憶中沒有太多黃宛秋的資料，她的存在感偏低，想來跟她的身分有關。

難怪她跟易建梅關係好，一個是妾室娘家人，一個只是大總管姨姪女，倒也臭味相投。

被點到名的黃宛秋微微哼了一聲，眼角斜一下易建梅，頗為不忿。

她是一片好心去搬救兵，沒想到人家不領情，還牽連所有人罰站牆。實在想不通為什麼明明占了上風，易建梅卻臨陣幫著開脫。她們兩個待在一起時是不是發生了別的事？

大家各懷心事，梨香閣往日輕鬆氣氛，因為新學生陸鹿到來後鬧出的混亂變得沈重。

罰站結束後，大家又有半刻鐘時間休息。易建梅被黃宛秋一把扯到廊子角落，帶著惱怒逼問。「說，到底怎麼回事？」

「好姊姊，妳饒了我吧。」易建梅告饒。

「妳呀，平時不是那麼膽小怕事的主，怎麼今日明明妳有理，反而打起誑語來？」

易建梅深深嘆息道：「妳要是碰上一個蠻不講理耍無賴的嫡小姐，有理也會變沒理。」

「呀？她怎麼無賴了？」黃宛秋聞到貓膩，興奮問。

易建梅擺擺手，有氣無力道：「別問了。總之，這事就過去了吧。」

黃宛秋眼珠子轉轉，鼻子哼哼道：「妳想這麼過去，只怕人家未必肯呢。」

「妳想說什麼？」

「大白天，偷摸見面，私相授受，這等隱私讓咱們撞見，她會輕易放過嗎？」黃宛秋挑撥道。

「不可能吧？她？其實，我遠遠瞧那分明是個小廝……」

「哎呀，妳瞧清是誰沒有？」黃宛秋精神大振。

易建梅搖頭道：「沒瞧見面容，只是那打扮，就是府裡小廝。」

「呵呵。若是府裡小廝，那倒好辦了。」黃宛秋磨拳霍霍。

易建梅將她按下，急聲道：「宛秋，妳可別添亂了。她可不是咱們惹得起的。」

「妳就願意吃這個悶虧呀？」黃宛秋打抱不平反問，易建梅頓時怔了怔，見此，她眼珠子亂轉，奸猾地笑著安慰。「妳放心。咱們先找出那小廝，然後……嘿嘿。」

「怎麼找？」易建梅也沒那麼反對了。

「妳莫忘記，周大總管可是我表叔呢。」黃宛秋鼻子一翹道。「滿府裡要找一個小廝，那還不容易？」

「對哦。」易建梅拍拍額門，想到陸鹿這一天之中施加給她的羞辱便怒從心頭起，狠狠道：「好，就這麼辦！」

她們兩個躲在這裡嘀嘀咕咕，只有陸明妍瞧見了，瞄了一眼，拉拉身邊姊姊的袖子，低聲問。「二姊姊，我瞧這大姊姊不是好相處的呢。」
「不要怕她。」陸明容眼角掃一眼在梨香閣窗邊跟陸明姝聊天的陸鹿，壓低聲音道：「她得意不了多久的。再說爹爹不喜歡她，太太對她也只是情面上，哪用得著怕她？」
「可她是嫡小姐，這身分上就壓咱們一頭。就算姨娘她……」陸明妍翹起嘴角少年老成地嘆道：「咱們還是別輕舉妄動吧。她這麼粗鄙又不知禮，最容易得罪人了。」
陸明容嘴角抿著滿意淺笑，伸指戳戳她額頭，小聲道：「偏妳是個小人精。」
「嘻嘻，二姊姊，別以為我小就什麼都不知道。」陸明妍掩齒格格笑道。
而另一頭也在閒話中。
「知府夫人的菊宴？還沒辦呢？」陸鹿嘴裡咬著點心，面現詫異之色。
陸明姝微微淺笑道：「今年暖秋，延遲半月。」
「那什麼時候辦？」
「七天後，二十號。」
陸鹿「哦」一聲沈吟片刻。前世的確是剛回城就順著龐氏去參加這次知府夫人舉辦的賞秋宴，那一次可謂花枝招展、珠光寶氣、爭奇鬥豔、秀色一堂。
「這位知府夫人可真好興致啊！」陸鹿隨口淡淡評一句。
陸明姝掩齒笑道：「可不是。這位常夫人真正好雅緻，今夏還請了從玉京城避暑益城的太太、小姐們在北湖賞荷呢。」
「妳怎麼知道？邀妳去了？」陸鹿好奇問。

陸明姝喜色中難掩得意，小聲道：「我跟二姊姊也被邀請去陪陪京城來的貴小姐們。」

「掉價！」陸鹿不客氣撇嘴。好歹是益城首富商紳，憑什麼任人召去陪京城來的官小姐們呀？這陸府也太愛往上攀高枝了吧？

「大姊姊，話可不能這麼說。那福郡王府上的官小姐和西寧侯府小姐可不是尋常人能見到的。」

「誰誰誰？」陸鹿的耳朵捕捉到了西寧侯三字。

「西寧侯家來了三位小姐，年紀都跟咱們差不多。那郡王府小姐只來一位，都是極美又極和善的。」

陸鹿眼珠子轉了轉，注意力不在這些官小姐長相上，不解地問道：「好好的皇親貴戚幹麼跑益城來避暑？還來這麼大一窩？」

陸明姝嘴角一小抽，眼光一滯，忽然想到她才從鄉莊回來，諸事不知也情有可原。便好心幫她解說道：「雖說京城皇親貴戚另有好去處避暑消夏，但咱們益城北郊鳳凰山不僅風景好，聽說連國師都誇說風水好，將出國之良材。幾處天然溫泉，最是宜人，那北湖又柳枝依依，湖堤更有那先太祖留下的墨寶，每年夏冬兩季，京城達官貴人來得可不少呢。」

「哦～～」陸鹿拖長音調，受教了。

陸明姝雙手合掌期待道：「希望這次常夫人賞菊宴，段家小姐們也能來就好嘍。」

「妳跟她們感情這麼好啦？」陸鹿好笑。

陸明姝臉色一紅，眸光閃亮，輕輕垂下，小聲道：「說不定能見到段世子呢。」

「啊啊啊！」陸鹿驚呼，脖子後仰，不可思議地瞪著這個美貌的堂妹。段世子？可不就是段勉？小堂妹不會春心萌動了吧？就那個擺臭臉一副拒人千里的冰山男，竟然還能撩動深閨少女春心？

「大姊姊？」陸明姝一看她這副活見鬼表情，羞紅臉扭著身嘟嘴道：「妳怎麼這樣呀？」

左右四瞅無人，陸鹿壓低聲音悄然問：「段世子是不是單名一個勉？」

「嗯。沒錯。」

「不是聽說他在邊境打仗嗎？妳從哪裡看到的？」

陸明姝眨著水眸，看一眼滿臉好奇的堂姊，弱弱道：「前年，段世子隨顧將軍回城，打從益城過，我跟太太們在酒樓瞧見一面……」從此愛慕的種子就種在心田了，一點一點慢慢發芽。

「就一面，妳就動心了？」陸鹿問得很直白。

陸明姝含羞帶臊一甩手帕子，扭身惱道：「不跟妳說了。」

「哎，別呀，坐坐坐。我也挺好奇的，給我說說這位段世子到底啥樣人？」陸鹿扯下陸明姝欲走的身子，強行按坐下。

陸明姝捋捋頭髮，狐疑問：「大姊姊要打聽這麼清楚做什麼？」

「我？我不就想知道到底是什麼樣的絕世公子，只憑一面就擄獲了咱們陸府最漂亮的小姐呢！」

「大姊姊，妳可不許胡說。」陸明姝輕咬下唇，臉上飛起嬌羞，本來就楚楚動人，這下更添少女的嬌憨，令陸鹿都看呆過去。

「好好，我保密，我發誓。」陸鹿忙舉右手莊重嚴肅。

陸明姝也是小孩心態，心裡裝著一件事，還事關風月不能向任何人吐露，快憋得受不了了，正好陸鹿看起來很有興趣的樣子，她就忍不住想傾訴一番。

「其實我也不大知道世子爺是什麼樣的，都是道聽塗說。」陸明姝欠身壓低聲音道：「只知道段府老夫人姓姜，是太后的堂妹。段府兩位老爺，大老爺襲了侯爺爵位，只有段世子這麼一位嫡子；二老爺是吏部尚書，也只得一位公子，其他都是小姐們；還有位姑太太嫁給福郡王。皇恩浩蕩、富貴滔天，就連皇上也十分倚重西寧段府，可謂是天子第一近臣。」

「這段跳過。那段勉有什麼風評？」陸鹿對段府倒是瞭解一二的，比陸明姝知道的多多了；她就想知道外界是怎麼評論這位段世子的。

陸明姝又擰擰手帕，頭垂得低低道：「嗯，據說天資過人，從小便過目不忘，文章、武學都是極拔尖的，又沒有平常貴公子們的惡習，性情偏冷淡。還說什麼隨著顧將軍守衛邊境後，屢立奇功，是令和國人膽寒的少年英雄……」

「切！」陸鹿脫口就啐。

「大姊姊……」陸明姝意外一怔。

「哦，沒、沒什麼。算了，這些陳詞濫調其實我在鄉莊也聽人擺過龍門陣。唉！沒點新鮮的。」她攏起袖子很無聊丟下一句。

第十章

陸明姝快哭了。她一個深閨少女，能打聽出這些就不錯了，還指望她挖掘出更深層次的段勉嗎？段勉那樣猶如天人般存在的貴公子，是她能深入瞭解的嗎？

「抱歉，明姝，我不是故意要埋汰他，實在這些我都聽過了。」陸鹿又補充一句。

「我只知道這些，再多的消息我哪能知曉？」陸明姝撇撇嘴，吸吸鼻頭，覺得很委屈。

「是是、是我不該期望那麼高。」陸鹿手支著下巴，忽然問：「不曉得段府在益城可有別院？」

陸明姝遲疑下道：「段府有沒有不清楚，上官府在城中倒有處別院。大姊姊沒聽說嗎？」

「沒有。我在鄉莊聽來的消息七零八落的不完整。」陸鹿心思一動，眼中有火苗在跳動。「明姝，快點告訴我。」

「嗯。」陸明姝見她神色突變，也不疑有他，低聲報出一個位址。

「嘶——」陸鹿面容一下可怖，眼神恨恨。這地點可不就是小懷第一次送信的地點嗎？段勉，你個狡詐的混蛋！

避在雜屋的段勉沒來由打個冷顫。

到了酉時學堂散學時間，春草盡責盡職的幫忙收拾書桌，陸鹿袖著手晃出門口，就見鄧夫子一臉嚴肅的站在臺階下，瞄她一眼道：「妳留下。」
「為什麼？」陸鹿詫異，這年代也要留校？難道是專門給她開小灶？不可能……看鄧夫子臉色，鐵定沒好事！
鄧夫子差點讓她氣笑了。她堂堂受府裡老爺、太太禮遇有加的女先生，要一個女學生留下來，還需要解釋？
其他學生都帶著探究的眼神望過來，陸明容兩姊妹更是興奮與好奇：難道先生要責罰她？
「大姊姊，我陪妳吧？」陸明妍扯扯她的衣角，善解人意地說：「鄧先生很和氣的，妳不要怕。」
陸鹿一記眼刀飛過去：去你媽的，明明什麼事都沒發生，被妳這麼說，好像一定會受罰似的，而且還假模假樣的要陪伴，妳是想看笑話吧？卻打著關心的名義，其心惡毒啊！
「三妹妹，妳想哪裡去呢？明明先生見我初入學堂，課業有點跟不上大家，特意留下來給我個別補習了，妳扯什麼怕不怕？心思真歹毒！」
「我、我沒有！」陸明妍嚇壞了，小臉立刻就做出要哭的表情。
陸鹿狠狠白她一眼，嫌惡揮手道：「有沒有自己心裡清楚。」
「大姊姊，我真的沒有那麼想，妳、妳不要誤會！」陸明妍還可憐巴巴博同情。
陸明容卻冷著臉走過來，拉過妹妹，對陸鹿道：「大姊姊，三妹還小，說話口無遮攔了點，妳大人大量，不要為難她。」

「妳眼睛還是耳聾呀，有聽見我為難她嗎？小小年紀心思百轉千回的，句句含沙射影，這是跟妳們那做姨娘的生母學的吧？我相信學堂是不會教妳們這些彎彎曲曲小心思的。」

「妳怎敢這麼說?!」陸明容怒了。罵她們姊妹不稀奇，還捎帶上易姨娘，那可是她們的生母，豈容她胡說八道？陸明容和陸明妍兩姊妹臉都氣白了。

陸鹿眼光一掃，準備散學的其他人都錯愕地看著她們吵架，對話實在太驚悚，一時忘了勸架。

「切。我心裡想什麼就說什麼，哪像妳們兩姊妹藏頭縮尾、話裡帶話的。不愛聽，妳把耳朵捂起來。」

「我、我告……」陸明容想了想，指著她氣憤地發抖道：「我告爹爹、母親去。」

陸鹿欠扁一笑，聳肩做個手勢。「慢走，不送。」

「妳妳妳……」陸明容渾身發抖，嘴唇哆嗦道：「妳給我等著。」

「切，我才不等呢，妳哪根蔥呀？」陸鹿順便又翻她一個白眼。

陸明姝這時反應過來，急忙上前勸。「大姊姊、二姊姊，別吵了。一家人，以和為貴。再說，也不是什麼大不了的事，大家各退一步就好。」

「除非她馬上道歉。」陸明容咬牙切齒。她是庶女沒錯。可她這個庶女十多年都養在陸靖身邊，比這個十多年待鄉下的嫡女受寵多了，她就不信鬧到長輩面前，她能有好果子吃。

「妳算老幾呀？」陸鹿鼻孔朝天，白她一眼，然後掉頭面向鄧夫子，笑咪咪說：「鄧先生，我留下了。有事妳吩咐。」

鄧夫子和曾夫子都被她的言論給驚呆了。這、這也太口無遮攔了、太粗鄙無禮了！哪裡像個富家小姐呀，明明是鄉野丫頭嘛。

陸明容見她不搭理，還想氣憤上前跟她理論，讓易建梅等人死死抱住勸。「二姊姊，不要衝動！」

「好，我這就告母親去！」陸明容氣不過，跺腳扭身就跑了。

等學生三三兩兩退出梨香閣後，鄧夫子認真地盯著陸鹿。「妳確實需要單獨留下來好好補習。」

「是，先生。」陸鹿眼皮也沒抬的應下。

曾夫子撫額，怎麼會有這種女學生？嘴又損，行為又粗魯，完全沒家教。這要走出去，簡直是丟她禮儀先生的臉呀。看來是要好好幫她補習小姐們的舉止禮儀。

「過來。」鄧夫子神色凜然走進旁邊小書房。

「哦。」陸鹿跟進去。

「關門。」

「好的。」陸鹿聽話的把房門掩上，然後對上鄧夫子古怪的眼神，問：「先生，怎麼啦？」

鄧夫子盯著她半晌，問：「妳怎麼知道楊明珠在衣服裡做手腳？」

「先生說什麼，學生聽不大懂。」陸鹿裝傻。哦，原來東窗事發了，不過，這效率也太快了吧？

鄧夫子冷冷一笑說：「我派人跟著她，半路她就換了件外套，並且直接去了生藥鋪子，而不是回家。」

「哦，她著涼了嗎？可能去抓藥呢。」

「她一個小姐身分，著涼需要親自去抓藥？」

「也許，她有這方面的愛好呢？」陸鹿故作天真地猜測。

鄧夫子板下臉，一拍桌子，厲聲喝。「陸鹿，別以為妳是府裡嫡小姐，就可以目無尊長。」

「我有呀。您看我的眼睛……」陸鹿歪著身，眨巴眨巴眼睛，還俏皮問：「有看先生吧？」

「妳、妳給我跪下！」鄧夫子被她氣炸了。

陸鹿正正身形，不悅問：「為什麼？」

「矇騙尊長，放肆言語，舉止輕佻……還不跪下？」鄧夫子厲聲喝斥。

陸鹿袖著手，冷冷道：「不跪！」

「妳還敢頂撞尊長？」

「嗯，快去告狀吧。」陸鹿巴不得不用上學呢！最好以後都不要上學，就無所事事的待竹園閒逛。

鄧夫子臉都氣紅了，從來沒見過這麼頑劣的學生，還是個女的。她抓起書桌上的戒尺，舉向陸鹿。

陸鹿敏捷的跳到門邊，笑笑道：「先生息怒，年紀大了，怒易傷肝。學生先告辭了，改日再領罰吧。」她轉身打開門卻發現曾夫子臉色陰沈的堵在門口。

「曾先生，妳不會是在這裡聽我跟先生說話吧？」陸鹿還很好奇地問。

曾夫子將她手一拽，硬是拉進小書房。好啦，現在她一人面對兩位成年女性，實力懸殊，估計打不過。

「嘿嘿，君子動口不動手，兩位先生，有話好說。」陸鹿認慫陪笑。

「頂撞師長，還敢落跑？妳膽夠大呀！」曾夫子揪著她耳朵命令道：「跪下向鄧先生賠禮道歉。」

陸鹿撇撇嘴。膝蓋很直呀，彎不下去，不想給人莫名下跪，怎麼辦？

「還愣著幹什麼？」

陸鹿瞧一眼氣勢洶洶的曾夫子，再看一眼黑沈著老臉的鄧夫子，不情不願嘀咕道：「我在鄉莊時，腿受過傷，膝碰地的話就會磕著舊傷，嚴重會臥床不起。」

「胡說！」曾夫子狠狠拍拍她的頭，氣憤道：「再胡說八道矇騙師長，板子侍候。」

「不信，妳們看嘛。」陸鹿果斷的擼褲管。舊傷是沒有，不過她這幾天晚上偷摸出門，磕著碰著是有那麼幾回，因為不大痛，她沒搽藥，瘀青還在。

看著光潔腿露出，膝蓋似有幾處青紫印痕，曾夫子目瞪口呆。

「把手伸出來。」鄧夫子淡淡命令。

這回陸鹿學乖了，不問為什麼，淡定的伸出手，「啪啪」清脆兩聲板子。

「哎喲，痛痛痛！」陸鹿跳腳齜牙嚷。

鄧夫子冷著臉教訓道：「這是對妳為師不敬的責罰。」

「哦。」陸鹿搓搓手，呼呼的對著掌心吹氣。

「老實交代。」

陸鹿莫名其妙問：「交代什麼呀？」

「妳怎麼會無緣無故交換衣服？」

「這個呀，」陸鹿捧著手，苦笑道：「鄧先生，您老不是都知道了嗎？」

「我知道是一回事，妳把妳知道的交代出來。」

陸鹿瞄一眼曾夫子，心底有些不滿。這世道怎麼被害者還要解釋啊？

「看我做什麼？見不得光呀？」曾夫子哼一聲。

陸鹿挑挑眉頭，懶洋洋道：「好吧好吧，就讓學生滿足一下兩位先生的好奇心吧。其實很簡單啦。那種粉末是有味道的，雖然輕淺，可架不住我鼻子靈呀，一上身就聞出來了，聞出來自然就心生懷疑，懷疑當然就果斷止損嘍。」

鄧夫子跟曾夫子對視一眼，交換個神色。「妳聞得出來味道不對？」

「嗯。像儲備的冬衣，有樟腦味是正常的，可楊明珠攜帶的備衣外套，按理說有點脂粉味沒什麼，可聞進鼻子裡卻有一股極淺的藥味，而且這藥吧，我……」陸鹿打個頓，笑道：「我在鄉莊聞過一次，太難忘了。」

「真的只是這樣？」曾夫子眼裡有不信的神色。

陸鹿苦笑說：「不然呢？我又不是她肚子裡的蛔蟲，哪能提前得知她的鬼名堂？我可是被陷害的呢。」

書房靜寂片刻，鄧夫子從頭打量她數眼，眸光微閃。

「兩位先生，還有什麼事嗎？沒事的話我先回去了。這會兒，只怕太太跟易姨娘正等著問我話呢。」

「去吧！」鄧夫子開恩放她。

「學生告退。」陸鹿一施禮，快步退出。

下學後，按規矩得先去後宅見太太才好回園。陸鹿估計陸明容兩姊妹已經告完狀了，被搶得機先，等待自己的將會是場嚴厲的責罵。於是，就不緊不慢的悠走，還叮囑春草說：「妳先回去，換上夏紋過來。」

「奴婢陪著姑娘吧。」

「妳回去盯緊小懷，萬一他送信回來有什麼話帶到呢？別人我不放心。」陸鹿吩咐。

春草明白了，鄭重點頭。「奴婢懂了。」

「去吧去吧，從那邊抄近路過去。」陸鹿指點左手長廊盡頭的月亮門。

春草對那近路不大知悉，茫然地看一眼，正想問陸鹿怎麼走，轉頭卻見她已遠去。

陸鹿袖著手，才踏進後宅正堂就看到來往丫頭婆子一面朝她行禮，一面拿奇怪的眼神瞄她。等踏上堂皇的正房正室臺階，就聽到裡面傳來嚶嚶的哭泣聲。

小丫頭打起簾子報。「大小姐來了。」

裡頭的哭聲一頓，換成吸鼻子的聲音。

陸鹿也眨巴眼睛，迎風吹了下下，然後垂下手小心邁進去。

來到內室，龐氏一臉淡漠的坐在主位，旁邊易氏跟朱氏都立著侍候，陸明容和陸明妍正掩著手帕坐在椅上抹淚呢。

「母親，我下學回來了。」陸鹿上前施禮。

龐氏唔一聲，道：「聽說，妳今日在學堂很是威風？」

「不知母親是聽誰說的？」陸鹿抬起眼詫異。

「別管誰說的，有沒有這回事？」

「沒有。我，我……」陸鹿抬頭狠狠搓把臉，垂頭喪氣道：「威風是沒有，倒是讓其他妹妹們給了好幾個下馬威。」

「哦？」龐氏一怔，嘴角勾起淺淺笑意，招手。「過來。好好給我說說。」

「是，母親。」陸鹿便開始巧舌如簧，先從易建梅說起，委屈道：「母親，女兒實在無辜。嘴快腦子快，一時取個外號而已她就告先生要打我，為息事寧人，女兒還請她也依照諧音給我取個鹿鹿大順的外號扯平，誰知她不忿得很。連帶著她的好朋友明珠妹妹為幫她出頭，故意將作畫的墨灑在我衣服上……」

「妳胡說。」陸明容情急之下打斷她的描述。

龐氏一個眼神過去，她忙垂眸請罪。「母親息怒，女兒不是故意插嘴的。」

「然後呢？」龐氏抬下巴問陸鹿。

陸鹿眨巴眼作天真無辜狀道：「女兒自然是脫下衣服讓她去漿洗乾淨。」

「沒有了嗎？」

「哦，那個楊明珠開始也知趣，見女兒沒帶備用外套，便將自己的取來給我，一入手女兒就覺得不對勁，有股異味。母親，女兒在鄉莊曾從秋千架上摔下昏迷好幾天，後面便有諸多毛病。比如說鼻子聞不得怪味，不然就會不停的打噴嚏、不停的噴。女兒當時果斷的脫下要跟她身上的交換，沒想到，這卻又惹得其他人看不慣去告先生……」

說到此處，陸鹿的眼圈紅了，扁扁嘴小聲道：「她們合起夥來欺負我一個新入學的。母親，妳要給我作主啊！」

「妳、妳、妳簡直是……」陸明妍都聽不下去了。

易姨娘悄悄遞一個眼神給女兒，示意不要躁動。

朱氏拿帕子掩著嘴，輕笑道：「鹿姐兒，這麼說是她們都在欺負妳嘍？欺妳新來的？」

「大概是吧。誰讓我是鄉里長大的，身分卻是嫡長呢？座位又排在第一排，別人看不慣是正常的。」陸鹿涼涼挑撥。

陸明容手抓緊椅背，恨不得跳出來打她一個耳光。太無恥了！太狡辯了！

「說說下學的事。」龐氏不冷不熱地問：「妳跟容丫頭、妍丫頭吵嘴了？」

「嗯，吵了。」陸鹿大方承認。

易姨娘吁口氣，看著陸鹿，不鹹不淡道：「小孩家磕磕碰碰是難免的，可鹿姐兒怎麼也不該把妾身帶上呀。」

「沒帶上姨娘呀！」

「妳敢說不敢認？」陸明容氣不過，忿忿指責。

陸鹿眼波流轉，瞅瞅龐氏，眼角又斜一眼易氏和笑吟吟看熱鬧的朱氏，吸吸鼻子，甩出手帕委屈道：「我說什麼啦？」

「妳、妳說我們心思百轉千回，是跟姨娘學的。」陸明容氣憤不過嚷道。

陸鹿抹下眼角，垂眸嘆氣道：「這句有問題嗎？」

龐氏臉色這才稍稍一變，端起茶盅，吹去茶沫淡淡問：「鹿姐兒為什麼覺得這話沒問題呢？」

「二妹妹、三妹妹生母不是易姨娘嗎？生母言行影響女兒言行舉止不是正常的事嗎？」陸鹿還眨著無辜大眼舉例道：「我在鄉莊可見多了。那為母忠厚的，子女必定善良；那為母奸滑的，子女十之七八會是歪瓜裂棗，而像我這樣從小沒娘教導的，自然天真爛漫，全無城府，口無遮攔，一根腸子通到底……」

大夥兒都被她厚臉皮的自吹自擂及指桑罵槐驚呆了。

「妳無恥！」陸明容兩姊妹到底沈不住氣，霍然而起，死死瞪著她。

陸鹿掩面擠淚，向陸明容委屈嚷。「二妹妹又不是鄉下長大的，為什麼出口成粗？」

陸明容指著她，氣結語塞。

龐氏一時都有點懵了。易氏受委屈，關她屁事？嫡庶女之間互鬥，她只要先看熱鬧再輕描淡定調解一番就算了，反正也不是她肚子裡掉出來的肉。

沒想到，這陸鹿不但認了，還將她不聲不響的帶上，看來把她遺忘在鄉莊，怨氣很大啊！

「都閉嘴！」龐氏重重放下茶盅。

陸明容強壓下氣惱，垂眸立一邊。易氏和朱氏見龐氏動了怒氣，也大氣不敢出，更不敢求情了。

龐氏掃一眼拉長臉委屈表情的陸鹿，又不喜了幾分。「鹿姐兒，這事我聽明白了。」

「請母親主持公道！」陸鹿小聲說。

龐氏撇出個冷笑道：「好。妳出言不遜在先，無知無禮在後。罰妳向二姑娘、三姑娘道歉。」

「哦。」陸鹿也沒狡辯了，乖乖向陸明容施禮道：「請兩位妹妹大人大量原諒長姊我一時無知言語。」

陸明容匆匆看一眼易氏，後者輕點頭。

「姊姊請起。」陸明容忙斂去惱意，笑吟吟虛扶一下陸鹿。「姊姊一向在鄉莊長大，又才回府，這禮數自然是沒來得及學全，不怪不怪。」

「咳咳！」易氏掩帕咳一下。

龐氏冷眼看去，接著說：「二姑娘、三姑娘久居益城，禮數最是周全，卻大庭廣眾與嫡姊拌嘴，平白讓人看笑話去，明兒起罰禁足半月。」

「啊？」陸明妍脫口驚呼。朱氏在一邊目瞪口呆而後又若有所思。

易氏心疼，顧不得什麼便上前求情道：「太太念她們年幼無知，且先記下這遭吧？」

禁足半月？那知府常夫人舉辦的賞菊宴可不就去不成了嗎？別人不知這賞菊宴真正目的，她陸府還不知嗎？官太太與富紳太太攜待字閨中的適齡小姐出席，擺明是各自為家中適齡少爺們挑少奶奶呢！聽說知府家有兩個年已十五的少爺，俱是資容出眾、才華了得呢！

龐氏看著手上新入的一顆寶石戒指，淡淡道：「我向來一碗水端平，從來沒有破例的時候。」

「是，太太一向公平厚道，是妾身多嘴了。」易氏一聽這話，惶恐輕拍一下臉頰。

陸明容兩姊妹悲憤的狠瞪一眼陸鹿，見易氏求情不管用，只得乖巧應承下來。「母親責罰得對，女兒遵命。」

雙方表面功夫都做得還挺足，並不過分違逆龐氏的主意，她臉色稍霽，盯一眼陸鹿，卻說：「妳也一樣。」

陸鹿眸光一喜，隨即裝作不明白，茫然問：「母親，一樣什麼？」

陸明妍到底年小，氣恨恨道：「一樣禁足。」

「哦。」陸鹿看一眼龐氏，後者不動聲色坐實明妍的憤詞。

禁足才好呢。陸鹿才不想去學堂，她要出府！她要兌金子！她要把這筆橫財先轉移到一個安全的地方，所以，她巴不得被禁足，反正竹園偏僻，她偷偷溜出府一會兒，也不容易穿幫！

龐氏和朱氏都眼光毒辣的發現，這位嫡大小姐臉上一點都沒有憤惱之色，平靜無波的接受，一時反而猜不透她的真正心思。

龐氏心忖：難道真的被學堂的人欺負怕了，聽說禁足反而心喜？

朱氏卻不同意，只覺陸鹿這架勢，十成十是不喜歡讀書學習的。也對，鄉莊裡野慣了，只怕不耐煩受拘束。

這場口角風波在龐氏各打五十大板中暫時息事寧人。陸鹿乖乖的陪坐一陣後就告辭回了竹園，而陸明容兩姊妹卻心心念念還要找機會跟陸靖告狀。

竹園。

夏紋捧上茶，衛嬤嬤進來望著悠哉的陸鹿長長嘆氣。

「衛嬤嬤，妳老人家又怎麼啦？」

衛嬤嬤抹抹眼角，恨鐵不成鋼的跺腳嚷：「大姑娘呀，妳說，好好的妳去招惹二姑娘、三姑娘做什麼？人家可是有生母庇護的。妳呀，自從上次秋千架上摔下來，就胡作非為、膽大包天、口無遮攔，性子變得這般野了。」

「評價到位，到底是老人家。」陸鹿還閒閒的打趣。

衛嬤嬤無奈上前，苦口婆心勸：「姑娘，妳十多年不曾在府裡住過，如今才接回幾天，應低調嫻靜為主。這府裡可不比莊上，個個都不是省油的燈，一雙雙勢利眼就等著看咱們笑話呢！」

陸鹿歪在榻上，懶懶道：「我知道了。」

「姑娘，妳好好坐著，這像什麼樣子嘛？」衛嬤嬤扯起她。

陸鹿百般不情願起身，笑嘻嘻說：「衛嬤嬤，屋裡就不要立那麼多規矩了吧？再說我今天在學堂裡可被人欺負慘了。」

「誰？誰敢欺負大小姐？」

陸鹿扳起手指頭數給她聽。「易建梅、楊明珠、黃宛秋、陸明容和陸明妍。」

「大小姐……」

「哦，還有兩位先生，留著我打板子了。好痛！」陸鹿苦著臉把手攤出去，頓時慌得衛嬤嬤沒工夫管教她，一迭聲的喊人拿跌打藥來。

很快，府裡三位姑娘同時被禁足的消息就傳開了，大夥兒不免議論紛紛，也有那好事者把原因打聽出來，無不嘖嘖稱奇，背地裡道：「這位大小姐還真有點鄉里人憨傻勁，啥話都敢往外倒。」

也有下人撇嘴道：「還是二姑娘、三姑娘知禮數，教得好，要是有人敢罵我娘親，鐵定上去撕她的嘴！」

「妳敢嗎？那可是正正經經嫡長小姐。」

「可是，她編排的可是易姨娘。」

「所以，這事不好說，只怕沒完。」

竹園風平浪靜，至少表面上，但是陸府其他園子可暗潮湧動，尤其綠園。
易姨娘氣得吃不下飯，悶悶的歪在暖榻上，向著心腹賈婆子問：「她到底是憨傻呢，還是精明過人？」
賈婆子小心使個眼色給春芽和秋碧，這兩位丫頭很快掩門而出，守在外邊不讓人挨近。
「姨娘是說這鹿姐接手那只密盒，卻裝作一無所知的事？」
「妳親手交給她了？」易姨娘秀眉蹙緊。
「是，老奴親手遞上去的。」
「那沒道理啊？」易姨娘若有所思道：「血帕子在，衛嬤嬤又必定能認出盒子是前頭死鬼太太的，怎麼一點動靜都沒有呢？」
照易姨娘的推定，一般人瞧見生母遺物及那帶血的絲帕，多少會觸景生懷，心生懷疑，再悄悄派人過來打探一番吧？這大小姐倒好，默不作聲的接了，還能沒事人似的瞎胡鬧。
賈婆子也幫著默想一回，低聲道：「依老奴瞧，大姑娘這事辦得妥當。」
「哦？」
「姨娘妳想，大姑娘才被老爺、太太從鄉間接回來，腳跟沒站穩，屁股還沒坐熱，怎麼敢興風起浪呢？怎麼著也要先觀望觀望些日子吧？」
易姨娘回味了下，臉上現懊惱道：「是我太心急了。」
「姨娘也不必自責。老奴又覺得早晚要送過去，這晚送不如早送，早早在大姑娘心裡種下一根刺，也好！」

第十一章

易姨娘聽她又把話圓回來，露出笑容，坐正身體，笑說：「橫豎妳都有理。」

賈婆子陪笑道：「是姨娘神機妙算。」

「行了，妳也別吹捧了。」易姨娘揮手，接著嘆氣。「妳怎麼看今天學堂裡發生的事？」

賈婆子拿眼溜一眼四周，更加低聲道：「老奴聽說，這大姑娘今天把學堂裡的先生、女學生都得罪了個遍。想來她如此出言不遜，倒像是故意為難二姑娘、三姑娘。」

「為什麼呢？跟自家姊妹撕破臉，對她有什麼好處？」易姨娘想不通。

賈婆子瞇著老眼，苦思良久，也搖頭不解。「老奴不知，這大姑娘行事沒有章法，到底是鄉里帶來的脾性，實在不好琢磨。」

易姨娘端起手邊茶盅，輕輕刮蓋，小聲問：「竹園那邊呢？」

賈婆子更是攤手苦惱道：「外有衛嬷嬷把著，內有那兩個鄉里跟來的一等丫頭守著，咱們的人插不進去，無從知曉竹園更多消息。」

防範得還挺嚴啊！易姨娘陷入沈思。

前院側廳，周總管將所有的大、小管事都召來訓話，這是陸府的規矩，隔日由大總管集齊中、小總管們該勉勵的勉勵、該罰的罰，敲打他們做事勤，不許偷懶。

今天例行訓話結束後，周總管還格外添加一項，將下午申時兩刻，不在班、擅自出府的小廝們統計起來報告給他。大、小管事們面面相覷，不曉得大總管這是要幹麼。

「愣著幹什麼，還不快去？」周大福板起老臉厲聲斥。

「是。」大、小管事見他面色不善，低頭答應，紛紛回去加班統計。

後堂內宅，龐氏領著丫頭們服侍陸靖更衣沐浴後，親自捧著參茶奉上。

陸靖這兩天煩心事特別多，臉色相當不好，仰頭靠在床上半瞇眼，接過參茶啜一口。抬頭見龐氏也是沐浴一新，換上鬆軟家居繡服，半綰髮半披髮，燈下顯出幾分嫵媚可人來。

陸靖伸手就要去握龐氏的手，忽聽外頭多順的聲音，帶點急促的聲音報：「老爺、太太，二老爺派人過來請老爺馬上過去一趟。」

「什麼事？」龐氏很惱火，陸靖好不容易今晚留宿她屋裡，她也精心打扮了一下，偏生不長眼的來破壞好事。

多順惶恐回道：「奴婢不知。」

陸靖眉頭緊皺，慢騰騰下床問：「來的是誰？」

「回老爺，是鐘大管家。」

一聽是二老爺那邊的大總管鐘附親自來請，陸靖騰地就站起來迭聲喚：「更衣。」

「是，老爺。」龐氏見陸靖臉色變得凝重，心知不是商號上的大事就是三皇子那邊的朝堂事，也不敢怠慢，又帶著大丫鬟們服侍著陸靖穿衣梳髮。

「對了，鹿姐白日在學堂還順利吧？」陸靖張著手任眾人服侍著，忽然想起什麼來。

「聽說還行。」龐氏心頭一顫，語焉不詳。莫非易姨娘那個女人背著她跟陸靖告狀了？當然陸靖並不是真心關懷陸鹿，而是從外頭來，無意中聽管家多了句嘴，說什麼今天女學堂可熱鬧了。他想起陸鹿今天第一天入學，才問一句。

「哦。」陸靖整整衣襟，沒再多問而是徑直出門去了。

龐氏送陸靖出門，站在廊下等人去遠，才恨恨地向身邊丫頭道：「去，給我打聽老爺回後堂之前都見了什麼人、聽了什麼話。」

「是，太太。」

龐氏把控後院，耳目眼線眾多，可手再長也不可能伸到外院去呀！陸靖身邊常用的跟班跟她也不是一條心，是以，有關陸靖的身邊訊息是短板一塊。

小懷閃躲著將回信交給春草後，領了賞銀，就飛快的躲進自己小屋。

他依附著叔叔在馬廄討活路，投奔才不到一年，年紀又小，管馬廄的老曹十分貪財，小懷的叔叔沒錢打理走後門，故小懷在陸府幹活大半年，除了能有頓飯吃、時不時得幾件舊衣服外，並沒有月例銀子，畢竟還沒正冊入奴籍呢！

陸府是富戶不假，可這買賣奴婢也得要嚴格按官府規定來。

家生奴不一樣，反正父母是奴，生下來的兒女就自然是奴婢；但從外面買進來的，分兩種：死契是終身不得贖身，除非主人家開恩；活契是雙方約定到一定的年限，然後結帳走人。

小懷的叔叔是死契，熬這麼多年，還只是一個車夫——經驗老道的車夫——除了會趕馬車、餵馬之外沒別的優點，年紀有三十來歲，至今都討不起老婆。

小懷是家裡父母相繼得病而亡，老家過不下去，只好千里迢迢來投奔大半生給人當奴才的叔叔，飯是吃飽了，也偶然得幾件長輩的舊衣，可手頭卻是一點餘錢沒有；哪承想，大小姐回府，他也發達了！

小懷不敢點燈，當然也是想節省燈油，摸黑在自個兒小屋子裡數著藏起來的銀子興奮得齜著牙樂。

窗外有腳步聲，聽著有人說話，迷惑問：「好好的，為什麼要一個一個查問？」

「就是呀，到底出啥事了？聽說是大總管下令查問呢！」

「還好、還好。我今天當班一直守在府裡沒挪窩呢。」

「唉！我就慘嘍，恰好申時一刻趁著沒人躲出去給小芝買點心……」

「該！」同伴幸災樂禍地唾棄。

查問？申時？出府？小懷聽見，眼皮猛跳了跳。不好，左眼跳災！

夜深人靜，又到了陸鹿出洞，哦不對，是到了她看望傷號的時候了。

裹緊身上厚重風衣，戴上遮風帽，手裡提著小巧的食盒，熟門熟路的來到雜屋，先叩了叩門。

去。

裡頭漆黑一片，也沒動靜，陸鹿檢查下門鎖，確認沒有損壞，這才放心大膽的擰開鎖進去。

才掩上門，屋中弱光一閃。陸鹿回身見段勉冷垮著臉罩上燈罩，視線也望過來。

「給。」先把食盒遞給他。

段勉沒接，而是直接問：「信送到沒有？」

「送了。」

「拿來。」廢話不多說，攤手要回信。

陸鹿二話不說，掏出回信遞上。段勉掃一眼封口，又瞄一眼她，並沒作聲，拆開信就著弱光看起來。放下食盒、袖起雙手無聊打量的陸鹿聳聳鼻子，好像聞到了些新鮮藥味。「你傷好點沒？要是傷好了，該出去了吧？」

段勉抬抬眼皮，漫不經心說：「什麼時候回去，我自有主意。妳催什麼呀？」

陸鹿急了，蹦到他面前憤憤問：「你死賴著不走，我什麼時候才能拿到金子？」

「呵呵，真是大言不慚，我段勉會死賴在陸府不走？妳老爺可是想請我都請不到。」段勉掀了掀她帶來的食盒，沒動手。

「切，你要真有骨氣，現在就走啊！催都催不走，不是死賴是什麼？」陸鹿不屑瞪他。

一個乳臭未乾的小丫頭言語囂張不值得動怒！段勉深吸口氣，告誡自己。

「怎麼，無話可說？」陸鹿一抬下巴，得意地挑眼道：「限你最遲明晚八點，哦，明晚亥時一刻離開！」

段勉讓她氣笑了。放眼整個大齊國，敢這麼對她沒大沒小說話，任意趕他的人，屈指可數。敢以一個丫頭之身拿這副面孔對他的，絕對是前無來者。

「我若明晚不離開？」段勉懶懶反問。

陸鹿手抵唇，若有所思道：「那、那就不怪我不講義氣。」

「妳還有義氣可講？」段勉嗤笑。

陸鹿撫撫鬢邊垂下的兩綹秀髮，俏皮斜眼道：「當然有。我幫你，你給錢，等值交換，誰也不欠誰對吧？可是，我冒的風險是巨大的，如果大到我無法承受，那不好意思，只有犧牲你的安危。」

段勉眼光瞇了瞇，面色微變，語調卻儘量平穩，淡然問：「哦，有道理。那妳打算怎麼個不講義氣法？」

「很簡單，告密嘍！」陸鹿眨巴眨巴黑白分明的眼眸，笑嘻嘻說。

段勉神色一冷，眼中精光一閃。

「當然不會白告，至少我要向你的對手敲兩千黃金才把你供出來。」

「呵。」段勉面色已寒霜冷罩。

陸鹿視而不見，袖著雙手笑說：「所以，麻煩你明晚之前離開。最後強調一遍，我是認真的，我跟你還沒熟到可以開玩笑的地步。」

段勉站在她面前，居高臨下，給人一種強烈的壓迫感，厲聲厲色對著她。「沒有人能威脅我！如果不想陸府被妳連累，就閉嘴！」

這可把陸鹿惹火了，她仰起頭，努力與他平視。「也沒有人能嚇唬我！如果不想二皇子敗陣，就乖乖把帳結清滾蛋！」

段勉長長抽氣。這丫頭叫他滾蛋？這丫頭怎麼敢拿皇子之爭威脅他？她不想活了？到底是無知大膽呢，還是傻憨呆子？

陸鹿也不袖手了，而是雙手叉腰擺出潑女嘴臉，惡狠狠剜著他。兩人一高一矮，仰面與低眸互瞪。氣氛頗為古怪，大有一觸即開打的架勢。

「把袖劍和短刀還給我！」段勉沒說走，也沒說不走，而是轉移話題。他真想掐死這個蠻橫無知的囂張丫頭，只是時間地點都不對，只得暫且饒她一命！

陸鹿神情一滯，低下頭，吊兒郎當說：「沒有！」

「妳再說一遍？」段勉咬牙切齒。哪有這樣睜眼說瞎話的女子？這還是女人嗎？女無賴吧？

「袖劍是你扔到腳下的，我撿到就是我的。至於什麼短刀……沒見過，恕不多說。」陸鹿眯起眼睛說瞎話。

「妳！」段勉原本脾氣就大，在家中更是眾人捧著的嫡長孫，後來去軍中效力，跟一幫糙爺兒們混一起，脾氣更是見長。他實在無法忍受這個身分低微的臭丫頭當著他的面說謊不眨眼，於是出手如電，一把將陸鹿脖子攫住。

陸鹿頓時花容變色，呼吸困難，面色憋青，皺眉結巴。「放、放手！」

「想活命就老實點。」段勉一身殺伐之氣撲面而來，眼神也沒了那種懶散，取代的是充滿戾氣的嗜血之光。

陸鹿被他掐得臉色由青轉紫，快出不了氣。她拚命掰扯他結實有力的大手，眼光漸漸迷離。

「點頭！」段勉粗暴命令。

形勢比人強！陸鹿聽話的點點頭。瞬間，箍緊她脖子的力道消失，新鮮空氣湧進來。她跌坐地上一面乾咳一邊大口吸氣。

「拿來！」段勉似乎對敷衍她失去了耐心。

陸鹿仰頭看著高高在上的段勉。燭光極弱，兩人周身都裹在黑暗之中，她看不清他表情，可是那雙眼睛卻冷酷至極。

呵呵，這叫過河拆橋吧？好了傷疤就忘了恩人！也怪她財迷心竅，怎麼會相信這個冷血無情的傢伙？把他藏在這裡，為他送信還送食物、送藥品，盡心盡力，他真的會給兌現一千兩黃金？

陸鹿撫撫心口，冷靜說：「你要的東西沒帶在身上。」

「去取。」段勉一個多餘的字都不想說。

陸鹿默默爬起來，旁若無人的拍拍衣襟，拿回他沒動的食盒，淡淡道：「等著。」

也許是她的表現太平靜、太出乎意料了，段勉並沒有真的傻傻等。他的身體差不多復原了，這還多虧他天賦異稟、體格清奇，再加上……其實早在他送出第一封信時，福郡王別院的人就趁黑摸進來給他換藥、接受指示。

至於他帶回京的兩個心腹小廝王平和鄧葉，一個重傷，一個輕傷，都跟他接上頭了。當然，這些陸鹿都不知情。

秋夜風寒，孤月灑下一層極淡的清輝。陸鹿緊緊帽子，小心謹慎的走向竹園。

她被橫財沖昏的頭腦一下子清醒了！她忽然發現，自己在與虎謀皮。段勉的一千兩黃金真的那麼好賺？他真的會兌現？以他冷血的作風，搞不好脫險後會殺她滅口！

那樣狼狽慌不擇路，那樣受人要脅，那樣藏頭縮尾的形象……

陸鹿打了個寒顫。沒有人希望自己最落魄最無助的樣子被人看見！尤其是高高在上、目空一切、眾星捧月、英勇果敢的段世子！是她太大意，也太自滿，總覺得前世是他欠她，才這般鬆懈。

今晚的陸府平靜之中蘊藏風暴。陸大老爺這邊看似平靜，只是那條跟二老爺府上相連的巷子多了不少護衛和家丁。大總管周大福正在緊急調派人手加強防衛。

一名小管事急匆匆湊過來回稟道：「回大管家，申時兩刻擅離職守的小廝都帶到偏廳……」

「沒看到我這裡正忙嗎？」周大福怒目斥責。「添亂！」

小管事愣了，這不是您吩咐查實的嗎？

「把名字和分派的房頭記下。」周大福想了想，重新吩咐一聲。

「是，小的明白。」小管事施一禮忙忙又去了。

而陸翊府裡更是忙亂。燈火通明，護院們神情緊張，兩人一隊地搜尋前院各個角落。陸靖與陸翊站在海棠館最奢華的客房，看著滿地打鬥留下的狼籍以及地磚上的血跡，他們頭上的汗就一直滲冒不停。

「怎麼會這樣？誰走漏了消息？」陸靖撿起那件眼熟的厚毛風衣問。

陸翊攤手苦惱道：「只怕不是府裡走漏的。海棠館這邊派的都是嘴嚴的人。」

「今日可有異常？」

旁邊跟著的是陸度，他上前一步小聲回說：「回伯父。今日林公子未時回府，看臉色還帶著喜色。還拉著小侄陪下棋至申時三刻。」

陸靖冷靜問：「申時三刻後呢？你今日沒去學堂？」

陸度拱手回。「小侄略染風寒，向先生告假三天。申時三刻後，林公子說要午寐片刻，小侄便告退出來。直到戌時一刻……」

直到這一刻護衛急報海棠館發生變故，陸府老爺、少爺們才吃驚的湧過來。

室內短暫寂靜。

陸翊仰頭長嘆，心中焦急。三皇子的特使在自己府裡生死不明，這可怎麼交代呀？還不能報官，也不能讓二皇子派的人知道，不然，這後果別說他，整個陸府都承擔不起！

「等等。申時三刻到戌時一刻，這中間差不多一個時辰，發生了什麼？誰當值？」陸靖敏銳的發現有一個時辰的空白沒對上。

陸翊苦喪著臉，回稟道：「大哥有所不知。這海棠館當值護衛共有二十人，分兩班。這白班十人已……」

陸度忙補充一句。「爹，那護衛頭目雖重傷卻還有一口氣，眼下正在外院搶救。」

「哦？」陸翊眼一亮，隨即問：「請的是哪家大夫？」

「楊家的。」

也就是陸翊的妾楊氏娘家生藥鋪，陸度真正外公家的，算是自己人，知根知底也不會大驚小怪。陸靖點點頭又問：「除了林公子不見了，他隨身兩個護衛兩個小廝可找到了？」

陸翊嘆氣。「都死了！」

於是一行人轉往停放死屍的地方，寬敞地面橫七豎八擺放著數具沾滿血污的屍身。

驗看致命傷口後，陸靖沈穩道：「咱們陸府的護衛都是被一刀致命，而林公子護衛看起來拚鬥過。至於這兩小廝，則是先中迷藥後被殺的。」

「伯父，以小侄看，不像江湖草莽所為。」陸度神情也肅穆凝重。

在場的人互相對視一眼，除了驚駭更多是驚疑。能潛入陸府精確打擊而不傷其他人，除了是訓練有素、早有預謀的官方力量外，還會有誰？而論想要痛下殺手，不留活口，一心除掉海棠館的人，就只有二皇子的人。

只是，他們是怎麼知道三皇子特使林公子隱身在陸翊府中？他們是怎麼悄無聲息的摸進來而不驚動其他人？又是怎麼全身而退的？

更可怕的是，他們掌握了陸府跟三皇子特使接觸的訊息，那麼現在這麼做是殺雞儆猴呢，還是在醞釀更大的毒招對付陸府？

外院燈火通明，喧譁吵鬧。

陸鹿閃躲著來到通向二老爺那邊的側門，驚訝的發現早被護衛家丁們堵住了。平時這裡值夜巡守是有，但不會這麼多，而且看起來護衛家丁們差不多全副武裝了。

出什麼事了？

陸鹿腦中冒出疑問。再伸長脖子越過牆頭望向陸翊府內，雖然什麼也看不見，可是隱隱有火光在流動，大概可判斷陸翊府裡都還沒歇息，不然燈火不會亮得這麼遠。

計劃又被打亂了！陸鹿皺眉嘆氣。

而遠遠跟蹤她的段勉顯然也瞧出陸翊那邊的異常，嘴角微抿笑意。那幫小子動作還真快！

他垂眸沈吟。這丫頭表現冷靜鎮定的確不正常，可不足為懼。短刀與袖劍自然是要拿回來的，遲一刻也沒什麼要緊，反正曉得在她身上就行了，還是國事大局為重。思及此，段勉果斷撤回藏身的小雜屋。

防範這麼嚴，別說陸鹿單人獨行，就是一大家子這會兒要過府只怕也不能吧？怎麼辦呢？陸鹿無計可施只好又想到了小懷。

一個送信給陸度的小廝，應該會放行吧？

陸鹿已打算跟段勉撕破臉，但卻不能親自去引家丁來捉段勉。考慮到他的藏身處及武功，陸鹿決定還是小心謹慎點，便趁著夜色的掩護，閃躲著直奔馬廄去。

馬廄嘛，自然在府裡最偏僻最角落的位置，就算有專人打理，那氣味還是嗆鼻。

陸鹿憑前世的記憶一路摸黑過來，秋夜的寒風把馬的氣味淡淡的送過牆頭來。位置是找對了，可是還鎖著門。內、外宅有門禁，那通往馬廄的方向也是重重牆、深深鎖把守。

陸鹿摸著黑，輕易撬開門鎖，聽著遠遠狗叫，深一腳淺一腳走在幽暗的小徑上。

前方草叢中有窸窸窣窣的聲音。陸鹿閃身避到樹後，探出腦袋窺視。草叢還是響，隱約還傳來低低的輕吟。

不會吧？這黑天寒地還有打野戰的野鴛鴦？啐！陸鹿無聲唾棄。是等呢還是驚散對方？陸鹿正袖著手拿不定主意，那吟聲卻越來越大，而且好像是個男人發出的。

陸鹿興奮的瞪大眼睛，努力的在寒夜孤月中望去。牆角的草叢長得很繁盛，足有半公尺高，風一吹，輕微沙響。黑夜中，草叢邊緣好像有一道影子蠕動著。

陸鹿仔細瞅了好幾眼後，發現是一道人影，只有一道影子，而且是在爬行，很艱難的掙扎。四周唯有風聲，吟聲聽起來就顯得淒涼了點。

「你是什麼人？」陸鹿站在人影前，居高臨下問。

那發出低吟的人影停止掙扎，努力仰頭，欣喜道：「救我！救我！」

「哦，受了嚴重的創傷？」陸鹿飛快掃一眼，看見他身後拖出的血跡。

「姑娘，叫人，快、快救我！」對方大口喘氣，伸手想拽她。

陸鹿機靈的跳開，也不跑，而是蹲下來低頭問：「你是什麼人？我憑什麼要救你？救你有什麼好處？」

「我是……我是陸府的貴客，我姓林。」對方嚥口水，模糊中看清竟然是小丫頭片子，心裡防備也沒有了。坦然道：「妳只要救我，保妳一世榮華富貴。」

「你？吹牛吧！」陸鹿嗤笑。

「不，我是玉京人，我……總之，小姑娘，事不宜遲，請妳馬上去叫人來。我快支撐不下去了！」對方說完這段話後，就趴在冰涼的地上大口喘氣。

陸鹿蹙眉稍加思索，忽然蹦出一個念頭：難道方才陸翊府裡那麼戒備森嚴是因為他？

「先給點好處？不然，我怎麼知道你是不是騙人？」陸鹿可是吃過虧的。比如說姓段的那個混蛋，就打算過河拆橋，不但威脅她，還想掐死她。

林某人也顧不得什麼，扯下隨身一塊玉珮道：「拿著它去找陸府老爺，必有重賞。」

接過玉珮，迎著淺淡的月亮一照，晶瑩剔透，水色極佳，中間雕刻著一隻玉虎，形神兼備，是寶物！

「好吧，你等著。」陸鹿收起玉珮。她才打算起身，忽耳尖的聽到有風聲，挾帶著衣袂飄獵的輕微扇動聲。這是有人運用輕功向邊邊飄過來的信號！

那林某人低聲喚。「有人來了！快躲起來。」

陸鹿拔腳就要躲，忽然想到倒臥地上的林某人。拿人手短，她咬咬牙使出吃奶的力氣將他拖進樹下茂密草叢中。

才躲好，她就看到牆頭飛掠過數道矯健的身影，也不知是敵是友，可陸鹿卻羨慕得眼都紅了。輕功啊！她夢寐以求的古老絕技啊，真的活生生在她眼前展示了！要不是她腦中還殘存點理智，真想衝出去拜師啊！

要是掌握了這項絕技，她陸鹿可不就要橫著走嗎？還積攢個屁的路費呀，直接用輕功就可以走遍萬水千山啦！

正當她想入非非之際，腳下林某人卻不合時宜的發出壓抑的輕吟。那掠牆身影原本都要過去了，最後那抹影子卻頓了頓，打量起這條偏僻的小路來。

陸鹿嚇得一個激靈，不假思索一腳就踩上林某人的嘴巴，堵得嚴嚴的。林某人眼睛翻翻白，一口氣沒提上來，暈了。

「發現什麼了？」那些輕功展示者圍過來問最後停頓的身影。

「我好像聽到什麼怪聲了。」這個聲音一出，陸鹿杏眼瞬間睜大。

鄧葉？好像是段勉的心腹小廝？怎麼是他？他、他們是……陸鹿詫異的看著鞋底板下暈過去的林某人。震駭猜忖：他，是三皇子的人？

「分頭搜。」為首那個一揮手。

正當黑影們要對這裡展開搜索時，忽然從陸翊的府裡傳出巨大的喧譁，還有亮如白晝的火光。輕功擁有者們呆滯片刻，果斷放棄這片漆黑又安靜的偏僻小路，縱身飛躍而去。

陸鹿拍拍心口，雖然她什麼都沒有，但運氣好到爆。看，這都躲過了，可見必有後福。自我安慰完，她就蹲下揮巴掌喚醒林某人。「哎，醒醒，我去找人，別死在這裡。」

「唔……」林某人讓她打醒，半睜眼半閉眼，痛苦道：「姑娘，我、我可能不行了。」生猛的陸鹿還取笑。「呵呵，男人說不行，恥辱啊！」

第十二章

林某人呆滯了。這小丫頭怎麼敢當著一個大男人說這種渾話？就算他快死了，可還是個陌生男人呀？這、這是陸府後院？真不是煙花青樓之地？煙花青樓之地的小丫頭也不敢輕浮的說這種話吧？

「哎哎，別想太多了。」陸鹿又甩他一巴掌，將呆呆的他敲醒。她哪裡輕浮了？只不過因為程竹口無遮攔而已，她所處的時代，女人一向生猛不忌口好吧？

「妳……可識數？」林某人調整思路，聲息微弱問。

「認得。」

林某人像快死的魚，翻著白眼，出氣多進氣少，然後顫顫地拉過她的手，費力在她掌心劃拉。「咦呀，癢。」

陸鹿想抽回手，對方卻死死拽住，模糊不清道：「記、記下。」

陸鹿「哦」一聲，感覺怪怪的，可還是打起精神認真的感受他筆劃。好像在寫字，而且還是數字。

「記、下沒？」林某人口齒已經不清了。

「嗯。記下了。是不是一串數字？」陸鹿瞎猜問。

「報，報一、一次。」林某人還怕她是敷衍，憋著最後一口氣說。陸鹿低聲在他耳邊說了一串字後，他終於長吐口氣，面朝天翻倒，瞳仁渙散，喃喃唸著。「三、皇子……」

「什麼？」陸鹿想聽清他說什麼，卻只聽到漸弱的氣息，慢慢，氣息皆無。死了？陸鹿探探鼻息，真沒氣了！

如果受重傷後死撐著逃出殺手，卻捱這麼久得不到救治，那肯定必死無疑。

就算是陌生人，就這樣活生生死在眼前，陸鹿還是惻然了一小會兒。她藏好林某人屍身，借著月光整理衣襟，裙襬沾染不少血跡。

現在怎麼辦？當然是打道回房，睡個壓驚覺嘍！只不過，林某人的遺體必須盡快處理好。這裡位置偏僻，又是深秋，藏兩天應該不會傳出臭味來。等陸鹿見到陸度，再跟他報告就是了。

打好算盤，陸鹿躡手躡腳的回了竹園，這副狼狽模樣，害得春草差點失態大嚷。

將染血的裙子脫下，清理一番後便歇息了。大姑娘家染血的衣裙其實藉口好找，大不了說月事來了，不小心沾上的唄。是丟臉了點，總比被人懷疑其他來路強吧？

翌日，被禁足的陸鹿早安都沒去請，就窩在床上睡懶覺，讓衛嬤嬤扯出來狠狠批了一通。「姑娘，就算禁足出不得園門子，好歹也要做做樣子。妳看看，日上三竿還不起，這傳出去多讓人笑話！」

打個哈欠，陸鹿準備梳洗，伸了懶腰無所謂道：「笑就笑唄，又不少塊肉。」

「妳！」衛嬤嬤差點讓她氣暈過去，卻也拿她沒法子。

這會兒，小秋端來早膳，擺放桌上。

「等下，小秋，這早膳是妳去廚房取的？」夏紋板著臉問。

「回夏紋姊姊，是奴婢跟小語兩個一起去取的。」

「妳們做事怎麼越發毛躁？這端來的是哪家房裡丫頭的膳食？快送回去換姑娘的早膳來。」

小秋動動嘴巴，囁嚅道：「這、這就是姑娘的早膳。」看著桌上擺的三樣小菜，一碗細米粥，寒酸得夠可以啊。

春草也湊過來看一眼，衛嬤嬤不敢相信，指責：「胡說八道！這哪裡是大姑娘的早膳，分明就是妳們兩個小蹄子偷懶，順手不知端來哪個房裡丫頭的分例來矇騙姑娘。」

雖說先前龐氏放過話，要讓姑娘吃玉米白麵，但那會兒分量、質量也都給得足足的，哪有這般粗糙？更別說下過馬威後，那膳食早換回正常分例了。

小秋和小語嚇得當即跪下哭訴。「嬤嬤明鑑，奴婢怎敢欺瞞姑娘？」

梳洗一新，拖著懶懶步子出屏風的陸鹿早就聽到外間的爭辯了，不急不忙道：「春草，妳帶小秋和小語再去一趟廚房，不就什麼都明白了嗎？」

「是，姑娘。」春草瞪一眼兩個丫頭。重新把擺好的早膳收起，小秋提著食盒向陸鹿道謝施禮跟出門。

衛嬤嬤老眉皺緊道：「姑娘，如若這兩個丫頭沒撒謊，那咱們處境不妙啊。」

「早就不妙了。」陸鹿歪靠榻上懶洋洋道。

夏紋忽然提供消息說：「奴婢前些日子無意中聽說，那管廚房的言管事是賈婆子的乾親。」

「什麼叫乾親？」

「就是這兩家沒有血緣關係，也不是同宗同姓而結成的親家。」衛嬤嬤想了想。「賈婆子可是易姨娘身邊的？」

「是她沒錯。」

衛嬤嬤疑道：「咦？這賈婆子好像一直未嫁，怎麼認這廚房管事女人為乾親？」

夏紋笑說：「嬤嬤記得沒錯。是這言管事的女兒認這賈婆子為乾娘。」

「喲，認她作乾娘，怎麼不認易姨娘為娘呢？」陸鹿掩帕好笑。

衛嬤嬤白她一眼。易姨娘是妾，可也不能亂收乾女兒，就算收，那也得是門戶相當，豈能認一個奴婢為女？她又不缺女兒。

陸鹿讓她白得心虛，訕訕笑嘴硬道：「這言管事也太不會抱粗腿了。認姨娘屋裡的，還不如認太太屋裡的王嬤嬤。」

結果又招來衛嬤嬤兩記嗔怪的白眼。

王嬤嬤是龐氏的心腹婆子，是個極有體面的老奴，想抱粗腿認乾親的一大把，但她身分持重又是太太得力幫手，怎麼可能來者不拒，都給認下呢？自然也是要好好挑選的。有資格跟她認乾親的，府裡還沒幾個，廚房管事雖然有點實權，但王嬤嬤真心沒瞧在眼裡。

正邊說話邊等早膳，門外有個粗使丫頭閃閃躲躲的向夏紋打眼色。

夏紋看一眼衛嬤嬤和陸鹿，後者也看到了，抬抬下巴示意她出去。

「什麼事就這麼急？」夏紋把粗使丫頭拽到一邊惱問。「快說，我還要侍候姑娘用膳呢。」

「夏紋姊姊，園子後邊來了個府裡奴才，說有事要見姑娘。」

夏紋聽了，越發惱了，瞪她道：「這等不知禮數的奴才，還回什麼，叫人打出去。」

小丫頭忙扯著她道：「我們跟他說了，姑娘沒空，也不會見他。他卻說、說什麼有關小懷的事？」

「小懷？」夏紋卻並不知情，不耐煩道：「沒聽過。趕出去，再糾纏胡鬧只管去回了管事嬤嬤。」

「是。」小丫頭很無奈，摸摸袖中碎銀。她盡力了。

夏紋回到屋裡，取早膳的還沒回來，陸鹿等得飢腸轆轆的，叫衛嬤嬤又去催了。

「叫妳去有什麼事？」陸鹿閒得無聊，玩著餐桌上的玉碗銀筷。

夏紋笑說：「一些雞毛蒜皮小事，不值姑娘費心。」

陸鹿對夏紋是派有任務的，叫她多和府裡其他丫頭婆子們走動走動，有時不妨掏錢多請幾次客，無非就是想第一時間掌握府裡後宅的最新動態。

別看一些粗使婆子丫頭身分低微，卻耳聰目明又愛湊堆抱團講八卦是非，相當於許多座移動的廣播站。只要有心打聽，有心結交拉攏，廣撒銀錢，沒什麼陰私狗屁事是打聽不出來的。

「閒得慌，說來聽聽。」陸鹿本身就是八卦愛好者，正巧沒飯吃又無聊。

夏紋便將小丫頭說的事簡要敘述一遍。

「什麼？小懷？」陸鹿騰的站起，吩咐。「走，見見去。」

夏紋迷惑不解，可還是乖乖照辦了。

竹園後門，小丫頭一臉為難的看著忠厚木訥的車夫，攤手。「鄭叔，你來得不巧。姑娘正在用早膳，這會兒誰都不見。」

「姑娘，妳行行好，再幫我去通報一聲，去得晚了，小懷可就沒命了！」來人正是府裡車夫，也就是小懷的親叔叔，姓鄭。小丫頭因為是府裡家生奴，雖在竹園當差，可年歲日久，自然認識這位沈默寡言的車夫。

「鄭叔，我真的盡力了！」小丫頭很無奈。她只能見到夏紋，姑娘的屋子都進不去，面都見不著，哪有她說話的餘地？

「老叔求求妳了！」鄭車夫忠厚老實相，掩不住他的心急如焚。小懷可是他鄭家唯一骨血，又是特意投奔他而來，若出個差池，別說死後無顏見列祖列宗，也無法對兄嫂交代啊！

「別、別，鄭叔快別這樣。」小丫頭急忙對旁邊看門婆子道：「好嬸嬸，快幫著我勸勸吧。」

看門婆子早就煩了，一臉不耐。「你們要說，外邊去說，別在我這裡扯皮，讓衛嬤嬤看見，我這差事就當不成了，全家老小可就指著我這點月例銀子補貼家用了！」

「鄭叔，聽到沒有？你快走吧！這事，我真的幫不了你了。」小丫頭快哭了。

鄭車夫眼眶都紅了，大手抹一把臉皮，呆呆看一眼竹園後門，又看一眼著急為難的小丫頭，哽咽道：「好吧。我，我……不麻煩姑娘、嬸子了。」

他轉身慢騰騰的走幾步。看門婆子鬆口氣，隨手就要關門。

「等等。」廊後轉出健步如飛的陸鹿，身後緊跟著一眾大小丫頭。

看門婆子和小丫頭唬一跳，對視一眼忖：莫非是來問罪的？

「人呢？」陸鹿大聲問。

「姑娘，我……」小丫頭機靈，當即就跪下要自首。

陸鹿繞開她，問看門婆子。「方才找上門的人呢？」

「回姑娘，他走了。」

陸鹿擺頭。「夏紋，去把人截回來。」

夏紋拉起地上呆呆的小丫頭。「妳跟我來。」她不認得，總要個認得的去截才好，不然，這路上來來往往的，誰知道方才的奴才是哪個？

坐在簡陋的後門室內，陸鹿默不作聲地打量眼前這個鄭姓車夫。

一臉的風霜滄桑，抬頭紋比較深，面相看來苦，不知道的以為是四十多歲呢。也是，一個車夫長年累月趕車受風吹日曬，皮膚早衰也是正常的。

「誰叫你找上我竹園來的？」陸鹿屏退閒雜人等，只留下夏紋和那個粗使丫頭。

鄭車夫是第一次見傳聞中的大小姐，不敢正眼瞧，低頭搓著手，甕聲甕氣說：「回大小姐，是小懷讓我過來求大小姐的。」

「他人呢？」

「被押在馬廄雜草屋裡。」

「他犯什麼事了？」陸鹿暗吃一驚。

鄭車夫慌忙擺手道：「沒有沒有，小懷這孩子機靈又懂事，自從半年前投奔我來，一直都很乖的。」

「說正事。」陸鹿不耐煩催。

鄭車夫覷著邊上兩個丫頭一眼，爾後小聲說起：「昨夜不知為何，周大總管命管事們查實申時二刻擅自出府的小廝。原來沒小懷什麼事，因為小懷並不是府裡入冊的小廝，只跟在馬廄打打下手混口飽飯。」

「等下，小懷還沒入府冊？也就是說他沒有月銀？」陸鹿截話問。

鄭車夫臉色悲苦，低聲道：「是，原本老馬答應報上去爭得下月入冊，好儘早領月銀，家裡也好寬裕些，誰知……」

老馬是管馬廄的小管事，他有用人權，但是要想讓小廝在府裡領月銀，卻不是他能作主定下的，必須上報名字，合格後登記入冊，這樣錢庫那邊管事才能按人頭發錢。

陸鹿知道這個規矩，沒作聲，示意他接著說。

「原本沒小懷什麼事，他就在一旁看管事們查問，誰知偏有人多嘴，指出小懷在申時兩刻便不見人影，定是出府鬼混去了。於是，管事們又查問小懷，小懷沒有認，只說在府裡頭逛了逛，哪裡也沒去。」

「嗯，也是有的。」陸鹿讚許點頭。小懷還算機靈，沒有供出她來。

鄭車夫哭喪著臉道：「老馬不信。那些被查實的小廝也嚷著小懷撒謊，還有幾個嚷著看到小懷往內宅去了。」

陸鹿揪起心，這幫該死的混蛋，眼睛怎麼這麼尖？

「後來，越吵越不像話，老馬便搜小懷的屋子，哪裡知道……」鄭車夫一下捂住臉，肩膀抽抽幾下哽咽道：「從牆洞搜出一大包銀子。這下壞了，小懷人贓並獲，被指證做賊，要扭送官府治罪。」

「啊？」陸鹿騰的站起，失色問：「送了沒有？」

「因府裡多事，大管事們沒工夫，現在押在馬房雜料間。我偷偷去瞧了，那可憐的孩子被打得都神志不清，拉著我叫我來求大小姐……」說到此處，鄭車夫情緒都要崩潰了。

陸鹿腦海裡迅速轉著好幾個念頭。

小懷不能不救。倒不是她多仁義多善良，而是一旦他嘴不嚴，把她供出來，她在益城就沒有立足之地！現在問題是怎麼撈人？親自出面，肯定不行。迂迴救援？還來得及嗎？

「你說小懷被打傷了？嚴重嗎？」陸鹿按下心裡的著急。

鄭車夫抹一把臉，低聲道：「自被搜出大包銀子後，就讓管事的先打了十大板子，說他手腳不乾淨。小懷不肯承認是偷來的，卻又說不清銀子的來處，管事的見他固執，便手裡留著勁，只說等見官過堂後自有他罪受的。」

原來管事打算私了，趕出去就好，可小懷一直不肯承認自己是賊，反覆嚷自個兒是清白的，小管事們送官自然不能送個死人去，所以下手打的板子還算輕的。

陸鹿果斷回頭衝小丫頭問：「妳叫什麼名字？」

小丫頭都聽呆了，忽然聽見主人問話，忙清楚回：「奴婢賤名小青。」

「夏紋，去找點跌打藥讓小青送去給小懷。」

夏紋驚駭。「姑娘，使不得啊！」這種事別人躲還來不及，姑娘怎麼還往跟前湊呢？還送藥？這是要幹麼？

「叫妳去就去。我自有主意。」陸鹿對鄭車夫道：「你放心，既然求到我跟前，我肯定不會見死不救。」

「謝謝大小姐，也替小懷謝過大小姐！」鄭車夫深深拜謝。

力量薄弱時，只有借力消力！陸鹿心念一轉，回頭對夏紋使個眼色，召她近前，臉色是從未有過的嚴肅，低聲說：「夏紋，決定我們竹園生死的時候到了。」

「姑、姑娘？」夏紋原本就驚詫她會多管閒事，現在看到她臉色這麼莊重，更是駭得臉色微微發白、舌頭打結。

「現在，我交給妳一個重要的任務。完成了，我們竹園不但脫困還會由此受到老爺、太太重視，如果失敗，我可能又要被發配回鄉莊去。」

「啊？」夏紋失口驚呼。什麼情況？嚴重到這等地步？

「拿著這塊玉珮，去那邊府裡找大少爺陸度。」陸鹿悄悄摸出昨晚林某人給的玉珮，塞她手裡道：「一定要親自交他手裡，誰都不能看到。」

夏紋匆匆接過，塞進懷裡點頭。「姑娘放心，奴婢必定親手交給二老爺府裡的大少爺。」

「快去快回，小心點。」陸鹿抬抬下巴，催她。

夏紋重重點頭，閃身出側門。

回到正堂，衛嬤嬤和春草等人已經回來，正哭喪著臉在廊前皺眉打轉。

「哎呀，好餓好餓！」陸鹿強顏歡笑。

「姑娘，妳可回來了！」春草噘著嘴迎上前，眼裡還含著淚光道：「那早膳……」

「多嘴！」衛嬤嬤厲聲制止春草的告狀。

「早膳怎麼啦？怎麼不擺飯？」陸鹿摸摸扁扁的肚子，一面說一面進屋，見早膳還在食盒裡沒取出來，坐下掀開看。咦？怎麼還是老三樣？

衛嬤嬤嘆氣說：「言婆子說，按府裡規矩，禁足被罰的主子，膳食分例一律減半，她並不敢私自添減，怕壞了府裡太太訂下的家規。」

「哦？那陸明容姊妹倆呢？」

衛嬤嬤無精打采道：「差小語去打聽了。」

估計結果不樂觀。這言管事與賈婆子是乾親，怎麼可能委屈陸明容姊妹倆呢？

春草抽抽鼻子，語帶哽咽道：「姑娘，這日子還不如鄉莊過得舒心呢。」

「這是大實話，但在我這屋裡說說就行了，外頭還是謹言慎行。」陸鹿手指敲著餐桌，漫不經心地勸導春草一句。

春草捂著嘴，堵住將要哭的聲腔。

鄉莊日子苦是苦了點，也不及陸府奢華寬麗，可沒人管束，沒那麼多臭規矩，沒那麼多勾心鬥角，別說小姐日子過得舒心快活，就是她們做丫頭的也給慣得無拘無束的。

「姑娘，那這早膳……」衛嬤嬤也沒了主意。

雖然比陸鹿多吃了幾年鹽，可到底在鄉莊生活了十多年，早前跟在劉氏跟前，這些破事又少，她也沒有多少應付的經驗。

「擺上。」陸鹿瞇了瞇眼。

衛嬤嬤和春草對視一眼，見陸鹿若有所思，神態堅決，便默不作聲、動作俐落的將膳食擺桌上。陸鹿卻並不動筷，而是手肘撐桌，掌心托著腮，眼望門外。

「姑娘，櫃裡還有點心……」春草見她光看著不吃，以為不合胃口，又怕她餓著，想起屋裡還有幾塊甜點。

「我不餓。」陸鹿已經氣飽了。

屋裡一時安靜，大家都屏聲靜氣，不知陸鹿打什麼主意。

衛嬤嬤試圖勸解。「姑娘，忍一時風平浪靜……」

「呵，退一步，粉身碎骨。」陸鹿手裡把玩著勺子笑嘻嘻接下句。

陸鹿抬眼見衛嬤嬤老眼瞪直，又氣又惱的怪模樣，噗哧笑著注解。「衛嬤嬤，妳想想，萬一人家站的地方是懸崖絕壁，退一步可不就死翹翹了。」

「呸呸，百無禁忌。」衛嬤嬤唾棄道。「大清早的，死呀活的，不吉利！」

陸鹿摳摳鼻孔。

「注意舉止！」衛嬤嬤快被她氣暈了。試問哪個大戶人家小姐會當著人面摳鼻孔呀？不雅觀不說，也不衛生，還難看！

「春草，去門口看看，夏紋回來沒有？」

「哎呀？夏紋去哪兒了？」衛嬤嬤也愣是現在才想起屋裡少個服侍的丫頭。

「去做事了！」

「姑娘，妳今日禁足第一天，雖說太太沒派婆子們過來視察，好歹自覺，可不要讓人抓到把柄。」

「抓到呢？會怎樣？」

衛嬤嬤長長嘆氣。「那咱們只怕又要被送回鄉莊去。」

「咦？好像不錯哦。」陸鹿覺得待鄉莊也沒那麼可怕，除了不好賺錢之外。

「妳?!」衛嬤嬤真是怒其不爭氣。那鄉莊有什麼好的？那可是做錯事才會被發配的窮地方，腦子清醒的誰願意去呀？除了這個曾經從秋千架上摔下來磕著腦袋的——陸大小姐！

夏紋還沒回來，小語就懷著憤憤之色打聽回來了。

「回姑娘，那二姑娘、三姑娘的早膳，奴婢打聽清楚了，與姑娘這邊不一樣。」小語添加道：「有菜有湯有粥還有點心，樣樣齊全。」

「妳可瞧真了？」衛嬤嬤臉色也變了。

小語左右看看，小聲道：「我嫂子是在明園當差，親眼瞧見小雪和束香兩個丫頭去廚房取食盒，隔著窗子看她們擺上桌的，還能有錯？」

明園是陸明容和陸明妍兩姊妹住的園子，離後堂正室較近，不像竹園這麼偏遠。

「這、這太欺負人了！」衛嬤嬤氣得哆嗦。

陸鹿倒沒什麼惱色，這不明擺著的嗎？就欺負妳，怎麼著？能把她怎麼樣？她禁足期間不得出園門子，怎麼去鬧去爭呢？

就是鬧贏了爭到了，大不了責罰言婆子一頓而已，龐氏還真會為她主持公道？規矩是她定的，言婆子執行嚴實，只不過放水其他兩個，也不是多大的罪。

真不管不顧鬧起來，倒楣的還是陸鹿，以後，她的膳食更是會被人做手腳了。

「姑娘，不能就這麼算了呀！」小語也替她著急。

「那妳說怎麼辦？」陸鹿顯得茫然。

小語趕緊獻策道：「姑娘找太太告狀去，那言婆子太可恨了！是該治治她了。」

「可是，我在禁足中。不能出園門吧？」陸鹿眼色悵然。

小語眼珠轉轉，眸光乍亮道：「姑娘不能出門，那奴婢去可好？」

「妳？」陸鹿輕皺秀眉。

「是呀。奴婢才從明園打探回來，又有人證物證，定叫她們當場露餡。太太必會還姑娘一個公道。」

「哦，這麼簡單呀？」陸鹿撐著下巴不置可否。

小語興奮得眼珠子都在閃亮，點頭道：「姑娘要是信得過奴婢，婢子現在就去尋太太。」說著，舉步要走。

「站住！」陸鹿臉色一寒，盯著她問。「我答應妳了嗎？」

小語呆滯，眨巴眼。「啊？姑娘？」

陸鹿冷笑，撐起身抬起下巴嘲諷她。「妳是不是很想一躍枝頭當主子呀？我還沒發話呢，就巴巴的替我拿主意？不知道的，還以為妳是這屋裡的主人呢！」

這話讖得就誅心了！小語當場就跪下，臉色煞白地分辯。「不敢！奴婢不敢……奴婢錯了。」

「我瞧著妳很敢吶！」陸鹿雙手揹著，繞到她跟前道：「聽起來像是為我打抱不平，出主意討公道。實則是想把我往火坑裡再推一把是吧？」

「姑娘明鑑，奴婢吃了豹子膽也不敢害姑娘。」小語磕頭哭訴。

「還敢頂嘴！來人，拖下去掌嘴二十下。」陸鹿神色一凜，端起架子命令。

「姑娘饒命啊！奴婢再也不敢了。」小語就要膝行前去抱腿，陸鹿嫌惡的躲開，怒斥。

「拖下去。」

「是。」瞧她真的動怒了，衛嬤嬤趕緊讓園裡粗使婆子將哭哭啼啼的小語拖走。

第十三章

小語一路哭嚷不停，嘴裡叫著。「姑娘饒命，奴婢再不敢多嘴了……」

陸鹿冷笑向衛嬤嬤道：「原來這竹園裡丫頭掌嘴杖責都不堵嘴的呀？瞧我這園裡都亂套了！」

衛嬤嬤心一揪，低頭掀簾出門，冷著臉走過去。

沒多久，哭鬧聲消失，竹園恢復安靜，廊前諸人噤聲不敢語。有那下等婆子、丫頭偷偷躲在角落張望，瞅著園裡混亂，一溜煙閃出門，往各房打小報告去了。

「姑娘、姑娘……」春草急匆匆從園門小跑上臺階，額前一頭汗，嘩啦掀簾，緊張道：「老爺朝園子裡來了。」

「呼，怎麼才來？」陸鹿神色稍緩。

可算把人盼來了，夏紋不辱使命，記她一功！

「同行的還有誰？」

春草搖頭。「奴婢沒瞧全。」

「有多少人？」

「三、四個吧？」春草只瞄了一眼，就認得陸靖，臉色極其不好地朝竹園方向過來，心裡著急忙轉身就回，哪裡顧得其他。

陸鹿心裡嘀咕：應該有陸度吧？

當然有陸度。

雖說夏紋不認識陸度，可她到底是陸鹿身邊的一等丫頭，哪怕兩府裡再嚴查，她只說代姑娘向石氏請安，自然就進了二老爺府裡。

石氏勞累，受了她的禮，便打賞她一個荷包讓人送出二門。

夏紋心裡著急，就這麼回去，肯定不行。她磨磨蹭蹭的沿著廊子皺眉想法子，將將走到垂花門時，便聽到重重的腳步聲。

領路的小丫頭忙扯她一邊。「躲開。」

「誰呀？」

「大少爺去見大老爺。」小丫頭伸長脖子，透過搖晃的花樹看到一抹深藍背影。

夏紋一喜，提起裙子就奔向背影去。

「哎，妳幹麼？站住！」小丫頭嚇壞了，急忙去攔她。

夏紋一心只惦記著陸鹿交派的重任，大聲呼：「大少爺，大少爺！」

陸度停下來，他好像聽到一個陌生女子的呼喊。

果然，一陣風似的，夏紋追上來，匆匆施一禮道：「大少爺，奴婢是大姑娘身邊的丫頭，給你請安。」

「嗤。」一旁邊跟班鄙夷的笑。這想上位引主子少爺注意的方式也太直接了吧？就不能含蓄點。

「哦。」陸度擺擺手。

「大少爺，救命啊！」夏紋顧不得許多，撲通就跪下，扯著陸度的袍子下襬，哀哀道：「我們姑娘，有要緊事求大少爺。」

陸度眉宇間帶著一絲不耐煩。

「請大少爺借一步說話。十萬火急的救命要緊事。」夏紋把話說得很嚴重，自以為能打動陸度。

「有什麼話跟伯父、伯母去說。」陸度雖沒見過陸鹿，卻也曉得她才回府沒幾天，有什麼委屈，怎麼也輪不到他這個堂兄出手吧？

夏紋一咬牙，只好掏出那玉珮道：「這是姑娘讓奴婢轉交大少爺的，說，說……」她正要編詞呢，陸度眼眸乍亮，一把奪過玉珮，偏身細看了看，忽然又將夏紋拎起，急吼吼問：「這哪來的？」

「奴婢不知。」夏紋不曉得為何他臉色變得這麼猙獰。

「走。」陸度甩開她，臉色陰鬱朝陸靖府裡去。

陸靖昨晚歇在外書房，精神並不好。

能睡得著才怪！

陸翊將府裡逐一搜查，鬧得巡邏的官差也知道了，知府大人還特意派了師爺過來關切詢問，陸翊搪塞了理由，總算僥倖躲過官府質疑，但兩兄弟一直提心吊膽的。

陸度過來時，陸靖正在用早膳，沒什麼胃口。看到他帶著個慌張惶恐又面生的丫頭走過來，陸靖很是疑惑。

「伯父，有情況！」陸度示意陸靖屏退左右，然後出示那塊玉珮。

「這不是三皇……」陸靖大驚失色差點脫口而出，看一眼瑟瑟發抖的夏紋，轉向陸度。

「這是大妹妹的丫頭。才送來給侄兒瞧的。」陸度一句話彙報完畢。

「鹿姐兒？」陸靖怒目瞪視夏紋。

夏紋膝蓋一軟，跪地俯身道：「老爺。」

陸靖眉頭打結，鼻出冷氣。「去，把鹿姐叫過來。」

「回老爺，太太罰姑娘禁足呢。」

「好好的禁什麼足……」陸靖氣惱。

陸度卻笑了說：「伯父，不如移駕竹園，好好問問大妹妹。」

竹園？那個偏僻的荒園，陸靖好多年都不曾去過了，他目光飄渺了下，沈吟著點頭。

「也好。」

秋意本蕭條，修竹被寒風吹得沙沙作響，那枯葉簌簌不停。陸靖在竹道頓了頓，心情頗為沈重。

元配劉氏死了十多年了吧？一次也未曾入夢，他當然也沒怎麼放心上。只是，隨著陸鹿的回歸，那些往事，那些年少青澀的艱苦共難一點一滴的慢慢浮現。

髮妻劉氏與他共同打拚初期的患難，卻沒等到享福就難產而亡，唯一的骨血陸鹿在龐氏進門沒多久便被送到鄉莊養活，反正送走一個還有陸明容嘛，何況龐氏又生了一對雙胞胎。他忙著商號鋪子裡的事，這個沒娘的嫡女存在感又低，所以龐氏隨便找個理由就打發走了，而他陸靖，也就那樣默許了。

「爹爹？」陸鹿站在臺階下，詫異的迎出。

陸度第一次見這個堂妹，只一眼就瞧出不是個省油的燈。她的眼裡沒有怯弱驚慌，坦然從容、眼神堅定，是個有主見的人。

「大哥哥好。」陸鹿向陸度盈盈一禮。

「妹妹不必多禮。來得匆忙，請勿見怪。」陸度客氣一笑。轉眼見身邊小廝們也沒有備見面禮，幸而有那機靈的已經拔腳回府去取了。

陸靖冷著臉，也不多廢話，只說：「進屋說話。」

「是，爹爹。」陸鹿把兩人迎進正堂正廳，春草奉上茶便轉身要退了。

「春草，去把早膳收起來。」

春草遲疑道：「姑娘，妳還沒用膳呢？」

陸度不由慚愧道：「妹妹原來還未用膳，是為兄急躁了。」

「沒關係。爹爹、大哥請坐。」陸鹿瞪一眼春草。

陸度笑道：「伯父，不如等妹妹用過早膳再說話如何？我瞧妹妹身子骨怯弱，膳食上耽誤不得。」

「多謝大哥。大事耽誤不得，我原先在鄉莊一日兩餐，也都這麼過來，哪裡有那麼金貴。」

陸靖聽得臉皮一熱，掃一眼春草。「去把姑娘膳食挪到這兒來。」

「是，老爺。」春草巴不得這一聲，腳步輕快的去將早膳俐落的擺過來。

「這，這是……」陸度大吃一驚。

這是府裡大小姐的早膳？還不如二老爺府裡一等丫頭的分例膳食呢？不過，他也不好多嘴，只看看陸靖就垂眼不語了。

陸靖的臉色更黑沈了。

「都下去吧。」陸鹿也不多說，而是把丫頭婆子都揮退，向陸靖和陸度恭敬道：「爹爹和大哥是為那塊玉珮而來吧？」

她都起頭了，兩位陸府當家自然就承認了，確實是為那塊玉珮而來。

「鹿姐，這塊玉珮，妳哪裡得來的？不許隱瞞，事關重大！」

陸鹿道：「是一位姓林的公子交給我的。」

「林公子？」陸靖和陸度再次臉色劇變。

「他人呢？」陸度急急追問。

「死了！」陸鹿神色淡然。

陸靖噓了下，這丫頭把這兩字說得真夠雲淡風輕的。「說，怎麼回事？」

陸鹿沈吟，轉轉眼珠，似在斟酌。

「我說大妹妹，妳可快點說吧。我們陸府眼下處境不妙，其他也不跟妳多說了，總之，生死存亡維繫一線。」陸度急得向她打躬作揖了。

陸鹿走到門邊，張望了下，丫頭們都屏息守在臺階下，並無外人。「爹爹，大哥，你們要聽實話還是假話？」

「都這時候了，妹妹也別磨蹭了，自然是實話實說，府裡才好拿出對策挽救整個陸府。」

「爹爹，你們是怕三皇子責怪呢，還是怕二皇子報復？」陸鹿又語出驚人。

陸靖差點從椅上蹦起來，眼珠子直勾勾盯著她。陸度也是臉色劇變，疾步走到門邊小心張望，又回頭驚惶問：「妹妹何出此言？」

「林公子臨終時說，他是三皇子的特使。」陸鹿眨巴著黑白分明的大眼，又拋出重磅。

「胡鬧！」陸靖騰的站起，虎著臉瞪視陸鹿。

陸鹿抬抬眼皮。「他還說，是被二皇子派人行刺受重傷。」

兩人驚訝的抽氣，陸靖和陸度直愣愣的瞪著她。這等機密，她應該不可能知道吧？那就真是林公子說的嘍？

「他在哪兒？」陸靖忍不住再次問。

「爹爹放心，我把他屍首掩藏起來了，等夜深人靜，再悄悄運出不遲。」

陸靖相當詫異：這丫頭不但敢藏屍，還滿有主意的！

陸度重新審視這個鎮定得不像話的妹妹，不由問：「妹妹想必有高明主意？」

「高明未必，不過，事關陸府安危，我身為陸府嫡長小姐，碰巧捲入是非，不能裝眼瞎吧。所以，能否請爹爹大哥哥聽聽我的一些拙見？」

陸度看一眼陸靖，後者震驚的神色已隱去，眼眸深沈的打量陸鹿，便強笑催道：「妹妹請說。」

高明主意陸鹿是沒有。既然接待了三皇子的特使，陸府勢必就得罪了二皇子派，可如今林特使死於非命，陸府保護不力，對三皇子也不好交代，現在陸府可說是豬八戒照鏡子，裡外不是人。

而且，隨著段勉傷好重新露面，陸府的日子更不會好過，唯一能做的就是把損傷降到最低。怎麼降呢？只能和稀泥！

一面派人向二皇子派送重禮示好，一面向三皇子請罪，承諾配合調查，嚴查凶手。查不到是肯定的，樣子卻一定要做足。

於是，陸鹿將昨夜的事經過粉飾，添點油加點醋向陸靖和陸度詳細說了一遍，只把那林特使在她手上寫數字這一奇怪舉動自動刪除。

聽完後，室內寂靜得可怕。陸靖背負雙手來回走動，陸度也老成的撐起下巴，眼光瞄瞄陸鹿又抬頭望頂。

「妳是說，妳看到行刺的凶手了？」陸靖忽問。

陸鹿沈著應對。「是。看到幾個蒙面黑衣人掠過牆頭，還好我躲得快。」

「妳聽出聲音了？」

「沒錯，西寧侯段世子的人。我回城那天遇雨避在青雲觀，偶爾聽過一次，肯定是段世子的心腹小廝。」陸鹿信誓旦旦保證。

陸度苦笑。「原來，這位段世子一直躲在幕後。我們還以為他……」還以為這些日子把益城掘地三尺沒找到，他可能死了，沒想到他隱身不出，卻給陸府這麼重重一擊。

這是故意警告吧？也太目中無人了！入府行刺？他把陸府當成什麼了？是可忍，孰不可忍！

陸靖沈吟良久，衝陸鹿擺擺手道：「這事妳最好給我爛到肚子裡，否則……」

「我想向爹爹討個人情。」陸鹿噙著笑，溫和的打斷他的威脅。

陸靖一動不動盯她良久，眸光晦暗不明。陸鹿坦然迎視，不偏不躲。

「大妹妹要討什麼人情？」陸度和氣笑問。

林特使有下落了，陸府可以喘口氣了。陸鹿是首功，討個人情也無可厚非。

「鹿姐，妳這是在做交換？」陸靖似笑非笑問。

「是，也不是。」陸鹿淺淺一笑道：「因為這個人機靈，有眼力，女兒才能發現林公子下落，可如今他被連累挨板子，女兒過意不去，才斗膽向爹爹討一個人情。」

「誰？」

「馬廄的小懷。」

「什麼？」陸靖老臉一沈，沒想到女兒竟跟小廝有來往?!

「爹爹勿惱。事情是這樣的……」陸鹿笑咪咪地編著她早就想好的藉口開脫。

馬廄的小懷是個沒入奴冊的小廝。正因為沒入奴冊，又是投奔那老實木訥的叔叔而來，沒月銀只有一口飯吃，於是，更加賣力勤快。昨夜別人收工後，他還在馬廄附近巡夜檢鎖門窗，無意中聽到動靜，他壯起膽子順著聲音瞧去，碰見流血受傷過重的林特使。

到底年紀小，他當時就嚇壞了，慌不擇路想去報告老爺或者大總管，陰差陽錯就遇見了陸鹿。

「等等，大晚上的大妹妹不在園子裡待著，怎麼會往那條路去？」陸度聽出破綻來。

陸鹿不急不忙，嘆口氣道：「白日時得罪了易姨娘，被太太罰了禁足，我……我回園後思前想後，這後宅一向是太太作主，求爹爹未必管用，只有去求求嬸嬸，幫我在太太面前美言兩句，只怕禁足就解除了，我也好早點回歸課堂。」

「哦？」陸度拖長了音調。這大伯府裡內宅事還真多！女人多，破事也多！

「接著說。」陸靖情緒已穩定，收斂起喜怒了。

小懷遇見陸鹿後，開始並不想嚇著大小姐，是陸鹿看他滿手是血，失聲驚嚷，這才逼出他的實話。於是，陸鹿壯起膽子跟了過去。

「爹爹，大哥。我雖長在鄉莊，困在內宅，瞧見那林公子，也猜想府裡十之八九有事故了，便不讓小懷聲張，給他厚禮堵住嘴，防他亂講，今早，再悄悄使了身邊丫頭去請大哥哥過來商量這件事。」

陸靖冷哼一聲。

「爹爹勿怪。」陸鹿委屈道：「不是女兒不信爹爹。而是女兒思忖大哥哥年歲相仿，就算知曉了來龍去脈也必不會怪罪我的魯莽草率，這事就這麼悄悄掩過去，女兒也不想捲入過深。只是沒想到，馬廄那邊發現小懷的銀子，如今誣他為賊，女兒聞聽，不得不向爹爹求個人情。」

陸度笑了道：「難為妳閨閣弱女竟還有這份義氣。」

又是義氣？關義氣屁事！陸鹿在心裡翻個白眼，眼巴巴地望著陸靖。

「知道了。」陸靖只答了三個字，然後深深看一眼陸鹿，邁步而出。

「爹爹慢走。」陸鹿舌粲蓮花這大半天，口乾舌燥就得了這三字，到底什麼意思呀？

陸度隨後親切對她笑。「妹妹放心吧。」

「噢？爹爹是肯了嗎？」

陸度但笑不語，不過眼神有一種猜不透的光芒。

「妾身見過老爺！」園門外，易姨娘娉婷而來，迎面撞上陰沈著臉出門的陸靖，笑盈盈施禮。

陸靖眼角掃她一眼，送她一個「嗯」字。

易姨娘眼皮一跳，又驚訝的發現。「度少爺？」二老爺府上庶長子是少爺，也是主子。易姨娘施了半禮，惴惴不安的垂側一旁。

原本她是等著瞧好戲的。小語去明園打探，她一清二楚，還算準了這小語是太太屋裡挑過去的，心高氣傲卻沒提成一等丫頭，急於在陸鹿面前表現她的聰明勁，必會攛掇著大小姐為早膳的事鬧騰。

誰知易姨娘正在屋裡暗暗謀劃，卻又有消息遞過來，說什麼大清早老爺造訪竹園，還屏退下人，跟大小姐在廳堂不知說些什麼機密事。

這不得了！這死丫頭竟然還請動了老爺助陣？那她的精心謀劃豈不竹籃打水一場空！

「爹爹慢走，大哥哥慢走。」陸鹿乖巧送到園門便不肯出門，又向著怔怔的易姨娘道：「姨娘來得正好，煩請妳屋裡的賈婆子跟她的乾親家廚房管事言嬤嬤道一聲謝。今日早膳我很滿意，清湯寡水正適合我在鄉莊養成的胃口。」

「妳、妳？老爺，我不知……」易姨娘一時慌神了。

這丫頭懂不懂說話的規矩呀？這話怎麼能就這麼赤裸裸說出來呢？人家上層社會的貴婦名媛們說話，都是說一半留一半讓人去猜的，她倒好，含沙射影還箭指明確！

陸鹿也沒管陸靖和陸度的臉色一變再變，淡然自若微微施禮後便返回竹園。她被太太禁足，不得出園門。禁足令未除，她就要執行到底。

回到內室，被掌嘴的小語抹著眼淚，臉腫嘴歪的過來謝罪，她淡淡說了句。「去請大夫吧。」

「謝姑娘。」小語吐詞不清磕頭出門。

衛嬤嬤心有一絲擔憂。「畢竟是太太賞下的丫頭……」

「無妨，太太問起來，我自然有應對。」陸鹿吩咐春草取點心來墊肚子，抬眼一瞧，見門邊，小青探頭探腦的不敢進屋。

「鬼鬼祟祟做什麼？進來。」陸鹿招她入內。

小青一向只做些粗活，姑娘的屋子是沒資格進來的，戰戰兢兢挪進來，給陸鹿施禮後道：「奴婢送藥過去，那邊管事還不肯放行。」

陸鹿拍桌而起，罵道：「這幫狗奴才！」

小青嚇得縮縮頭。「姑娘息怒。」

「藥呢？」

「奴婢使了幾個錢，看管的只允了鄭大叔入內，藥讓大叔帶進去了。」

也只能這樣了。陸鹿點點頭，喚一聲。「妳做得很好。春草。」

春草忙拿出半吊錢遞過去道：「姑娘賞妳的。」

「多謝姑娘。」小青接過，喜孜孜道謝退出。

正屋內回歸安靜。陸鹿在默默計算，這事自己有多大勝算。

如果陸靖親自過問，小懷應該能保住吧？廚房的事想必屬內宅打理，陸靖很可能只會隨口向龐氏提一句，最遲中午才出結果。最拿不定主意的是，自己這番跳出頭，陸靖和陸度會怎麼看待她？膽大妄為、不守閨禮？還是另類獨特、可為一用？

遇上那種事，別說見慣大場面的貴女們應付不來，更何況她這種寄居鄉下的商女？可她卻表現得沈著冷靜、處變不驚，這麼快冒出頭，究竟是福還是禍？

「姑娘。」衛嬤嬤遞上茶，眉頭皺緊小聲問：「我有一事不明。」

陸鹿抿口熱茶，笑吟吟問：「嬤嬤是想問掌嘴小語的事吧？」

「是。按姑娘在鄉莊這半年脾氣，早就按捺不住向太太告狀了吧？為什麼反而靜下來，只處置了打聽消息的小語呢？」

「嬤嬤，妳也糊塗了。」陸鹿放下茶盅，隨手抓過一只抱枕，冷笑道：「那小語打聽就好，多嘴多舌出的那個混帳主意，妳以為真是好心？」

衛嬤嬤沈吟一會兒道：「姑娘是說，那原本是個陷阱，故意讓她看到，好引起姑娘去鬧？」

「看來嬤嬤還沒糊塗到底。」陸鹿調侃笑，指出道：「那小語所見是實，陸明容兩姊妹早膳確實豐富，可那又怎樣，誰能證明出自廚房？」

衛嬤嬤一驚，後背沁出冷汗。可不是，小語只說她大嫂從窗外看到擺一桌豐富早膳，也沒說這早膳是廚房提供的呀！兩個丫頭出明園提回食盒，又有誰看見她們確實是從廚房提回的呢？

就不能是易姨娘出私房體己另做的？反正公中分例明擺著，愛吃不吃，但內宅規矩也沒說自個兒出私房錢另做違規呀？就算告到龐氏那裡，也不占理。人家易姨娘心疼女兒，另外拿出私錢置辦，礙著誰呢？

「姑娘，老奴真是糊塗了。」衛嬤嬤情不自禁就搧了一下自己嘴巴。

「行了，衛嬤嬤，內宅這些破事，我曉得妳也未必都知道。畢竟妳在我娘跟前也沒待幾年就搬遷鄉莊，哪裡明白有些女人吃飽沒事幹就愛玩這些心眼呢？」

「是是，還是姑娘明白。」衛嬤嬤鬆口氣，姑娘心底竟然這麼明白透亮，自己也算放下心來。

陸鹿汗顏，明白什麼？只不過覺得事出反常必有妖！那小語是龐氏給的人，自然不能信任，她說出的話，必定要打折扣。

正說著話，小秋在外邊報。「多順姊姊來了。」

多順？龐氏四個一等丫頭之一。她來幹麼？衛嬤嬤有些懵。

多順不是空手來的，還帶著丫頭、婆子送來精美可口的膳食。

她也沒多說什麼，只笑盈盈陪禮道：「府裡的規矩禁足處罰分例減半，昨日太太忙，令奴婢過來傳話。是奴婢一時忘了告知竹園管事嬤嬤，只怕今早姑娘有所不知，怪廚房怠慢了。是以，奴婢特來陪罪，姑娘勿怪。」

陸鹿嘴角抽了抽，心裡翻白眼，面上卻擠個強笑說：「多順姊姊快別這麼說。我才從鄉莊回來，身邊丫頭、婆子也是從小跟在鄉莊。府裡規矩多，一時沒學全，難免有所埋怨，還請太太不要怪罪的好。」

多順面上一直掛著笑，施禮道：「太太最是和氣不過的，姑娘且勿自責。另外，太太昨夜細慮一夜，念及鹿姑娘新入府，與姊妹們不熟，難免鬧誤會，已解禁三位姑娘禁足之罰。」

「哦？」陸鹿沒想到解禁這麼快，該不會是陸靖說了什麼吧？不然，龐氏根本不可能轉變得這麼快。不過，她不好打聽陸靖與龐氏的談話，多順自然也不可能透露半句。

好生謝過多順後，著衛嬤嬤親自送出園門。

解禁就意味著要去學堂，可是陸鹿不想啊。她慢騰騰用過遲來的早膳，洗漱後靠在廊柱下發呆，見修竹讓秋風吹得簌簌作響，天色陰沈。

「夏紋。」陸鹿喚她近前，悄聲道：「再著小青去打聽一下馬廄的事。」

夏紋一愣。「是，姑娘。」

這馬廄小懷到底是何許人也？為何姑娘一直念念不忘呢？

第十四章

小青動作很快，格外賣力的往馬廄奔去。她知道姑娘肯派她跑腿做事，就有可能被提拔上來做些細活，月銀自然也跟著上漲。

到了馬廄，她正好撞見陸度的小廝侍墨，他指揮著人將瘦小的小懷抬著送往二老爺府上，鄭車夫一旁跟著惶恐地抹淚。

小青閃躲柱後，瞅見人去遠了，才隨意拉著馬廄一個老車夫打聽。「王大叔，出啥事了？」

「妳這丫頭不好好在園裡當差，跑這裡做什麼？」

「嘿嘿，我們姑娘使我來問問馬車可還有？」

「要用馬車，問馬管事去。」老車夫擺手。

不管外院內宅，有人出門要用馬車都要提前說一聲，當然不包括陸靖和龐氏的專用馬車。專用馬車是隨時待命，打點得很齊備。

「行行，我一會兒問馬管事去。那我現在好奇問問，方才那人瞧著是二老爺府上度大少爺的小廝，他怎會在這裡？」

老車夫翻她個白眼，道：「我哪知道。」

小青討個沒趣，悻悻然摸摸鼻子返回竹園。

「讓大哥哥的小廝接過去了？」陸鹿袖起雙手望天沈吟。

看來陸靖不一定全信了她的話，只怕是要跟小懷對對口供。這邊府裡人多嘴雜，又不知情，抬過那邊府裡，正好陸翊、陸度父子都是當事人，而且才出事，肯定有親信大夫在，正好一面救治一面盤問兩不誤。

倒讓陸鹿矇對了。陸靖對她的大膽舉動、出格言行相當震驚，不過事關皇子之爭的機密要事，又不能大張旗鼓的盤問，便令陸度將小懷接過府，請楊家大夫救治，重要的是問出真相。

真的是小懷發現林公子，然後誤報給陸鹿？全程只有陸鹿一人在場？她是如何做到在伸手不見五指的夜，獨自伴著個渾身是血快要死的人，還有閒心觀察飛掠牆頭的黑衣人？誰借她的膽子？如果她在撒謊，又是誰指使她的？

禁足令莫名其妙解除了。

陸鹿卻使小秋去跟學堂先生告了假，順便打聽陸明容兩姊妹上學去沒。

小秋回報說：「兩位姑娘都在學堂裡。鄧先生還過問了姑娘因何不來？奴婢照姑娘說的回給她，說是偶染風寒，鄧先生交給奴婢一個方子，說祛風寒有奇效呢。」說著，奉上一張手抄藥方。

「夏紋，把前日朱姨娘送來的茶葉給鄧先生送去。就說我謝謝她的藥方，等身子好了，再親自謝過。」

「好的。」夏紋去翻出茶葉來。

反正陸鹿不會品茶，再好的茶葉對她來說也不過如此。因對外放出染了風寒的消息，龐氏著人請大夫過來看，診了脈、開了方，囑她好生調養，一直鬧到未時兩刻，竹園才算清靜下來。

陸鹿暗暗著急。好不容易等來一天閒日子，就耽誤到下午。

不顧衛嬤嬤攔阻，陸鹿包裹得嚴嚴實實的，要去園子裡走走散散心，實際則是想晃到藏段勉的雜屋，探他離開沒有。

園子裡花樹錯落有致，大多凋謝，只有幾叢秋菊開得正好，實在沒有什麼可以欣賞的，又兼秋風正寒，吹得春草和夏紋的臉紅通通，互使眼色想勸陸鹿趕緊回屋暖和暖和。

「咦？這條路通向哪裡？」陸鹿故意問。

春草張眼望了望，赧然搖頭。「奴婢不知。」

「走一走就曉得了。」陸鹿提裙子率先邁步。

「姑娘當心，還是回屋去吧？」

「這是咱們陸府內宅，有什麼怕的。」

陸鹿只是想證實下段勉還在不在。按常理，昨晚陸翊府上發生那麼大事件，他不可能不知。太平坊的回信她看不懂，但陸鹿猜測，鄧葉既然出現在陸府，跟段勉接上頭是遲早的事，只怕昨晚的事就是他指使策劃的。

那麼，他也不可能再厚著臉皮死賴在陸府了。

果然，走過那間雜屋時，陸鹿留意看，毫無動靜。又想法子差開夏紋回屋裡取風衣過來，吩咐春草望風後，陸鹿箭步閃到雜屋前，扒著門縫張望。

果然空無一人！

「姑娘！」春草一顆心都提起來了。大白天呀，這裡雖偏僻，妳也注意形象好不好？

「好啦，可以收帳了！」陸鹿拍拍手上的灰，開心笑。「走，咱們出府。」

「出府？」春草差點讓口水嗆著。

「是呀，打鐵要趁熱，萬一債主跑了呢？我豈不是白費功？」陸鹿瞇起眼睛想了想：好吧，那把袖劍還給段勉好了。畢竟是當著他面拿的。短刀不能承認，不然就成賊了。

出府不容易。陸鹿把小青安在自己屋裡裝病，強令夏紋和衛嬤嬤守著不讓人打擾，穿著半舊秋襖帶著春草、揣著借據閃出側門，憑著記憶的路線，七拐八彎的溜出陸府。

耶，成功！陸鹿開心的臉讓秋風吹得紅通通的，毫不猶豫向著第一次段勉報出的地址而去。

福郡王府在益城的別院位置選得很好。

算是個鬧中取靜的街坊，高牆碧瓦連綿不絕，林蔭道古樹茂盛，並無秋冬的枯黃，不時經過的馬車低調奢華又輕快，就連走街串巷的貨郎都乾淨整潔。

仰著脖子一家一家的尋著門牌，就在陸鹿脖子發疲之際，拐角巷口忽有喧雜聲。她探頭一看，樂了。這叫得來全不費功夫吧？

某家側門外，幾匹高頭大馬擁著一輛裝飾平淡無奇的小巧馬車，面容繃緊的護衛中，她看到一張熟悉的臉孔——鄧葉。

「春草，妳在這裡放哨，我去去就來。」陸鹿深吸口氣，喜孜孜吩咐。

春草已經讓她的舉動給累得麻木了。反正，小姐打從秋千架上摔破頭後，就一直行為乖張、舉止怪誕還不聽人勸，做丫頭的別無他法，也只能聽之任之嘍。

整束下衣冠，清清嗓子，陸鹿歡喜的奔上前，奔向一千兩黃金。

「站住！」還沒跑幾步，護衛就凶神惡煞的喝止。

陸鹿可不是被嚇大的，她一愣，很快就歡快招手。「自己人！我是來找段世子的。」

護衛倒吸了口氣。段勉平安回來的消息可沒幾個外人知曉，這模樣嬌憨的小丫頭怎麼知道的？還好像一副理所當然的樣子。

「唰」亮出佩刀，護衛頭目一聲冷喝。「拿下！」凡是可疑人等，無論男女老少通通先抓起來再說。

陸鹿這才急了，跳腳擺手朝鄧葉喊：「喂，喂，我是程竹呀！我有要緊事找段世子。」

鄧葉第一時間就發現她了。眼熟，辨認一下，想起來，咧嘴笑了。「讓她過來。」

他記得，這丫頭是隨著陸府小姐上益城來的，怎麼會找到這裡來還指名道姓？莫非世子在陸府潛伏這幾日，是得她相助？難道那個送信的小廝並不是真正的救助者？

「算你有點眼色！」陸鹿樂顛顛的跑上來，衝鄧葉咧牙笑笑，然後伸長腦袋望向馬車，問：「段世子在裡面嗎？」

鄧葉嘴角一扯，鄉莊長大的丫頭就是粗魯無禮。「妳找我們公子什麼事？」

「討債！」

話音剛落，車內傳來輕微的乾咳聲。

鄧葉眼睛猛的睜大，不可思議地望一眼仰面梭巡馬車的陸鹿，很快轉到車窗旁垂頭聽裡頭說了一句話，然後抬眼一揮手下令。「分散警戒！」

護衛們覺得疑惑，但出自世子心腹鄧葉之口還是依命散開，將巷口守緊，並離馬車遠一點。

馬車門緩緩打開，露出段勉清俊淡漠的臉。

「哈，我沒猜錯，你果然在這裡。」陸鹿眼眸乍亮，小碎步跑上前，攀著馬車笑容可掬道：「我是來兌一千兩金子的。」

段勉似笑非笑，語調懶懶，挑劍眉反問：「什麼一千金？」

「哎，你不會好了傷疤忘了恩吧？」陸鹿心頭滑過一絲淺淺的不妙。

「有憑據嗎？」段勉嘴角一彎，笑得詭異。

陸鹿理直氣壯道：「就知道你們這些貴人會翻臉不認帳，還好我給立了借據。」

「拿來瞧瞧。」淺暗的光線下，映出段勉放鬆的神態。

陸鹿「唰」的掏出那張借據，在段勉眼前抖的嘩啦啦響，下巴抬抬，傲然道：「看吧！一千兩黃金，別想賴帳，否則有損你西寧侯世子的聲譽哦。」

對她這種囂張的態度，段勉是十二萬分的瞧不上。一個富商家的粗使丫頭，不低眉順眼逆來順受就算了，還對著他大呼小叫，敲詐勒索全無敬意？真是夠了！

「好大膽子，敢偽造借據！」鄧葉一旁看得突目。這丫頭膽子怎麼越發大了？

「瞎了你的狗眼，看清楚這手印，就是他的。」陸鹿怒氣攻心嗆回去。

鄧葉也惱了，一把奪過，不顧陸鹿驚慌跳腳，掃一眼借據內容，反而學著自家少爺氣定神閒道：「念妳無知初犯，就不扭送官辦了。回去吧！」

「你！什麼意思？」陸鹿蹦跳起來去搶回自己保存良好的借據。

「借據一式兩份，欠債雙方互按手印才算生效，妳不知道嗎？」鄧葉嗤笑。

陸鹿傻眼了，低頭端詳手上借據。字體歪醜就不說了，內容太過單薄，而且沒寫明幾時還，自己確實沒按手印……但，總體是沒錯的吧？

「少來這套。你們主僕兩個就是想賴帳！」陸鹿氣得臉紅得像喜布一樣，指著老神在在的段勉道：「別人不知道情有可原，你身為當事人，堂而皇之的欠錢不還，真的好嗎？」

「我有欠嗎？」段勉還優雅的換個坐姿，眼中浮現淡淡的戲色，問：「段勉欠錢？哪個段勉？這天下同名同姓的多了去。」

「你！」陸鹿拳頭握緊，齜牙瞪目。

不是說西寧侯世子孤冷清傲嗎，這個厚臉皮的無賴又是誰？她的一千兩黃金啊！真就這麼被他賴掉？心在滴血啊！

不甘心的陸鹿努力按捺下想把他揍得滿臉開花的衝動，放軟調子，低聲道：「不管怎麼說，我好歹幫了你不少忙，沒功勞也有苦勞吧，你就這麼抹殺我的辛苦？」

段勉眼中的戲色慢慢換上冷漠。

「一千兩金對你來說是九牛一毛吧。何必為這麼點錢降低自己的層次呢？你可是高高在上、無所不能的段世子，哪能跟我一個小丫頭計較銀錢，太掉身價不是？」陸鹿曉之以情，動之以理。

「呵呵。」段勉今日算見識錢奴長什麼樣了。為了錢，怒目野丫頭轉瞬間能變成低眉乖模樣。

陸鹿聽他冷笑，心裡一抽緊。咬咬牙，繼續強顏歡笑說服道：「我知道這益城只是段世子暫時歇足之地，從京城調資金過來有些倉促，不如先付一半好啦。」

她看看身後高牆側門，皇親福郡王別院裡，總有五百金拿得出手吧？實在不能再調低了。

「胃口不小！」段勉斂去臉上所有神情，目光冷漠道：「我不動陸府已是格外開恩，妳還好意思討要辛苦費？」

什麼意思？也就是說，他是真的不打算兌現金子了？他動不動陸府跟欠她的錢是兩碼事好吧？陸府站錯隊，你去殺光好啦，但欠她的錢，還是要付。

陸鹿臉色變幻不定，手裡的借據差點讓她捏爛。

「你好意思賴，我就好意思要。」陸鹿牙根一咬道：「段勉，你知不知道，斷人財路，等於殺父仇人？」

段勉眉梢一聳，吊起眼睛斜視她。

「我懶得跟你廢話，只問你最後一句。這一千兩黃金，你到底給不給？」陸鹿也失去耐心了。

段勉鼻哼一聲，神態自若，語調欠扁說：「我不欠妳！」

「好、好、好。」陸鹿憤然看著他，嘴裡連說三個好，腳步倒退。

「從今後，我陸、我程竹跟你勢不兩立，你下次別再犯我手裡！去死吧！混蛋！」陸鹿懷著滿腔恨意，恨恨掉頭而去。

鄧葉又是長長倒吸氣。這、這死丫頭敢如此肆無忌憚的罵段世子？她有九條命嗎？

「攔下她！」鄧葉見主人不出聲，便自作主張想把人抓回來。

周邊警戒的護衛動作敏捷的擋在陸鹿面前。

「好狗不擋道！滾！」陸鹿正一肚子邪火沒處發。

護衛一怔，吃炮仗了？

陸鹿此時怒火攻心，氣得眼圈都紅了。

合著她這些天每晚提心吊膽送吃送藥都餵了白眼狼，冒著巨大的風險送信出府都是一場笑話。誰能想到堂堂天子第一近臣的嫡世子，原來是這等混帳王八蛋呢！啐，要不是打不過，她就要當場捅他幾刀了。

回去一定扎個小人咒死他！

段勉看著她氣鼓了臉，眼圈紅紅的激憤轉身，留他一個倔強不甘的背影，不知為何，生出一絲極淺極淺的不忍。微微擺擺手，讓護衛放行。

陸鹿頭也不回，越走越快，很快就消失在段勉晦明不定的視線中。

「公子……」鄧葉小聲喚。

「走吧。」段勉掩上車門，後腦靠著車壁，緩緩閉目。

是，段家是天子第一近臣的西寧侯，家中良田萬頃，奴婢成群，銀錢無數，帳面上的活錢每天不低於五千兩，又怎樣？

段勉冷笑。他想給，別說一千金，十萬金眼都不眨捧出；他不想給，一文也別想拿走，撒潑滾地都沒用，何況還是被人威脅敲詐？那野丫頭還真是無知且無畏！

陸府私交三皇子，段勉只是派人偷襲特使，給他們一個教訓，並沒有馬上追究責任已是極大的寬容，野丫頭竟然還敢找上門來討債，到底誰欠誰啊？他沒伸手指頭碾壓陸府就是最大的恩惠了好不好？

想著野丫頭憤恨的神情，眉頭忽莫名一跳，段勉清朗喚。「鄧葉。」

「在。」

「急令，太平坊秀水街十八號所有人撤出。」

鄧葉一怔，很快應下。「是，大人。」撥轉馬頭疾行。

「姑娘，妳走慢點，等等奴婢。」春草小碎步在後頭急喚。

前頭的陸鹿大步流星，雙手握拳，氣得臉又紅又鼓。

什麼世子，什麼將軍，就是個欠錢不還的混帳王八蛋！姓段的，別再讓我看到你！咒你不得好死，咒你段家斷子絕孫！這個梁子結定了！

不對，早就結了，只不過舊仇未消，又添新仇罷了。

也顧不得欣賞益城街景了，陸鹿胸口憋著一股惡氣衝回家。好死不死的，竹園正堂廊下，站著黑沈臉的王嬤嬤和……楊氏？她來幹麼？不會是因為楊明珠吧？

眼睜睜看著竹園側門方向，遊廊拐角衝出怒氣未消的陸鹿，王嬤嬤驚呆了，楊氏更是錯愕得說不出話來。

不是病了嗎？不是臥病在床不見客嗎？不是死也不開門，說怕風寒加重嗎？那眼前這個生龍活虎、活力四射的丫頭是誰？

第一眼錯看成丫頭也不怪她們，因為陸鹿一來為了方便，二來為了將丫頭這個角色在段勉面前裝到底，所以穿著半舊不新，而且樸素，只差沒打補丁了。

「鹿、鹿姐？」楊氏眨巴眼回過神來。

王嬤嬤掩下心中驚濤駭浪，福身施禮。「老奴見過姑娘。」

「妳們來幹什麼？」陸鹿正煩著呢，又來添亂。難道今天沒看黃曆，諸事不宜？

「聽聞姑娘病了，太太派老奴過來瞧瞧。」

「妳瞧什麼？妳又不是大夫。」陸鹿極度不耐煩。瞧個屁，故意添堵來的吧？

楊氏呆滯半秒，笑容很乾巴巴道：「鹿姐，話不是這麼說……」

「楊姨娘，妳也是來瞧我的？」

楊氏嚥了嚥喉道：「是，府裡太太忙，聽說鹿姐染病，託我帶了禮物過來看望大姑娘。」

「哦，費心了。」陸鹿輕描淡寫。

王嬤嬤可忍不住了，上前強笑問：「老奴斗膽問一聲，大姑娘這是打哪兒來？」

「妳問我就要回嗎？閃開。」陸鹿惡聲惡氣擺手。

王嬤嬤快讓她氣炸肺了！她可是太太跟前第一得力之人，幾時受過這等鳥氣？不過是個不得寵的嫡女罷了，憑什麼胡作非為，老嬤嬤還問不得？當自己是誰呀？

「姑娘息怒。老奴奉了太太令來瞧姑娘的病情，沒想到原該臥床的姑娘卻打外頭回來，還作丫頭的打扮，老奴如果不問一聲，只怕太太見怪。」

「那就怪唄。」陸鹿使個眼色。

廊下一眾噤若寒蟬的婆子、丫頭都縮頭縮腦退在邊上，就連衛嬤嬤和夏紋都煞白了臉色。有比當場抓包更窘更惱羞的事嗎？

託詞姑娘病了不見客，倒沒什麼，王嬤嬤和楊氏都要離開了，偏陸鹿好死不死的冒出來；冒出來也就罷了，再編個理由找個臺階唄，她還振振有詞的。

夏紋接到陸鹿的眼色，哆嗦著將緊閉的正房門打開。

陸鹿一隻腳踏進去，又側轉身淡漠說：「兩位，我這裡忙，恕不招待。來人，送客。」說著，自顧自的進屋喚起嚇得發抖的小青，一迭聲的嚷著更衣。

王嬤嬤這老臉被她臊得通紅。

楊氏乾咳一聲，輕聲道：「姑娘好生歇息吧。」

「楊姨娘，妳看這……我們姑娘才從鄉莊回來，禮數不周，妳不要見怪。」衛嬤嬤趕上前送客，小心的陪著笑臉。

「我知道了。」楊氏手帕掩了口，輕輕笑。她有什麼好怪的，反正不懂禮數的又不是她的女兒，當個笑話看吧。

王嬤嬤看一眼屋裡忙著換衣的陸鹿，若平常她就要抬腳進屋代太太教訓了，可是面對好歹不分、脾氣又大的陸鹿，她膽怯了。就這麼一個野丫頭，當著這麼多下人不給她面子，還有什麼做不出來的？還是回去告知太太為上策。

「小姐，奴婢該死！」小青抹著眼淚跪下了。

「沒妳什麼事，起來吧。」陸鹿寬宏大量說。「以後跟著春草做事。」

小青一愣，繼而大喜磕頭道：「謝謝小姐。」

能跟著一等大丫頭，那就表示自己不再是個幹粗活的，最起碼也是個三等丫頭了吧？若表現良好，可以提拔到二等行列吧？月銀也能翻倍吧？

「妳現在悄悄去二老爺府上打聽。」

「打聽什麼呀？」小青茫然。

陸鹿想了想，道：「不拘什麼，凡是這兩天發生在前院的事，能打聽多少是多少。」

「是，姑娘。」有了明確目標，小青就知道該怎麼做了。

春草憂心忡忡問：「姑娘，這可怎麼辦？太太那邊必是不輕饒的。」

「怕她什麼？」陸鹿挑眉自信笑。「這不有爹爹撐腰嗎？」

「可是，老爺再撐腰，也絕不會縱容姑娘私自出府，還裝病，還怠慢太太身邊的老嬤嬤……」春草學得快，腦子曉得思考了。

衛嬤嬤把人送出園子，轉身也是黑沈著臉，怒氣沖沖地進屋。「我的大姑娘，妳可闖禍了！」

「衛嬤嬤語出驚人，嚇死我了。」陸鹿調笑向她扮個鬼臉。

衛嬤嬤回身將門掩緊，厲聲道：「姑娘，現在不是玩笑的時候！妳可知妳闖多大禍事了？」

「不知。」

「妳、妳……」衛嬤嬤也快被她氣死了，指著她道：「妳闖禍不要緊，連累的是這一座園子的人。妳在鄉莊胡鬧，我睜一眼閉一眼就算了，沒想到回城還是這麼任性，今日我就代前頭太太好好管教管教妳！」

衛嬤嬤說著就去抽出案前瓶中的雞毛撣子。

春草和夏紋撲過去勸。「嬤嬤息怒。」

陸鹿若無其事對鏡整裝，看著自己煥然一新又恢得幾分富家小姐氣色，滿意點頭。

「嬤嬤要行使管教責任，我不反對。這是妳老人家的職責，只是現在不行，我還有急事。改日再領教責罰吧。」陸鹿轉身認真朝衛嬤嬤說話。

衛嬤嬤舉起雞毛撣子，對著淡定自若的陸鹿，半天下不了手。「妳又起什麼么蛾子？」還嫌麻煩不夠？還要出門？

「這事，關係陸府前途，要不然我也不可能扮成丫頭模樣出門打聽。」陸鹿說得煞有介事。

衛嬤嬤冷眼道：「別說得這麼好聽。今日，有我在，休想再出這園門。」

陸鹿攤手，不文雅的聳聳肩道：「我定要出園門呢？」

「妳非把我這老婆子氣死才安心是吧？」衛嬤嬤倚老賣老起來。

她是陸鹿的貼身嬤嬤，負有管教引導義務，又陪伴這麼多年，若不是身分限制，說是養母都不為過。

陸鹿嘆氣，按著眼角坐下，說：「嬤嬤這是何必呢？」

「我的鹿姐呀！」衛嬤嬤看陸鹿態度軟下來，也就湊上前苦口婆心道：「妳怎麼還當這裡是鄉莊，可以任意行事？別說如今是繼母，就是先頭太太也斷不許妳如此胡來。趕緊的，跟我去太太屋裡認錯任罰，若不然……」

「不然會怎樣？」

「送回鄉莊還算好的。若遮掩不當，姑娘這輩子就毀了。」衛嬤嬤想起這後果就忍不住撩衣抹淚。太苦了！跟錯主子，這奴才也當得辛苦又心累。

第十五章

陸鹿手指無意識敲彈著桌面，發出有節奏的清脆響聲。「夏紋。」

「奴婢在。」夏紋惴惴不安地聽令。

「去二老爺府裡送個口信給大哥。」陸鹿斟酌了下用詞道：「就說我這裡有關於林特使的最新消息。」

「是，姑娘。」夏紋用心把她的口信記下，閃身出門。

衛嬤嬤想攔，陸鹿騰的起身，似笑非笑道：「衛嬤嬤，妳要攔夏紋，那就必要放我出門。」

這是選擇題呀。衛嬤嬤思索半秒就做出正確選擇，放棄攔阻夏紋。

整個竹園從上到下氣氛凝重不安。原本陸鹿出府是悄悄進行，沒想到回府卻讓王嬤嬤逮個正著，更糗的是讓二老爺那邊的楊氏撞見，這下可好，鬧大了。

下人們都心懷有異，不知接下來等待她們的是挨板子、罰月錢還是發賣出去？誰叫她們看管不嚴呢？富人家後宅目前都保留著連坐的懲罰，主子犯錯，奴僕也遭殃。

只有陸鹿歪躺榻上，回想起討債不成反惹一肚子氣來，就格外鬱悶暴躁。這個混蛋段勉，打不過、罵不了，就遠距離咒死你！哼！

外面小秋又報。「姑娘，度少爺來了。」

陸度來了？陸鹿長鬆口氣，笑吟吟起身喚。「請去堂上，我馬上過來。」

堂上，陸度並沒有坐著喝茶，而是臉色沈重的踱來踱去。

「大哥哥。」陸鹿輕鬆負手而進，笑喚。

陸度看她一眼，揮手令人退下，沈聲問：「又怎麼啦？」

陸鹿也回看一眼門口守著的婆子、丫頭，欠身湊近問：「大哥哥，我且問你，真心想助三皇子還只是迫於無奈？」

「此話怎講？」陸度眸色一沈。

「若是真心助三皇子他日登大位，我這裡無意探知一個二皇子在益城的秘密據點。」

「嘶？」陸度低低抽氣，很快又問。「若是迫於無奈呢？」

「若是這樣，便只靜觀二虎相鬥就好了，這處二皇子秘密據點只裝不知道。」

「鹿姐，妳可知道，林特使在陸府被偷襲而亡，三皇子必不甘休。不管如何，我們陸府不可能全身而退了。」

「是說這渾水陸府蹚定了？你們做好一心一意輔助三皇子的決定了？」陸鹿乍驚。

陸度沈重點頭。「不瞞妳說，原本秘密接待，還有迴旋餘地，如今林特使之死，於情於理、於公於私，陸府必須全力相助三皇子才能保全陸府。不然，兩邊都得罪了，不出半年，陸府必敗無疑。」

「而全力助三皇子，尚還有一線生機，是吧？」陸鹿很快看清形勢。

陸府想完全摘清然後中立，不可能！三皇子不會放過這個難得的機會，陸府就算看清二皇子勝算更大，也不可能有再次選擇的餘地了。
只能一條道走到底，硬著頭皮全力助三皇子了。該死的段勉！就是他的手段，逼得陸府想中立、想兩邊不得罪都難了！陸鹿想清楚後，氣恨的嘀咕一句。
「是，妳說的對。」陸度揉揉眼角。這不是他的主意，而是陸府兩位當家老爺的主意，只能這樣了！
「好。大哥哥。想必城裡三皇子的人不只林特使在跟你們接頭吧？聽好了，馬上派人去搜查太平坊秀水街十八號。」陸鹿一字一頓道：「那裡很可能是二皇子秘密據點，武騎衛很可能派人潛伏在那裡。」
「鹿姐，妳怎麼知道？」陸度大驚失色。
陸鹿眼裡閃著復仇的光芒，冷靜道：「稍後我再細說，大哥哥，事不宜遲，現在就出發，免得讓他們逃了。」
陸度定定看著她臉色轉憤怒，莫名就相信了。「好，我現在就調人過去。」
「大哥哥，小心點。」
「我知道了。」陸度跨出門檻，忽又轉身笑笑。「多謝大妹妹。」
陸鹿袖起手，輕輕聳聳肩。舉手之勞，不用謝！給我狠狠抄段勉的老巢，最好重創他們在益城的佈置，然後一敗塗地！
告密工作完成。接下來該面對難纏的龐氏了。
陸鹿慢悠悠出廳堂，望天發了會兒呆。寒風過，颳得院中牆角凋謝的花叢搖搖欲倒，不勝淒寒。

衛嬤嬤送來一件半新風衣，為陸鹿披上，小聲勸。「姑娘，別犯擰了。真惹急了太太，別說府裡容不下，這益城也容不下。」

「知道了。」陸鹿懶懶答應。

後宅正堂。屋裡燃起薰香，略濃。陸鹿掩起鼻子，受不了這種不純粹的香氣。不但有薰香還摻雜有各種氣味的脂粉香，看來那幾位姨太太都在。

龐氏低頭看手裡的冊子，聽到陸鹿施禮的聲音也沒抬眼。她不說話，陸鹿就一直得福身在那裡。

「母親，您叫我過來有什麼事吩咐嗎？」陸鹿仍維持著動作，嘴裡卻不閒著。好半晌，龐氏才緩慢抬抬眼皮，瞅一眼不諳世事模樣的陸鹿，才說：「起來吧。」

「謝母親。」陸鹿直起身，揉揉腰向易氏和朱氏等人道：「各位姨娘都在呀。」

易氏臉色一綳，倒是朱氏遞她個和善的笑容。

龐氏見她這麼沒皮沒臉、嬉笑爛漫，反而笑了。「病好了？」

「蒙頭睡一覺，發發汗後就好多了。謝謝母親關心。」陸鹿舉止得體地回。

「說說私自出府的事吧？」龐氏也不跟她繞彎子了。

陸鹿聽不出她語氣的喜怒，小心翼翼道：「是有這麼回事。不過，事關重大，請母親允我單獨呈報。」

易氏掩起嘴笑道：「鹿姐兒私自出府可不就是大事嗎？難道還有其他難以啟齒的原因，不方便當著大夥兒的面說。」

「是呀，尤其是不能當著妳的面。因為妳是個大嘴巴。」陸鹿不客氣反擊。

易氏氣得俏臉煞白，怒道：「放肆！」

「大呼小叫的，到底誰放肆呀？」陸鹿翻她一個白眼。

呃？想起兩人身分差距，易氏怒氣一下就收起來，按按眼角轉向龐氏軟聲道：「太太勿怪。妾身莽撞了。實在是因為鹿姐她……」

「好啦，都回去吧。」龐氏懶懶的揮手。

易氏等侍妾不好多說，福福身便悄悄退出。

陸鹿又看看王嬤嬤、吉祥、如意等人，堆起笑臉道：「各位嬤嬤姊姊，也請暫且迴避下吧。」

王嬤嬤老臉一僵，嘴角直抽。

「下去吧。」龐氏努努嘴。

真的等屋裡人散淨後，陸鹿長長吁口氣。

龐氏似笑非笑道：「別以為今早老爺去竹園走一遭就有人撐腰，今兒妳若不說出個子丑寅卯來，我陸府的家法也不是擺看的。」

陸鹿面上淡淡一笑。這陸靖在陸府還真是至高無上！就今早去一趟竹園，不但膳食改善了，就連龐氏也不敢過分拿捏她，只派出大丫鬟去請她過來，也沒動用粗使婆子。

「好，那我也不拐彎抹角了，母親請聽……」陸鹿趨前一步，將今早向陸靖描述的，精挑細揀後告訴龐氏，末了道：「我私自出府可不是遊玩賞景，卻是為著我們陸府探聽消息而去。」

龐氏臉色變幻莫測，精彩紛呈，久久說不出話來，只雙眼直盯著滔滔不絕的陸鹿。

「哎呀！」她長長一聲嘆息，差點歪倒。這、這搞不好是滅族的大罪啊！難怪，今早隱約聽到二老爺府上亂糟糟的，門戶嚴禁，原來，出了這麼一檔子事！難怪老爺夜宿外書房，今日一整天都沒進後宅，敢情家裡出這麼大事了！

「鹿姐，妳、妳說的可是真的？」

「母親不信，問問兩位弟弟便是。」

陸應和陸序想必一定是聽到風聲了，只不過不方便向後宅龐氏說。

龐氏不由握著陸鹿的手，不安道：「若果真如此，鹿姐，妳可是救了咱們陸府。」

「母親過獎了，我也是府裡一分子，略盡本分而已。」

「好好好。」龐氏連說三個好字，便也無多話，慢慢坐正身體。

入夜，秋寒。

陸鹿愜意的歪躺榻上，聽著夏紋喜孜孜說：「沒想到太太這麼和善，不但不追究姑娘的過失，還送了許多小玩意兒和好料子壓驚。」

春草卻道：「只是一些綾羅綢緞，若是金子銀錢多好。」

「就是。」陸鹿翻個身，不知足地嘆道：「這些布疋還不好當掉，白白放著又可惜了。春草，拿去叫人做幾身新衣服去，按著品次，園子裡每人都做一套。」

「姑娘，這可是太太賞下的！」給下人們做新衣，可不值這麼好的料子。

「去吧去吧，捨不得孩子套不著狼。」陸鹿大方擺手。「大家跟著我提心吊膽的，也該給她們壓壓驚了。」

春草和夏紋對視一眼，不以為然，小青接過春草遞來的眼神，閃身出門傳達指令去了。

陸鹿在榻上蹺著二郎腿，琢磨小青打聽來的消息：二老爺去了趟知府衙門，府裡都是度少爺和康少爺在主持外院的雜事。

小懷得到救治，大夫是楊家生藥鋪的，而後宅一片平靜，只是二門出入查禁更嚴格，丫頭、婆子們被拘束，不能隨意出角門。

「姑娘，應少爺來了。」

陸鹿一個翻身而起。陸應？他來幹什麼？

陸應在廳中跟陸鹿見禮，笑說：「因這些天學堂課業繁多，竟不知姊姊染病，如今可大好了？」

「多謝關心。好多了。」陸鹿微笑。

陸應見她不冷不熱，便掃眼左右，示意退下，才悄聲道：「爹爹讓我過來囑咐姊姊一聲，戌時三刻，有請姊姊帶路。」

「我知道了。」陸鹿點頭。

陸應卻並不馬上離開，而是沈吟片刻，輕問：「姊姊在青雲觀見過段世子？」

「是，半面之緣。」陸鹿小心回他。

「那天，觀中可有其他古怪事發生？」

古怪事？陸鹿眼前閃現一身紅裝的段勉站在一灘污水前，眼中戾氣未消的場景，卻搖頭。「不知。我與衛嬤嬤、春草安靜避在偏殿躲雨，哪裡探得其他古怪事？」

「哦。」陸應低垂眼。

陸鹿心思一動，小聲追問。「難道那天在青雲觀還有別的事發生？」

陸應看她一眼，否認。「並沒有。」

那就是有嘍！陸鹿仔細回想當天的事，尤其那灘污水，還很刺鼻，難道是化骨水的作用？沒錯！跟雜屋裡段勉用他口中的逆屍水消滅老鼠是一模一樣的氣味。

這麼推算，當時在青雲觀段勉遭到伏擊，然後被他化解了！接下來，他故意短暫停留益城，果不其然，刺客再現，然後他不小心著道受傷……

陸鹿撫額。這人真是好生大膽！

戌時三刻。陸鹿終於堂而皇之的可以晚上出園門了。衛嬤嬤等一干人不敢阻攔，畢竟是陸應親自過來接走，還警告不許喧嚷出去。

掖掖舊披風，陸鹿隨著陸應來到通往馬廄方向的遊廊。不但陸度在，就是陸翊都在，領著幾個心腹，也不打燈籠，神色複雜的看著陸鹿過來。

「二叔。」借著淡淡月光，陸鹿吃驚見禮。

陸翊有氣無力擺擺手。「走吧。」

得趕緊把林特使的屍首運走，免得夜長夢多。

「這邊走。」陸鹿認路的本領是一流的，也不多話，抬腿就來到昨晚那條偏僻小路，稍加打量後指著一株古樹。「就是那裡。」

早有心腹家丁奔過去，很快就輕嚷。「老爺，找到了。」

陸翊和陸度小心上前看了一眼。林特使全身僵硬，眼睛閉著，了無生氣的躺在雜草堆中。陸鹿還若無其事添加一句。「本來他是死不瞑目的，是我幫他合上眼。」

邊上響起好幾道抽氣聲，陸翊沈聲吩咐。「快快移走。」

「是，老爺。」

陸翊、陸度及陸應目光閃爍不明地看著全無懼意的陸鹿，一時無語。膽子不是一般大，是不是因為在鄉莊長大，所以養得像個野小子？

「大哥，太平坊那邊……」陸鹿乘機問情報準確性。

「回去說。」陸度截斷話頭。

陸鹿不以為意，點了點頭。陸度看一眼陸翊，然後悄悄指揮著心腹家丁們將林特使的屍首連夜運出府，至於送交到哪裡，陸鹿不得而知。

打狗也要看主人，林特使是三皇子在益城的特使，他的屍首自然不能輕率處置。

陸應領著陸翊和陸鹿轉回外書房。陸靖正等在那裡，書桌前攤著一張紙，上面亂七八糟寫著一些人名。

看到有兩個府裡養的清客門人也在，陸鹿倒不吃驚。這兩個清客門人深得陸靖信任，職責相當師爺，此等大事，自然也會跟他們商量。

「爹爹。」陸鹿脫下風帽施禮。

陸靖一眼望去，見她亭亭玉立，面色紅潤，神情安然，不過頭上無多餘釵簪，身上穿著也是半舊不新的，不由皺眉。陸鹿暗喜，她要的就是這種效果。段勉那裡的一千金是指望不上了，只好在陸靖面前哭窮，看能不能另外敲出一筆銀子來。

「都處理好了？」

陸翊沈重點頭。「差不多了。度兒親自跟去了。」

「鹿姐，妳過來。」陸靖顯見鬆了口氣，招手喚上陸鹿。

「是，爹爹。」

陸靖端坐書桌後，眼神透著陰鬱，盯著平靜自若的陸鹿。迎上他審視的目光，陸鹿開始在心裡編著可以對應的藉口。

「太平坊秀水街十八號這個位址，妳是怎麼知道的？」

陸鹿忙笑回。「不瞞爹爹、二叔，我下午出了趟門，特意去查證了。」

「為什麼想到去那裡查證？」

「我、我聽林公子似乎在嚥氣前最後一刻模糊提到的。」

「啪——」陸靖將書桌上鎮紙石一拍，怒氣洶洶道：「還敢狡辯！跪下！」

陸鹿心頭一跳，忖：難道小懷招供了？她趕緊乖乖跪下，委屈抬眼。「爹爹，女兒不敢了。」

「我瞧妳膽大包天，還有什麼做不出來？」

「沒聽懂。」陸鹿索性也懶得裝柔弱了，淡淡駁。

「妳妳……妳這是什麼口氣？」

陸靖氣得要扔手上鎮石，讓陸應眼明手快攔下，陪笑。「爹爹，大姊姊病才好，起來讓她慢慢交代罷。」

「哼！不但學會裝病還私出府門，這是哪家規矩？」

陸鹿一聽火了，梗起脖子道：「我不知道哪家有這些臭規矩，反正我在鄉莊可從來沒人教過我這些。誰叫我親娘死得早呢，沒人管教沒人疼，可不就養得膽大包天、沒規沒矩的。」

「妳、妳！」陸靖差點氣個倒仰，這是含沙射影指責他嘍？

陸鹿小痞子一樣搖頭晃腦，左看右看，淡淡道：「我還以為舉報有功，能得些陸大老爺一筆獎賞呢，看來泡湯了，估計得賞我幾大板子嘍?!」

「妳給我閉嘴！」陸靖拍桌而起，指著她。「妳看妳像什麼樣子？」

「鄉下沒人管沒人教的野丫頭樣子呀！你以為那鄉莊是個桃花源呀？丟在那裡自然就能養成端莊嫻靜的大家閨秀出來？有這等好事，你怎不把陸明容兩姊妹送去呢？」陸鹿越說還越來氣，直接嗆聲。

「妳這是埋怨我這個做爹的偏心？」陸靖氣得黑沈臉，尤其是當著陸翊的臉，幸而屋裡都不是外人，不然這張老臉可怎麼辦？

「在鄉下沒得好吃、沒得好穿，銀子也時常短少，我不埋怨還得頌揚老爺、太太行事公正？我腦子可沒病。」陸鹿冷笑。

陸應一聽，將龐氏也怪罪上了，乾咳幾聲。

「妳這個不孝女，竟然背後誹議長輩，看我今天不打死妳！」陸靖氣怒攻心，隨手抛出鎮石砸去。

「大哥不可！」陸翊急叫。

「爹，使不得！」

陸鹿俐落的躲過，聽著清脆砸地聲，看一眼略微損壞的地磚，忽然擠眼嚎啕大哭。「打吧、打吧、打死我，正好跟我親娘作伴去！娘呀！苦命的女兒這就下來陪妳……」

眾人都呆傻了。這般潑悍行為，一般矜貴些的小姑娘家家可做不出來，倒很有鄉間村婦的風采。

陸鹿仍在地上打滾撒潑的哭鬧，存心不要臉了。反正她現在年紀才十四歲，又才從鄉下回來，行為異常舉止粗魯，又拉扯上難產的劉氏，不信陸靖還敢打罰她！

陸靖一聽她把劉氏給搬出來，確實下不了手。倒不是跟劉氏多恩愛，而是這十來年，把她的骨血給扔在鄉莊自生自滅，是真有點心虛。不見還好，現在見著了，頓覺自己的確是過分了點。

「大姊姊，快別哭了，起來吧。」陸應沒奈何，只好親自過來扶。

兩個清客門人面面相覷，不是來商量皇子之爭的大事嗎，怎麼一言不合就父女槓上了？這讓他們怎麼辦？走也不是、留也不是。

大夥兒一起好言勸慰陸鹿，又回頭安撫暴怒的陸靖，大約一刻鐘後，書房才恢復平靜。只是陸鹿抽泣著仍在抹眼淚，瞧著可憐兮兮的。

「行了，回去吧。以後，這外頭的事，妳少摻和。」陸靖心情煩躁。這跟他原來的計劃不一樣。原以為這個女兒膽色過人，還有急智，她無意捲入皇子之爭，想多問幾句，沒想到最後會演變成這樣。

陸鹿挺不服氣的：就這麼把她打發走了？不給點好處嗎？

「爹，是女兒錯了。女兒惹爹生氣了，女兒甘願認罰認罵。」就是不能打，多疼啊！

陸靖看一眼為難的陸翊，深深吸口氣，看著她說：「小懷說，他幫妳送信才得的報酬，而信的位址恰是太平坊秀水街十八號，妳有什麼可說的？」

果然是這個死小子，嘴太不嚴了！陸鹿轉念一想，小懷若是不這樣招，那怎麼解釋大筆銀子的事呢？老天保佑可別把福郡王別院招出來就行了。

「沒有什麼可說的。」陸鹿吸吸鼻子。

陸翊接著說：「鹿姐兒，這個據點，我們今天派去的人回報說，空無一人。」

「啊？」陸鹿一驚，隨即就想到，一定是段勉起了警覺，搶先一步撤離。

「大姊姊，事關重大，把妳知道的都說出來吧。」陸應也催。

陸鹿心說：我能把私藏段勉的事說出來嗎？這不打自己臉嗎？你們能理解嗎？估計會安上一個有傷風化、輕佻水性的帽子吧？死也不說！

「我知道的都說了。至於這太平坊……」陸鹿堅持不承認，後頭她轉了好幾下眼珠，實在不好編藉口，便只好敷衍道：「以後，爹爹和二叔就明白我的良苦用心了。」

陸靖黑臉瞪著她，陸翊臉色也不好看。

「妳在處理林公子一事上確實可圈可點，原該獎賞，只不過太平坊這事上卻含糊其詞，用意可疑，過大於功，明兒起，去跪三天祠堂。」陸靖慢慢開口了。

「爹！」陸鹿怒了。憑什麼大冷天去跪祠堂呀？真凍出病來可怎麼辦？不獎就算了，還罰？有沒有人情味！還是不是親爹？

「回吧。」陸靖決心已定。

陸鹿賴著不肯走，抗爭道：「爹，你不獎就算了，為何還罰？明明功大於過。若不是我發現林公子，讓段世子的人發現他，後果更不堪設想。我這是挽救了整個陸府。」

「是毀是救，妳心裡清楚。」陸靖也不是那麼好糊弄的。

小懷雖只招供代替大小姐送信太平坊，原本倒也沒什麼，偏陸鹿自己作死跳出來攛掇著陸度去搜查，還傳遞出那是二皇子秘密據點的資訊，並指出武騎衛一事。

這前後順序一捋，陸靖就隱約明白了，可他並不確定陸鹿是怎麼搭上二皇子派的人，又是什麼原因讓她反咬一口的；為今之計，只能好好約束不知死活的陸鹿，千萬別再出什麼么蛾子了。

「當然是……救！」陸鹿忽然沒什麼底氣了。

陸應好言好語勸。「大姊姊，夜深了，先回園子吧。我送妳。」

「好吧。」陸鹿故意咳嗽，向陸靖，陸翊福福身，又瞄一眼兩位清客師爺，施施然隨著陸應出外書房。

她一出門，那清客之一方先生就悄聲出主意。「老爺，只怕要派個人跟著大小姐方妥當。」

陸靖看向陸翊，問：「那個叫小懷的小廝傷得如何？」

「俱是外傷，歇兩天就好。」

「將他挪回來，派給鹿姐使喚。」陸靖眼眸暗沈，冷冷道：「由他盯著，鹿姐必不會起疑。」

諸人釋然，喜道：「老爺高明。」把小懷安插在陸鹿身邊監視，再妥當不過了。

什麼叫上竄下跳白忙活一場呢？陸鹿就是活生生的例子。

出於貪財，輕信了段勉，結果提心吊膽、費心費力卻沒撈到一個銅板子，差點東窗事發，虧大了！本想著檢舉有功，怎麼著也能得點好處吧，卻破綻多多，不但被指責差點毀掉陸府，還讓她去跪祠堂反省，去他娘的！

再次驗證：好人做不得！這賠本買賣以後堅決不做，非得一手交錢一手交貨！

第十六章

春草掩上門進臥室移燈，就看到陸鹿憤憤不平在小聲咒罵，姿勢奇怪。她將兩條腿倒掛在床壁上，雙手抱後頸在一起一落。

「姑娘，妳在幹麼？」春草嚇壞了。

陸鹿歪頭，淡定說：「做運動。」

「什麼運動？」

「仰臥起坐，強身健體的。」陸鹿口中喃喃數著：「十五、十六……」

春草眨巴眼，忖：這也能強身健體？為什麼姿勢這麼古怪？

「姑娘哪裡學來的？」

「天生的。」陸鹿做到二十下就氣喘吁吁了，她平躺著歇氣。

「真的能強身健體嗎？」春草持懷疑態度。

陸鹿嘻嘻笑。「至少跑得快。」

「啊？姑娘，妳可是陸府大小姐，舉止有度，平日小碎步就罷了，還要跑得快？」春草慌了，怎麼姑娘腦袋裡淨是與眾不同的想法呢？

「說了妳也不懂。」陸鹿翻轉身，開始做伏地挺身，加強臂力。

「這也是運動？」春草小臉煞白。

「嗯，練臂力的。」陸鹿動作標準，可惜手臂力量弱，三下就趴了。

完蛋了！跑不動、打不過，怎麼跑路？怎麼下江南？怎麼躲戰亂呢？

當程竹時身手倒是敏捷靈活，對付三、四個大漢不成問題，可是穿到陸鹿這副十四歲還發育一般的小身體，只帶來思想和記憶，卻沒將身手帶過來。

為今之計，就是將陸鹿的身體慢慢練強，至少靈活度和力量是可以一步步訓練的。反正招式她都記得。這些天的事例說明了，光想攢路費只是短視，還得自身變強大。腰纏萬貫、獨行江湖是危險的，尤其是弱女子。

春草一口氣提上來，吃驚反問：「練臂力？姑娘要學武嗎？」

「我是想呀，只怕迂腐的老頭子不答應。」陸鹿嘆息著縮進被窩，很沒形象的五體投地趴著若有所思道：「其實學騎馬也不錯。」

「騎馬？姑娘，那可使不得。」

「算了，妳不用勸了。咱們之間的腦迴路相差好幾個世紀。去睡吧。」陸鹿根本不給春草勸她的機會，直接擺手。

春草嚥嚥口水，她確實還想進一步勸姑娘打消那些怪怪的主意。

隨著春草移燈去，屋裡陷入伸手不見五指黑。陸鹿望帳頂微微嘆氣。

這錢真不好攢呀！為啥別的穿越女又是開脂粉店又是開青樓又是開布店，總之個個都是商業奇才，沒幾天就在古代混得風生水起，還結交一大幫各色各樣的美男甘心當跟班跑腿呢？偏她倒楣，分明是穿個嫡女，還是富商女，怎處處碰壁呢？為了不給魂穿女們丟臉，陸鹿決定，從明兒起，也要上街尋求商機去。

只不過，眼下有兩大攔路虎。

一、沒本錢！尋到商機也枉然。

二、明兒跪祠堂，跪完後上學堂，學堂上完後，天都黑了。

得，洗洗睡吧！走一步看一步唄。

翌日，大清早。

陸鹿懶懶的被衛嬤嬤從被窩裡擰起，氣急敗壞問：「鹿姐，周家管事娘子來傳話，說老爺的話，罰妳跪三天祠堂，可是真的？」

打個哈欠，陸鹿心不在焉道：「是呀。」

「哎喲，我們苦命的大小姐呀！」衛嬤嬤拍著巴掌就抹開淚，嚎道：「這又是衝撞了老爺、太太吧？我就說，府裡不比鄉莊，凡事謹慎小心，妳看……」

「行了，衛嬤嬤。」陸鹿一面梳洗一面勸。「妳要哭外頭哭去。說不定老爺、太太聽妳哭得聲情並茂，一時心軟又改主意呢。」

「姑娘，妳？」衛嬤嬤瞬間收淚，指著她哭笑不得。

「管事娘子呢？」

「在外頭等著。」

「讓她們等著，我先吃早飯。」陸鹿心很大，吩咐。「擺飯。」

夏紋領著小秋、小青安安分分的入內擺上早膳。慢條斯理的吃飯，漱口後，陸鹿裹著厚厚的斗篷，籠著雙手出門，就看到耳房出來五個面生的婆子。

為首那個她瞇眼瞧瞧，認出是大管家周大福的婆娘。

周家的婆娘陪著笑上前見禮，說：「老爺吩咐下來，太太指派奴婢領大姑娘過祠堂去。請姑娘見諒。」

「這去祠堂有什麼忌諱嗎？比如我可以帶個軟墊嗎？」

周家婆娘嘴角抽了抽。

「我帶壺熱茶總可以吧？是跪祠堂，又不是絕食。萬一我口渴怎麼辦？」

「咳咳咳。」周家婆娘讓自個兒口水嗆著了，一旁其他人都使勁鼓著腮幫子，有些想笑，有些想咳。

「姑娘請吧，府裡自有規矩。」

「妳先唸唸規矩我聽聽。」陸鹿好奇問。

周家婆娘眉梢抽搐：妳這是想拖延時間吧？

「姑娘，時辰不早了，早些過去，老爺、太太也早些放心。」周家婆娘催。

陸鹿好生無趣，回頭看一眼衛嬤嬤和春草等人，擺手說：「行了，別送了。」

「姑娘！」春草眼眶早就紅了，手搗著嘴不敢哭。

「沒什麼大不了的，我去去就回。」陸鹿倒是不當回事，大步流星的出了園門。

祠堂在哪裡，她是認得的。在陸府最靜最偏的一處園子，正值早秋，樹木蕭條，草枯花謝，平添一股寂廖。

值守的婆子早就開了堂門，陸鹿進來時，只覺冷颼颼的，味道還好，不見霉腐，想必打掃得很勤快。正前方案上擺有鮮果香燭，一排排牌位，四壁還有先祖遺影。地上擺著一個舊舊軟軟的蒲團，上頭有深深兩個跪窩，看來她不是第一個跪祠堂的。

周家婆娘交代值守婆子幾句，又向陸鹿說：「這三天自有人送三餐過來。姑娘好自為之。」

「啊，我得歇在這裡？存心想凍死我是吧？」陸鹿一怒跳起。

周家婆娘臉上還帶著笑意，解釋道：「府裡規矩都是祖宗定下，都這麼過來的，難不成到姑娘這裡就改了不成？」

「規矩是死的，人是活的，怎麼改不得呢？這大冷天的，歇宿這裡，不冷死也嚇死了。」

「姑娘快別這麼說！當著祖宗的面，死呀活的，多不吉利。」

陸鹿看一圈這些個祖宗，本來就是死人嘛！還說不得。「我……」

周家婆娘卻板起臉色道：「姑娘再這麼大呼小叫、不避尊者，那就休怪奴婢請示太太，祭出家法了。」

「嘶，妳還有執法權？」陸鹿得到她的肯定眼神後，果斷閉嘴了。有些人家裡，大總管及婆娘的權力確實不小。

祠堂門關上後，風倒是擋了不少，可是這陰森的氣氛讓陸鹿透不過氣來。她沒跪，而是站起來晃了一圈，透過門縫看值守的婆子抱著炭火進了偏室，估計是太冷了，也不大想監視她的舉動。

閒得無聊，陸鹿開始在裡面跑步，這樣既能產生熱能又能健身。要知道，在古代，逃離腐朽家庭必須有一副能上山下海的好體魄。

跑了幾圈後，聽到外面有腳步聲，又急匆匆的去案前端跪著，一動不動。等外頭看守的婆子走了，她便又蹦跳起開始憑著記憶練習拳腳來。到底不是原身，動作生澀又僵硬，累得陸鹿一身汗。

午膳時，春草和夏紋兩個偷偷摸摸過來了，朝著看守婆子塞了點碎銀，主僕仨兩眼淚汪汪。

「帶什麼好吃的沒有？」陸鹿問。

「嗚嗚，姑娘，這三天妳可怎麼辦？」夏紋哭道。

「混一天是一天。」接過春草塞來的熱呼呼的點心，陸鹿倒沒怎麼傷心。

「衛嬤嬤去求太太了。」春草抹抹淚說。「之後度少爺遣人過來問了一聲。」

「呀，然後呢？」陸鹿滿懷期待。

春草搖頭沮喪道：「什麼也沒說。」

「切，沒義氣！」陸鹿啐一口後，盤腿望屋頂，道：「這三天不能就這麼浪費了。」

「姑娘，妳還想做什麼？」

「外面那麼精彩，我想去看看。」陸鹿臉上浮現古怪的笑容。

春草和夏紋對視一眼，同時心忖：完了，姑娘又起么蛾子了。

未時一刻，春草和夏紋才低頭抹淚的悄悄離開。

回到竹園，夏紋就躲回自己的小屋子，春草向竹園的婆子吩咐道：「去叫廚房熬碗薑茶來，夏紋方才探望姑娘，哭啞了嗓子。」

婆子去了。不過，小秋和小青卻納悶了，不過是探望一回，又不是生離死別，咋哭得這麼傷心呢？

想去表達關懷之情，也被春草攔下，道：「她心情不好，讓她一個人靜靜。」

竹園偏僻，園主人又不得寵，各個都安靜做事，也不敢串門子。院子無人，夏紋將斗篷掩頭，在春草的掩護下閃出園門直奔後角門去。

哎呀，千辛萬苦又出來了！陸鹿回望一眼陸府的高牆大院，得意地整整衣領，信步朝著益城最熱鬧繁華的主街逛去。

秋意正濃，天高雲淡，正是逛街休閒的好日子。滿大街商店林立，種類繁多，行人擁擠，車馬招搖，很有盛世繁華的氛圍。

這完全是清明上河圖活生生展現啊！陸鹿看得眼花繚亂，耳中聽著各種聲韻悠長的叫賣，還有形形色色的人物，激動萬分。

樓雖然不高，大多數都是兩層，但修得各具特色，百姓雖然相貌一般般，但衣著還算整潔，並不破爛。雖然，街角巷口照例有乞兒，旁邊藥店門口有髒兮兮的窮人躺在地上等死，但不影響益城整體的熱鬧繁富。

陸鹿逛了大半條街，留心了一下，看見不少陸家的商號。看起來陸靖將生意做得很大，試圖染指各行各業，酒樓、青樓、玉石、客棧之類的都有陸家標誌。

她這裡春風得意逛得歡，代替她的夏紋就慘嘍。

夏紋原本老老實實跪在蒲團上，左張右望了一陣，搓搓手哈哈熱氣，盼著大小姐快點回府裡換回來。正忐忑不安時，聽到外面有重重的腳步聲，接著就是看守婆子誠惶誠恐的聲音。「度少爺、應少爺來了。鹿姑娘一直很本分，不吵不鬧……」

「開門。」是陸度的聲音。

祠堂門打開，吹進一股寒沁的秋風，夏紋暗暗叫苦，把斗篷帽子壓低，脖子儘量縮進去，提心吊膽，臉快皺成包子了。

「大姊姊。」陸應的聲音。

夏紋不敢應，還是低垂著頭。

陸度轉過來，輕嘆一聲。「鹿姐，妳受委屈了。」

沒動靜，夏紋身子開始發抖了。媽呀，一來來兩個少爺，死定了！

「大姊姊，妳還好吧？沒外人，咱起來說話。」陸應伸手想扶她。夏紋驚嚇般躲開。

「咦？」陸度首先感到不對勁。印象裡陸鹿可歡脫大膽直率得多，哪裡是這樣扭扭捏捏的作派。他一聲不響轉到面前，略蹲身偏頭道：「妳……妳是誰？」只見帽簷下是張緊張不安的臉，深深埋著，一時沒認出來。

陸應也轉到面前，歪頭一看，愣了。「妳是大姊姊身邊的……貼身丫頭？」

「奴、奴婢夏紋見過兩位少爺。」夏紋再也藏不下去，苦著臉慢慢抬起頭。

頓時響起兩道抽氣聲。「是妳？妳家姑娘呢？」

夏紋抽口氣，跪得筆直，眼眶紅了，囁嚅道：「奴婢不知。」

「還敢狡辯？信不信我叫人牙子把妳提出去賣了?!」陸應威脅她。

夏紋慌神道：「應少爺不要啊！奴婢實在不知姑娘在哪裡，姑娘跟奴婢互換衣裳，說好一個時辰就回來換回去，其他奴婢不知。」

「什麼時候的事？」陸度冷靜問。

夏紋皺眉哭著臉算了算，小聲道：「半個時辰前。」

左手拎著一串炸肉丸子，右手撕扯著一片肉乾，陸鹿吃得滿嘴油水，心滿意足地走在這益城的熱鬧大街上，不知今夕是何年。

若不是這古意盎然的商鋪、身邊古袍打扮的人群，她還以為逛現代的步行小吃街呢！

咦？前面有哭聲，還特淒慘，調子拖老長。

陸鹿奮力擠進去，湊到最前排，一看，老套：賣身葬父或母。

薄薦下掩得嚴實，看不出性別，只一雙露在外面的手瘦得像雞爪。

一把鼻涕一把淚的是一男一女，均未成年，看來不過十二、三歲，瘦又髒，穿著破爛，眼睛紅腫，哭著向圍觀諸人跪頭說：「大爺大娘大叔大嬸大姐大哥，行行好，買了我們姊弟吧！投親不著，盤纏用盡，爹爹又染病不起，無錢救治，現在連口薄棺都買不起。我們姊弟願以身為奴，只求好心人施口薄棺讓爹爹早日入土為安，情願當牛做馬報答恩人。」說罷，咚咚咚乾脆俐落的磕三個響頭。

圍觀者發出陣陣唏噓同情聲，便有老翁可憐道：「真真一對可憐人喲！只是我老頭子能力有限，只能施點微薄之力。」掏出十個銅板放置蓆上搖頭嘆息。「世道艱難啊！」

在他的帶領下，也有其他人解囊相助，你幾個銅板他幾個銅板，漸漸也湊起不少，兩姊弟眼裡含歡喜，卻悲苦的哽咽連聲道謝，不停磕頭。

然後，大夥兒注意力落到陸鹿身上。

這個擠最前排，一手一串熟食啃得歡的小姑娘穿著半舊不新，看著不像是窮苦人家出身，怎麼一個勁兒的瞧熱鬧，還臉帶微笑，專注的盯著人家姊弟，卻一個子都不掏呢？

陸鹿剛把肉乾吃完，接著啃肉丸子，看著那個小少年吐吐口水，還笑咪咪問：「你是不是餓了？」

少年抬眼飛快掠她一眼，然後低頭抹淚，撲在草蓆上哭著喊：「爹呀，你怎麼把我們丟下，這以後日子咋辦呀？」

「弟弟，不要傷心，有這麼多好心人施捨，我們大概能湊齊給爹爹入土為安的棺木吧？」那個少女抹著淚安慰。

旁邊有人多嘴嘆道：「只怕不夠喲。哎，這位姑娘，妳不湊點？」他轉向陸鹿問。

陸鹿一愣，挑眉反問：「你問我？」

「是呀。妳看，這姊弟都到賣身葬父的困境了，妳也瞧了大半天，就不能可憐可憐他們，施捨點嗎？」

「我沒錢。」陸鹿乾脆俐落的拒絕。

「妳沒錢？那這炸肉丸子怎麼來的？」旁人不服氣，指出她吃得一嘴油水。

陸鹿壞笑道：「我裝可憐博同情得來的。」

少年姊弟對視一眼，忿忿瞪向陸鹿。

「妳這小姑娘，滿嘴胡說八道！」看不過眼的路人說：「這王二麻子可不是個心善的主，我才不信妳裝可憐就能得一串肉丸子。」

「哦，你怎麼知道這是王二麻子家出的肉丸子？」陸鹿上看下看，這肉丸子沒商標啊。

「我當然知道，這味道、這成色……」路人舔唇嚥口水，義憤指出。「滿益城除了王二麻子店鋪，可找不出第二家。」

「你老這眼睛尖、鼻子靈不當朝廷鷹犬可惜了！再見！」陸鹿翹翹大拇指，掉轉頭若無其事擠出圍觀圈。

「哎哎，妳還沒捐錢呢？」合著，白說了，還是一毛不拔的閃人！什麼人吶？瞧著清清秀秀、人模人樣的，怎麼一點同情心都沒有呢？

陸鹿擠出人堆後，彷彿聽到那幫「慈善家」們的埋怨，特意回頭狠狠翻個白眼。就沒同情心怎樣？咬我啊！

有那麼幾個路人甲乙丙丁接收到她不友好的眼神，唾棄一口紛紛繼續向姊弟二人表達溢不住的惻隱之心。

切，一群笨蛋，被人騙還幫著數錢！陸鹿在前世練就的目光如炬，一眼就看出這對姊弟有問題，哪裡是賣身葬父，分明是以屍詐財好吧？那屍也不曉得是真是假，不就算準誰也不好意思掀開看？

最明顯的就是那瘦雞爪上沒有屍斑，死後兩到四小時就會出現屍斑，一直持續不會消失直到腐爛。如果說是新死的，那枯皮般的雞爪子做何解釋？新死可不是這樣枯乾的。想她掏錢？門都沒有！

陸鹿啃完最後一個肉丸子，竹籤子一扔，抬手抹嘴，眼睛忽然定住了。

前方極度警戒！陸度和陸應帶著各自的小廝還有家丁東張西望，好像在找人，迎面就要撞上啦！慘了！怎麼辦？躲哪裡去呢？

陸鹿慌亂的左右環顧。左手是座青樓，花姑娘們穿著暴露在二樓欄上招蜂引蝶，不能進！她沒打扮成小子模樣。右手邊是書坊，進出許多冠巾學子，人數不多，她這副樣子躲進去會引起哄動，很招人注目，也不能躲。

怎麼辦？怎麼辦？不能再讓人抓個正著了！

陸鹿揮舞著雙手，急得頭像撥浪鼓般左右晃擺。擺到左邊時，猛地定住。

有了！好機會！她三步併兩步的鑽進青樓門口停的一輛小巧精緻馬車裡，正好無人看守。以異常敏捷的動作爬進車內，才掩上門就聽陸應聲音在旁邊疑惑道：「人呢？怎麼一下不見了？」

「阿應，你瞧真了？」

「我看著像是大姊姊。」陸應身影映在車窗外，好像對著裡面覷了一眼。

陸鹿嚇得屏住呼吸，憋著一口氣硬是不敢大出。

「咱分頭找。一定要在伯父發現之前把鹿姐找回去。」

果然穿幫了！陸鹿聽他們說話聲走遠，才拍撫心口嘆氣：這個夏紋真是辦事不力啊！呃？好像是她玩得忘記了時間？得，趕緊回吧！

陸鹿才要推開馬車門，忽然車身一晃，車門從外拉開，秋風和著人影同時擠進來。

陸鹿暗叫倒楣，縮身後躲，臉上率先堆上陪罪的笑容。沒想到裡頭有人，鑽進來的人影愣了一下，待看清是她後，愣是失口驚呼。「是妳？」

聲音好熟悉！誰呀？陸鹿驀然抬眼，對上寒星冷眸。

咦？這雙眼睛挺漂亮，好像在哪裡見過？慢慢把視線擴及整個五官，陸鹿騰身竄起，尖叫。「段勉？又是你？哎喲！」撞車頂了。

這輛馬車本就偏小巧，擠進高大修長的段勉後，更顯狹仄，空氣中滾動著一股「仇人相見，分外眼紅」的氣氛。

陸鹿一手揉摸著撞得生疼的頭頂，一面拿眼狠狠剜著恢復氣定神閒的段勉。

「妳要錢不要命啊？追到這裡來了？」段勉感到又好氣又好笑。他在這裡約人見面，可是絕對機密，這愛財丫頭怎還能尋來？是巧合還是故意？若是後者，那可要警戒了。

「這裡怎麼啦？大街上，你來得，我來不得嗎？」陸鹿挑起窗簾看一眼。

哦，是青樓啊？於是，望向段勉的眼神又多了鄙視：呸！外界傳什麼厭女症，原來是道貌岸然假正經，竟是好風塵女子這一口啊？

段勉很快就破解她眼中流露的意思，很是無奈，板起冷臉趕人。「下去！」

「還錢！」陸鹿攤手。

都說過那些狠話，還能死皮賴臉，段勉算見識了什麼叫油鹽不進的愛財女。

「袖劍佩刀。」段勉也不跟她廢話。

陸鹿一怔，眼珠一轉。「逆屍水！」

「妳說什麼？」段勉微愣。

「你答應事成後，要多少給多少。」陸鹿記性不錯，想起來了。

段勉冷冷淡淡反問：「有嗎？」

「當然，我記得可清楚了。」

「有人證明嗎？」段勉存心為難她。

陸鹿十指掄起，她好想揍人。「你這個無賴！我從沒見過你這麼厚臉皮的貴公子！」陸鹿開罵了。

「我也從沒見妳這樣貪婪不知足的財迷女。」

「呸，我愛財，取之有道。你呢？欠錢不還，耍賴皮手段，不要臉！」

段勉又不是養尊處優的世家公子，而是軍中練過幾年的，臉皮本來就厚，不以為然地斜瞄著她，道：「妳把從我身上搜刮的東西原封不動還回來，才有資格跟我談欠錢的事。」

敢情這傢伙覺得被她搜刮的足夠抵債，所以不想額外再付帳？

「哦，原來你心結在這裡呀，早說嘛。」陸鹿扳指頭算了算道：「一塊玉加袖劍，我還你好了。你只要把一千金如數交付，咱們就兩清了。」

「還有我的佩刀。」

「都說了，沒看見。」陸鹿憤憤指責說：「你憑什麼說是我拿的？有目擊證人嗎？沒有，那你就是刻意栽贓，你就是故意賴帳不還，你就是忘恩負義……」

段勉的拳頭在她眼前升起，陸鹿好漢不吃眼前虧的閉嘴了。

「還敢詭辯？我絕對肯定在妳身上。」段勉陰惻惻的橫她一眼。

陸鹿火了，硬氣的一挺上身，叉腰撒潑槓上。「那你來搜身呀！有本事你搜出來呀！捉賊拿贓，你倒是抓現形啊。」

十四歲的陸鹿個子不算高，人也瘦弱，不過胸還是正常的發育了。呃，雖不大也不滿，卻也有點料，比較圓挺。

段勉眼角匆匆過一眼就趕緊挪開視線，表情凶惡道：「妳蠻不講理！」

「哎呀，你這豬八戒還要倒打一耙？老娘跟你這無賴小子拚了！」說著撲上去撓他。早就想揍他了！一來打不過，二來隔得遠，怕不得近身。陸鹿是氣恨羞惱交加，小宇宙爆發，面目扭曲地欺身上前，衝著他那張寒冰撲克臉就抓。

「潑婦！」段勉確實沒給她近身的機會就伸手擋開，可架不住陸鹿霸蠻下死勁，不得不騰出手將她雙臂絞在一起，忿忿贈她兩字。

「呸！混蛋！」陸鹿被他反制雙手，動彈不得，扭過頭朝他吐口水。段勉閃身避開，很頭疼，手下一使勁，箍得陸鹿痛叫。「哎喲，疼！放手！」

「王平，到哪裡了？」段勉向著窗外問。

馬車外，傳來王平聲音。「回世子爺，出北城了。」

「什麼？」陸鹿驚覺打嘴仗這會兒，馬車一直在行駛，行得很平穩罷了，她沒什麼感覺，卻原來已經出了益城。

「啊？放手，放開我！姓段的混蛋，放我回去！」陸鹿拚命掙扎叫嚷。不得了，原本回府就要晚了，這下可怎麼好？不只跪祠堂那麼簡單，死定了！

「鄧葉！」段勉對著車門又喊。

「是，公子。」趕車的是鄧葉，明白主子的意思，將馬車慢慢停靠路邊。

段勉騰出一隻手推開門，將陸鹿拎出去扔在官道邊，板著冷臉道：「別再撞我手裡，下不為例！」

「段勉，你這個無恥混蛋！老娘跟你沒完！」陸鹿搓著被他箍疼的小臂，氣得暴跳大罵。「你也最好求老天保佑，下次別撞我手裡，一定叫你吃不了兜著走！」

第十七章

「嘁。」段勉不以為然，瀟灑坐回車內。還是一個人坐著舒坦啊！他伸展四肢，小腿隱隱有痛意。舊傷大致好了，但沒有痊癒。

終於益城的事告一段落，他可以安心向京城出發。這回抓到三皇子的把柄，二皇子被立為太子的可能性就更大。只要被立太子，三皇子私下的小動作必會收斂，畢竟爭位原是在皇上默許下，各憑手段，只要不鬧出人命即可，但謀害太子可是會被殺頭的。

段勉雙手枕腦後，靠著車壁，輕鬆吐口氣，忽然想到陸府。陸府不但是益城首富，就是在整個大齊國也是排得上名的富商，陸家商號都開到江南去了。成大事者，必得借助雄厚財力，三皇子把目光瞄準陸府不稀奇，段勉甚至可惜二皇子下手晚了一步。

不過，現在也並不晚吧？段勉想到什麼，嘴角微揚。腦海中忽然竄進一雙明媚活潑狡黠的眼睛，狡猾的向他擠眼壞笑。

程竹。一個陸府三等丫頭，卻有個這麼文雅的名字？好像哪裡不對勁！還那麼貪婪，凶悍，可惡，大膽，跳脫，狡猾，刁鑽，油滑……咦？他氣什麼？他不是占了便宜、還擺了她一道，該高興才是啊。

此時是申時一刻，秋意濃，而暮色悄悄從西山染上來。三不五時有城中富紳人家的公子哥兒，架鷹牽狗從鳳凰山打獵回來，吆喝嬉鬧著與馬車擦身而過。塵土飛揚，馬嘶犬吠，帶著得勝而歸的意氣風發。

「鄧葉，掉頭。」聽著聲響，段勉深深吸口氣，大聲令。

那個野丫頭不會出什麼事吧？段勉臉上莫名浮現一絲焦躁。

只要沒人主動招惹，陸鹿就沒什麼事。她被段勉無情扔下馬車後，跳腳指罵了半晌，引得路人側目才悻悻收回潑悍嘴臉。

四下打量，遠山滿目蒼翠，層層霜林，而近眼卻塵土飛揚，商賈行人腳販來往穿梭。

益城外的官路寬闊結實，正值蕭秋，風過便揚塵。進城的不但有富人家乘坐的馬車也有腳夫販卒拉的牛車，更有挑夫村夫們從城裡趁著天色往家趕，很是喧譁熱鬧。

當然，也少不了居心不良者趁火打劫。比如，路邊樹下蹲坐著三、四個半大小子，滿臉骯髒，衣著破爛，目光不善的打量進來北城的行人商販。這幾個小子長期盤踞在城門外挑揀目標——以單身為主，尤其是看來腰包有點鼓的，就是他們下手的對象。

他們很聰明，不會明目張膽的當著眾人哄搶，而是挑準目標，再跟蹤一段路程，等到了偏僻無人處再行搶，幾乎從不失手。

官府也曾派了捕快追查，可他們嗅覺敏銳，一旦發現陌生男子巡查便重新換一個地方，幾次巧妙躲過追捕。眼下，寒秋到了，該添置過冬的衣服、該儲存些過冬的糧食，於是早早就守在北城準備再次下手。

挑來看去，大多結伴而行，那單身的卻都是一副窮鬼模樣，比他們還寒酸，實在沒油水可撈。正在氣餒之際，小子們目光一致發現了落單的陸鹿。

年紀不過十三、四歲，個頭中等不算高，偏瘦。衣著雖半新不舊的，可是沒有補丁，樣式也不過時，整體乾淨不像個窮丫頭。再看臉，粉嫩白潤，嬌俏可愛，眼睛尤其活潑靈動。

「大哥，像是肥羊。」最小的悄聲報。

「嗯，不說別的，手上那串紅腕珠只怕能當五兩銀子。」另一個小子眼睛尖利，留意到陸鹿手腕。

一個看起來老成的小子摸著下巴道：「要我說，她頭上那支釵，只怕更值錢。」

「對哦，這遠遠瞧著便銀光閃閃的，肯定是值錢貨。」

「大哥，動手吧。」

「等等。」那被人喚大哥的小子看起來十五歲模樣，個子偏高，面容偏黑，唯眼睛亮閃閃的，透著與年紀不符的成熟穩重。

「大哥，還等什麼？這樣的肥羊錯過太可惜了！」

「就是呀！就算咱們不動手，城裡那幫壞小子只怕也會盯上她，還不如咱們早點下手。」

「這丫頭衣著普通，行頭卻很值錢，你們不怕這是官府的誘餌嗎？」老大沈著反問。

呃？這麼一說，倒很可疑。明明看起來像一般人家，可頭上戴的、手上箍的全是值錢貨，難道這是那幫蠢官府用的美人計？故意誘使他們上當，好一網打盡？

「小三，留意她身邊可有人遞眼色。四兒，你過去緊身跟著，聽她嘴裡念叨什麼。」老大有條不紊的吩咐著。

陸鹿罵罵咧咧地邊踢擋她路的石塊，邊繼續憤罵段勉。

她突然覺察到有人暗中跟著自己，側頭一看，是個髒兮兮的乞兒，個子比她還矮，目測年紀才十來歲，眼睛卻滴溜溜亂轉，每當跟她視線相觸就心虛的挪開，分明有詐。

陸鹿嘿嘿笑了。看起來，這小乞兒想向她下手！她知道乞兒一般也是偷兒，而且還是有組織有預謀的！她掃眼四周，果然看到馬路對面還有三個半大小子目光炯炯的盯著她，然後又不約而同的躲閃開。

「切！這真是關公面前耍大刀，敢在姑奶奶面前施偷技，小子還差點火候。」陸鹿來了精神，故意捂捂腰間荷包，慢悠悠的向城內去。

果然招得對手眼熱，心忖：是頭憨實肥羊，不宰可惜了。

城門臨近，陸鹿看一眼擁擠的益城北城門。牆砌得很高，外面也很光滑，一點突起也沒有，平整得很，除了飛鳥與輕功絕頂的人士，休想翻牆入內。

而城門呢，雖然很高，卻並不寬闊。兩輛馬車並排勉強能通過。

正值下午，進城門的人多，出城門的也多，挨挨擠擠的互不相讓，全堵在門口，若不是守城的兵士大聲喝斥維持秩序，人潮流動更緩慢。

陸鹿一看這狀況，就皺起眉頭。是個混水摸魚的絕佳地點。這就好比前世的公車，車一來大家擠著上去，小偷也故意推擠，可不就最好下手？

她還特意回看了那幾個鬼鬼祟祟的小子一眼，然後邁步進城。

「讓開，讓開！」後邊傳來粗暴的厲喝。

打定主意的陸鹿急忙閃避一旁，伸長脖子觀望。

數十騎健馬載著幾名壯漢疾奔而來，他們肩上架著鷹，腳下跟著獵犬。威風凜凜，輕裘衣，青花馬，少年風流肆意張揚，引路人豔羨——烈馬利箭，長街縱橫，人生當如是！

別的倒罷了，陸鹿卻眼尖的發現騎白馬的那少年公子玉面星眸，藏青色劍穗，頭纏錦帶，身揹鐵弓，眉眼俊朗親和，嘴角微翹，坐姿甚瀟灑，極為扎眼。

哇！又一枚貨真價實的古代帥哥！咦，為什麼要說又呢？

陸鹿心頭極快的掠過段勉那清冷寒冰的臉，如一兜冷水澆頭，瞬間從花癡中清醒，然後敏銳地感到一雙瘦小的手摸上她的腰包。

該死的！竟然趁著她看帥哥的機會下手，當她真的被男色迷住心智了嗎？

陸鹿心中有怒氣，也不喊破，而是扣住那雙小手，使勁掰扯對方小指，只聽「哢嚓」輕微骨裂的聲音，完全掩沒在人聲鼎沸中。

「啊！」殺豬般的慘叫陡起。人群中一個十來歲的髒小子張嘴銳叫，表情痛不欲生，而後抱著手驚慌向路中亂竄。

馬蹄高揚，昂著嘶叫，有人凶嚷。「臭小子，找死啊！」

更有人勒馬止步，問：「怎麼回事？」

「回少爺，不知哪裡來的窮小子突然衝出來，差點驚馬！」

那個窮小子嚇得臉上血色皆無，一手緊緊握著另一手，痛得眼淚都掉下來，驚惶的站在一騎高頭大馬前，雙股戰慄走不動路了。
人群嘰嘰喳喳，陸鹿袖起雙手看熱鬧。
但見圍觀中忽然衝出兩個同樣年不足十五的半大小子，拉著那個掉淚的少年，著急關問：「四兒，你怎麼啦？」
「痛！二哥、三哥，我的手指……斷了。」小四終於哇的一聲放開哭了。
「喂喂，讓開，別擋了我們少爺的道。」騎馬一行人很不耐煩，揮起鞭子趕人。
「對不住，各位大哥少爺，我們小四不是故意衝撞的！這就讓、這就讓。」其中一人陪著笑，扶著哭得傷心的小四兒挪向路邊。偏生選的方向不對，衝著陸鹿過來。
「不、不要！她！就是她……」小四抬淚眼看到陸鹿嘴角噙著一絲奸笑，袖起手看著他，驚慌的掙脫哥哥們的手步步後退。
「小四，別怕！」哥哥之一低聲安慰，看一眼老神在在的陸鹿——自然，現在不是算帳的時候——扶著驚怕的小四轉向另一邊。
「就是她，就是她扳斷我的手指……嗚嗚嗚……」小四到底年幼，又是失手又是斷指，語無倫次的抹眼淚。
陸鹿翻個白眼，默不作聲，目光掃過面前三小子，然後開始在人群中尋找那個最少年老成的小頭頭。隨著她的目光所到之處，身邊擁擠的人群開始驚怕的散開。
很快，她身邊空蕩無人，其他地方仍是擁擠著，投過來的目光也是好奇和不懷好意的。
陸鹿看到離她不遠的人群中，那個小頭目眼眸暗沈的剜著她，很有點被當場抓包、氣急敗壞又作不得聲的憋屈神態，便抬抬下巴，鼻孔朝天的「哼」一聲。

等她得意洋洋掉轉頭，眼簾中躍入一匹健壯白馬，頭頂傳來陣清和笑聲。「這位姑娘好膽色！」

驀地仰面睜大眼，眼前可不就是她方才暗嘆的那名瀟灑親切的帥哥！陸鹿臉上不由帶笑，拱手問：「公子是在誇我嗎？」

玉面公子近看更是清雅絕倫，皮膚好好哦！光滑沒有青春痘沒有粉刺黑頭，一點疤都沒有，眼睛清亮如晨星，神情也溫和，如春風拂面，加上他騎健馬，有種高高在上的仰視感。

「妳……不認得我？」玉面公子遲疑問。

陸鹿眉尖皺了皺，把腦海中的記憶搜了搜，茫然搖頭問：「你誰呀？我該認得你嗎？」

旁邊護衛見此民女這麼沒眼力，不受寵若驚倒也罷了，還不見禮，便插上一句。「大膽，這是我們……」

「閉嘴。」玉面公子斜飛一記眼刀，然後轉向陸鹿，卻是春風和煦，笑問：「那小子的指頭是妳扳斷的？」

「不是。」陸鹿習慣性否認。又不是什麼好事，她才不要認帳呢！何況這荒郊野外，當然不能把這等惡行公開攬自己身上。

「為什麼這麼多人中，他偏指證妳？」玉面公子懶懶笑問。

「大概是看我面容和善，又是弱女子，以為很好欺負吧？」陸鹿仰了半天的腦袋，終於想起什麼來，臉色漸漸換成悲苦狀。「公子，小女子孤身投親，迷路益城，眼前天色漸暗，又被不懷好意的人盯上，心中實在惶恐，能不能麻煩公子帶我回城，避開不必要的騷擾。多謝了！」她盈盈一福身。

聽她說話，也不完全像個村女，玉面公子若有所思打量她。

頭上只有一根釵子，成色不錯，衣裳半新不舊，料子不是極差。面容乾淨，態度不卑不亢，以他識人之多，判斷很可能是哪戶富人家的三等丫頭私自出門，迷路了。

「好。跟上吧！」玉面公子掃一眼那三個窮小子，他們瞧她的眼光可真切的帶著恨意。

「謝謝好心的公子，祝你好人有好報！」陸鹿嘻嘻一笑，先前愁苦一掃而空。人家只說讓她跟上，可沒邀她上馬。也沒多餘的馬匹勻出來，但陸鹿很知足了。至少跟著這隊錦衣鮮馬的騎者進城，安全有保證。

而那四個把她定為肥羊的小子果然就忌憚了。

原本想等這隊騎者進城後，再慢慢找她算帳，就不信她一個弱女子怎麼以少勝多，怎樣也要把小四的仇給報回來，可惜沒想到玉面公子多管閒事，竟然過問，還把人帶走了。

「放心，小四，只要人在益城，終有一天要把她給揪到面前，咱好好出這口惡氣。」少年老大惡狠狠安慰。

「嗯！大哥，我信你！」小四捂著斷指扁嘴哭。「可是好痛……我的手算廢了！」

「走，找孫郎中接指去。」

「對，對，小四，別灰心。孫郎中醫術過人，一定能把你的小指接上。」

「嗚嗚嗚……該死的臭女人！」小四抹著眼淚不甘心罵。

不遠的樹下，段勉收回複雜的視線。

那個野丫頭無論在何時何地，都是個不肯吃虧的善茬啊！當他掉頭趕過來，正好看到玉面公子進城，而人群紛避兩旁，那個野丫頭擠在第二排，傻乎乎的對著少年公子兩眼放光。只有段勉看得清楚，旁邊那個窮小子將手伸過去。他不打算提醒，畢竟隔得有點距離，提醒也晚了。

但他沒想到，前一秒還在對著少年公子流口水的野丫頭，下一秒卻咬著唇，奸詐一笑。接著就是那個窮小子殺豬般的慘叫。

野丫頭有點本事啊！段勉要對她刮目相看了。她是怎麼在人潮湧動、齊齊注意少年公子的狀態中，發現有人想偷她東西？她又怎能鎮定自如將人家手指給撅斷？

按常理分析，一般人發現小偷，只會尖聲叫嚷「抓小偷」，而更有甚者會默不作聲躲開，她為何一反常態還把人手指給扳斷，沒事人似的笑呢？

能在這麼短的時間做出判斷，說明她心狠手辣，這丫頭，絕不是什麼善良之輩。

段勉看那四個少年朝路旁小徑匆匆散去，眉心攢了攢。並沒有跟上尋仇，只怕是求醫去了，要不然便是尋求支援？嗯，野丫頭又結下一樁梁子了！

為什麼說又？段勉苦笑，莫名有些心塞。自己怕是已被她列為深仇大恨的對象之一了吧！

進了城，陸鹿默不作聲，乖乖地跟在鮮衣怒馬的佇列旁。

陸府在城中偏東的富賢坊，靠兩條腿走的話，天黑才能歸家，益城商業發達，有專門提供馬車、騾車、小轎之類的代步工具，要不要租一輛呢？

陸鹿眼觀四面，忘了看腳下的路，也不知何時，玉面公子勒緊韁繩，拽著馬原地打轉，看著兩眼溜街的陸鹿差點撞上，輕笑出聲。「姑娘，小心。」

「哦？」陸鹿及時刹步，不好意思向他笑笑。「公子到家了嗎？」

這益城還有不認識自己的小丫頭？玉面公子很無語。「嗯，快了。妳呢？家在何方？」

陸鹿嘆氣。「城東。」

「城東？那妳怎麼會迷路城北？」玉面公子很意外。

還不是拜那個死段勉所賜！陸鹿眼角一抽，火氣從胸口升起。「我、我跟小姊妹逛街，不知不覺就越走越遠，莫名其妙就出了北城。」陸鹿生硬地編藉口。

玉面公子盯她一眼，看她神情雖不自然，卻不扭捏。「我送妳回去吧？」

「這怎麼好意思？公子既然到家，那我就告辭了，多謝公子幫我解圍。」陸鹿唬一跳，她可不敢這麼大張旗鼓的回陸府。

玉面公子略驚。這益城，能得他相護相送的女人屈指可數，多少姑娘家眼巴巴盼著能入他的眼呢？這丫頭倒好，拒絕得乾脆自然。他原本只是一時心熱，此時倒勾起了點興趣，親切笑說：「舉手之勞。不知姑娘如何稱呼？」

「我叫程竹。」陸鹿仰頭淺笑。

「好名字！」

「謝謝。」陸鹿拱手施一禮，然後看看左右，真心請教。「城東富賢坊怎麼走？」

玉面公子無語，又覺得有趣，馬鞭一指快速道：「直走，繞安業坊，東拐永和坊大約百步繞大寧坊南行十字路口，拐太平坊，最後朝東面便是富賢坊。」

他的語速很快，而且坊又多，有故意考考陸鹿的意思。

偏陸鹿聽得認真，頻頻點頭，恍然大悟道：「明白了，謝謝公子。」

「妳……真聽明白了？」

陸鹿點頭，重述了一遍他的話，再次道謝後，便施施然離去。

怔怔目送陸鹿不慌不忙地離開，玉面公子忽然回神，向親隨小廝使個眼色，機靈的跟班便得令駕馬悄悄跟上。

後來小廝回報：「公子，程姑娘走出安業坊後，便討價還價用十個錢租了輛騾車回了富賢坊街口，下車後東張西望，像是知道有人跟蹤似的，東拐西繞的在富賢坊亂竄，好在小的沒跟丟，親眼見她進了陸府的後側門。」

「陸府？原來是陸府的丫頭！」玉面公子有些恍然又有些不信。陸府女眷跟他們常府來往頻繁，府裡各位小姐他都有過幾面之緣，為何這丫頭看自己全然陌生？新來的嗎？

陸鹿鬼精靈，直覺又出奇的準，總感覺被人盯上似的，所以在富賢坊間亂竄了一陣，便閃身進了陸府的側門。

時辰不早了，夏紋肯定愁死了。陸鹿知道已經暴露，便也不回竹園，徑直就去了祠堂。

祠堂還是一如早上看到的蕭條冷清，值守的婆子這回不偷懶了，就守在門外。

陸鹿把兜帽一遮，低著頭走過去，壓低聲音說：「嬤嬤行個方便，好歹讓我瞧瞧姑娘一眼。」說著想塞碎銀。

值守婆子苦著臉，厲聲道：「妳這是做什麼？太太派了老奴守這祠堂，沒有太太的話，任誰來了，也不能亂了規矩。」

切？這會兒端起規矩來了？陸鹿腹誹後，打量四周並無外人，便索性抬起帽簷，淡淡道：「規矩已經亂了。」

「大、大姑娘？」值守婆子震驚了。

陸鹿嘻嘻一笑，道：「這下我可以進去替換了吧？」

「姑娘！妳可回來了！」婆子卻一反常態，撲通就跪下了。

「咦？」陸鹿覺得哪裡不對。

忽聽裡頭有個男人的清冷聲音。「還不快進來！」

陸鹿深吸口氣，搓搓臉，帶出絲諂媚的笑，然後推開半掩的門邁步進去。

裡頭黑幽陰森，身後的秋光投進來，也沒讓陸鹿第一時間認出那個負手站立的人是誰。她瞇起眼睛，適應堂裡光線後，又聽到一個變聲期的男聲。「姊姊好雅興。」

「哦，是大哥哥和應弟？」陸鹿笑得更歡了。只要不是兩位老爺，她才不怕呢！

陸度和陸應很無語，都穿幫了她還笑得出來？他們在街上找了一通，眼看時辰快到了又打轉回府，又等了半個時辰，這位大小姐才慢悠悠的回來。還知道回來替換？是玩上癮了嗎？

「姑娘，奴婢沒用！」夏紋還跪著，眼睛腫著明顯哭過了。

「夏紋，妳受累了。快起來，先回竹園歇息去。」陸鹿伸手挽起夏紋。

「奴婢不敢。」夏紋瞄一眼兩位板著臉的少爺。

「這事我是主謀，有什麼事我一力承擔，妳不用擔心，快起吧，跪了這麼半天，小心凍出風濕病來。」陸鹿極力把夏紋扶起。

「謝謝姑娘。」夏紋不敢揉跪得麻痛的膝蓋，低頭道謝。

「妳先回去，跟春草說一聲，讓廚房熬碗薑湯，祛寒。」陸鹿彎腰替她揉揉膝蓋，惹得夏紋受寵若驚的避開。「奴婢自己來。」

陸鹿點點頭，現在不是收買人心的時候，又抿抿她的亂髮，微笑。「先回去吧，我一會兒就回來了。」

「嗯。」夏紋向兩位少爺福福身，拖著痠痛的腿，步步小心的挪出門檻。

陸鹿眼睛已完全適應祠堂裡的幽光，向板著臉的陸度笑。「大哥哥怎麼有空光臨這發霉的祠堂，是看望受罰的我嗎？」

陸應搖頭嘆說：「大姊姊，妳今天實在太大膽了！若是讓爹爹知道，只怕不只是罰跪祠堂這麼簡單！」

「爹爹日理萬機，忙得腳不沾地，怎麼會知道我的大膽言行？只要你們不說，絕對安全，對吧？」

陸度哼聲道：「妳是料定我們不會說出去吧？」

「當然啦！你們跟我是血濃於水的至親，不會幸災樂禍看到我再次受罰受苦吧？自然會替我保密。」陸鹿巧笑倩兮。

陸度和陸應同時噝了下。

「這事先揭過。」陸度揮手，沈著臉道：「我且問妳，妳是如何得知那太平坊是二皇子武騎衛據點？」

又來問這破事！陸鹿低頭絞著衣帶不回。

「大姊姊，事關重大。」陸應小聲道。「從太平坊搜出一些蛛絲馬跡，的確有武騎衛的痕跡，而武騎衛卻是皇上暗衛，我們懷疑，二皇子可能曾在益城逗留。」

「那又怎樣？」

「二皇子如果掌控武騎衛，那就表明皇上其實是支持二皇子的。」

「哦。那你們是不是很有危機感，覺得站錯了隊？」陸鹿直白提問。

陸度和陸應對視一眼，隱隱有這種感覺。

「亡羊補牢，為時未晚，陸府還是可以轉過頭，暗中效力二皇子的嘛。這條出路又不是徹底堵死了，三皇子也沒把陸府徹底綁死吧？」陸鹿很輕鬆，覺得陸府只是一介商戶，認清形勢，及時修改效力目標也不晚呀。

第十八章

「只怕晚了。」陸度昂頭長嘆。

「此話怎講？」陸鹿洗耳恭聽。

陸度張張嘴，一臉為難，陸應也托腮沈思不出聲。

「總之，這次皇子之爭，我們陸府可能選錯了。若想重新攀上二皇子一派，難於上青天。」陸度嘆氣沮喪。

「這有何難，多帶些奇珍異寶巴結西寧侯去呀。」陸鹿說得輕巧。

陸應失聲好笑道：「大姊姊，西寧侯府是那麼容易攀上的嗎？天子第一近臣，多少人費盡心思每天鑽營，都不得入門呢？何況我們陸府。」

「陸府不是態度不明確嗎？只不過收留三皇子的特使而已，何況特使都讓二皇子的爪牙殺了，死無對證，不正好可以利用這次機會好好修補嗎？」

陸鹿的意思是，雖然陸府好吃好喝的招待了林特使，不過他已經死了，所有海棠館的人都死了，那有什麼證據證明陸府是完全偏向三皇子呢？說不定段勉下手時，就考慮過給陸府一個改過自新的機會，畢竟陸府可是益城首富，財力雄厚。

顯然，陸度聽明白了。他摸摸下巴，若有所思反問：「鹿姐兒，妳是說，二皇子的人這次悄悄刺殺林特使，卻並不找陸府麻煩，很可能是給我們府一次機會？」

「不然呢？你以為他們會仁慈？」陸鹿清淺一笑說：「咱們陸府可是肥羊，一刀宰殺不如收為己用。看來二皇子派系中有高手在指點，大哥，咱們府裡可要把握這個時機呀。」

陸應點頭，輕笑。「大姊姊的想法與曾先生推斷不謀而合。」曾先生就是兩個門客之一，陸鹿前世就隱約聽過，他足智多謀，很得陸靖信任。

「鹿姐兒，妳可能不知道。聚寶齋那一夜也失竊了。」

陸鹿茫然地抬眼。怎麼話題拐到聚寶齋了？

「聚寶齋是三皇子設在益城的一處隱秘據點。」陸度慢騰騰開口。「所有益城各界與三皇子來往的書信憑證都保管在那裡。那夜，聚寶齋什麼都沒有丟，唯獨丟失了一架半人高的鐵櫃。」

陸鹿眼珠轉轉，低聲問：「大哥哥，這櫃裡裝著很多秘密吧？」

「何止。益城多少戶人家的性命只怕也裝在那裡頭。」陸度神情凝重。

陸應補充一句。「咱們陸府與三皇子之間的書信、禮物、帳簿什麼的，很可能也收在那裡。瞧這手法，不是一般毛賊，若是落入二皇子派中……」

「哦，原來這就是大哥哥說晚了的原因呀。」陸鹿了然。實打實的把柄被人拿住，陸府想重新站隊，確實有點心虛。

陸度深深看一眼不慌不驚的陸鹿，再次壓低嗓音問：「鹿姐，妳說實話，真的跟二皇子派沒有接觸嗎？」

「讓我仔細想想。」陸鹿裝模作樣的托腮沈思，而後沈重搖頭。「除了在青雲觀跟那位回京的段世子有半面之緣外，並不曾與皇子派有接觸。」

「那這太平坊？」

陸鹿哀嘆撫頭叫苦。「哎呀，我頭好疼，我什麼都不記得了！自從秋千架摔下來後腦著地後，我時常忘東忘西，而且越深想頭越疼。大哥哥、應弟，你們不要逼我想了，我頭快炸裂了！」

又開始窮追不捨了，只好出此下策。

陸度和陸應對視一眼，好好的怎麼抱頭叫疼？「鹿姐，妳沒事吧？」

「有事，頭好疼！哎喲，我命好苦啊！從小待在破舊的鄉莊，玩個秋千都摔著頭，摔著頭還留下後遺症，往深了想事情還會頭疼欲裂，我不要活了！」

陸鹿蹲地上，抱著頭直叫苦，可憐巴巴的。

「來人、來人，請大夫。」陸度果斷喚人。

陸鹿扯著陸度的袍襬，擠出幾滴眼淚，苦哈哈道：「多謝大哥，只是我還得罰跪祠堂，且讓我跪完三天，再瞧大夫去吧。」

「先瞧大夫，有什麼事我擔著。」陸度對這個堂妹很有憐惜之意，古靈精怪、膽子大、個性直，有點見識，命還苦。

陸應也道：「是呀，大姊姊，先看大夫，跪罰的事，我去求求爹爹。」

「那謝謝哈。」陸鹿嘴角泛起奸笑。

很快，就把隔壁府的楊家生藥鋪大夫請了過來。在偏廳，搭脈一瞧，老大夫沈思良久。

得了信的衛嬤嬤帶著春草趕過來，眼淚汪汪的立在一旁絮叨說：「夏初日，姑娘從秋千架摔下，昏了兩天兩夜，自此性情大變，鄉下郎中說是傷著頭了，還說得少思慮多靜養……」

陸度詫異地看一眼半躺著的陸鹿。性情大變？真的傷著頭了嗎？

大夫點頭。「不錯。姑娘氣血略虧，頭部有舊傷，只怕顱內有瘀血未消淨，深思與氣怒皆不能過度。待老夫開一劑活血化瘀湯，再慢慢調養，方見起色。」

「多謝大夫。」陸鹿很得意。

這叫歪打正著。以後府裡誰再逼她就裝頭疼，反正有大夫金口驗證過的。

陸應帶著大夫的話去告知陸靖，陸靖心煩氣躁，覺得這個嫡女太能折騰、太愛玩心眼了。

禁不起清客們勸，只得格外開恩。免跪祠堂，但是禁足免不了，還特意調派了幾名粗壯僕婦守著，勒令她不得私自出府，也不得私自出竹園。

對此，陸鹿毫無壓力。不出就不出，反正她現在沒債討，也根本不想上學堂，正好在園子裡養精蓄銳。

折騰到天黑，終於順利回到竹園，好生獎賞夏紋後，衛嬤嬤彙報道：「鄭家車夫白天過來謝姑娘，讓我打發回去了。」

「哦，小懷回來了嗎？」

「回了。老爺太太還把他派給竹園聽姑娘使喚。」

陸鹿吃驚。「有這等好事？」

衛嬤嬤倒不以為然，撇嘴笑說：「這也不算個事。雖然內宅，小廝們不能進來，可是各園子總得備有兩、三個小廝，隨時供後宅婆子、丫頭們使喚跑腿。」

「也對。」內宅女眷們不能隨意出門，有時年輕丫頭們要買個水粉之類的，總是使喚外院聽令的小廝，陸府的每個園子都放了幾個未留頭的小子聽候差遣。

陸鹿倒也心喜，覺得壞事變好事，這以後有什麼往外跑腿的活，可以正大光明的差小懷了。

悠閒好日子沒過三天，陸鹿又迎來一次重大危機。

趁著被禁足，哪裡也去不了，陸鹿便加緊鍛練身體的靈活度及力量。

春草反正見怪不怪了，比起又鬧出其他么蛾子，這番鍛練就由著她去，反而總是為她掩護，避著衛嬤嬤。

這天，陸鹿練了會兒伏地挺身，出一身汗，洗漱後，坐在床頭拿出那方血帕子，準備研究一下。

並非她不重視易姨娘送來的生母遺物，而是那方血帕上的字，歪歪扭扭又潦草，想必是臨時起意寫的，好多字她沒認出來，到底是伸冤還是遺言，她一直沒看懂。

「姑娘，夜深露重，歇了吧？」春草端上熱茶。

「放著吧。我看一會兒就歇了，妳也歇去吧。」陸鹿頭也不抬。

「是。」春草掩門而出，歇在外閣。

「這個是什麼字呢？」陸鹿左看右看，只覺太難認了，筆劃多也罷，還是用血寫在帕上，又一筆草字，這是存心考驗她的眼力嗎？

這是不是陸鹿生母劉氏臨死的遺書呢？不會是易姨娘偽造的吧？瞧她尖嘴猴腮，就不像好人，可別是來故意挑撥的吧？

陸鹿收好血帕，下床穿鞋，準備去翻那個帶密碼鎖的盒子。無意中抬眼，只見後窗黑影搖晃一下，陸鹿默不作聲地盯著看。嗯，不是樹影，確實是人影。

她咬牙火起。這又是哪家混蛋把主意打到竹園來了？老虎不發威當她是病貓呀？於是，她懷裡揣著段勉的袖劍，躡手躡腳移到後廊窗臺。

只有風，還有寒月孤懸。她明明認真看了好幾眼，確實是人影，怎麼眨眼不見了？陸鹿舉著劍四處打量。她才不信什麼鬼，就是鬼影，也是有人裝的。

忽然一陣風過，她後背一綳，不等她轉身，脖頸就傳來痲痛，身子軟軟一倒，陸鹿什麼也沒看清就著了道，暈過去了。

陸鹿意識開始清醒，渾身暖洋洋的，好像身在一個帶有適當溫度的空調房，不冷也不熱，每個毛細孔都熨貼著，空氣中有著清淡花香味及極淺的脂粉味，甚至好像還有男子的氣息。

稍稍睜眼，滿室光華，略微刺眼。她不由抬手擋了擋光，瞇起眼睛，也不急，慢慢適應著。

然後傳來一股痛覺，後頸生痛——這是讓人偷襲留下的最好證明。

偷襲？陸鹿一下子全想起來，霍然坐起，身下是張軟榻，厚實舒服。

「醒了？」不遠有道清冷沈穩的聲音。

「誰？」陸鹿脫口，抬眼望去，她臉色劇變，咬牙切齒，睜大眼怒瞪。「姓段的，怎麼又是你？」

段勉雙手背負，站在窗前，深邃黝黑的眼睛沈靜無波的迎向她。

「你怎麼總是陰魂不散的？」陸鹿一蹦下床，衝著他就過去，而後忽然停下。

這座擺設精緻的屋子裡好像除了她跟段勉，還有其他人，正好奇的打量她。

靠門邊站著兩個孔武有力的青年，腰間佩刀，穿玄色勁裝，瞄她一眼後就直視前方，沈默不語。而挨窗的兩把交椅上坐著一名年輕男子，相貌不俗，五官出眾，氣質溫文爾雅，目光沈著，慢條斯理地掃一眼衝到屋中的陸鹿。

年輕男子旁站立的是一中年男子，五官一般，雙目有神，氣度從容威嚴，也在審視著陸鹿。年輕男子另一邊則立著個面白無鬚的半老男子，目光陰沈，神情娘氣。

「你們什麼人呀？」陸鹿狐疑地收回指責段勉的手。

年輕男子淺笑著，帶著疏離。「程姑娘？」

「我是。你是……」

中年男子拱手，漠然說：「這位是黃公子。在下姓管。」

「哦，黃公子？管先生？」陸鹿微微點頭示意後，目光仍是轉向段勉，她憤憤然握著拳頭瞪他。「姓段的，是你把我打量的吧？大晚上的，你把我帶出陸府想幹麼？」

黃公子和管先生饒有興味地笑看她怒容滿面，目光在她跟段勉身上掃視。

段勉深吸口氣，放軟調子，面色不豫，道：「請妳幫個忙。」

陸鹿一怔，大感意外。這傢伙會用請字了？幫忙？想得美！

陸鹿帶著狡猾的笑，悠悠在當中的圓桌旁坐下，挑起眼角，拒絕道：「憑什麼幫你？」

段勉看一眼黃公子。

「程姑娘，」黃公子笑吟吟道：「深夜冒昧相請，實在有不得已的苦衷，請見諒。」

「這算是道歉嗎？」

「算。」

「你是主謀還是幫凶？」陸鹿單手托腮問。

黃公子一怔，段勉大步跨過來，沈著臉道：「放肆！」

「放肆？把我打暈，不做出點補償就想我出手幫忙？你有個外號叫想得美嗎？」陸鹿瞪眼回去。

黃公子哈哈撫掌，樂道：「程姑娘言之有理。」

「黃某可以保證，事成後必重謝。」

「我跟你不熟，憑什麼相信你說的事成後？」陸鹿嗤之以鼻。還不忘指指黑沈著臉的段勉，說：「比如說這位吧，頂著段世子的名號，其實就是一個賴帳的無賴。」

「妳！」段勉額角青筋暴了暴。

陸鹿霍地站起，雙手叉腰凶巴巴反稽。「你什麼你？我說錯了嗎？還錢！」

黃公子和管先生都愕然。

「程竹，妳別敬酒不吃吃罰酒！」段勉的忍耐也很有限。

「不好意思，我什麼酒都不吃。」陸鹿笑得賊兮兮的。

段勉嘴角抿成一條直線，顯見在壓抑怒氣。

「程姑娘，妳跟他的恩怨能不能先放一放？」黃公子溫和笑。

「不能！」陸鹿理直氣壯道：「他先還錢，還要道歉，並對今晚的行為做出補償，再談其他的，否則一切免談。」

「他欠妳多少？」

「一千兩金子。」陸鹿笑咪咪轉向黃公子，低聲問。「莫非黃公子打算替他還？」

「一千金？」黃公子略詫異。

段勉悶聲道：「她乘人之危敲詐的。」

「乘人之危？我冒身敗名裂的風險幫你脫困，你還有臉誣我乘人之危？是我讓你陷入危機的嗎？段勉，你這個小人！」陸鹿拍桌罵。

「妳這丫頭，不知死活！」段勉磨牙霍霍，真想劈了她。

「你忘恩負義，不知感激，冷血動物！」

「妳！」好吧，不跟小丫頭吵嘴，段勉忍了又忍，扭開頭指牆角一個半人高的櫃子，道：「去把那個鎖打開，前帳一起算。」

陸鹿聽他自作主張換話題，很是不爽。

抬眼掃去，櫃子外表雕刻繁複，刻有亭臺、假山突起，櫃面奇形怪狀，而當中那把鎖更是金光燦燦，鎖眼有些與眾不同。

她收回視線，狡黠地看著段勉，攤手。「先結帳。」

「先開鎖。」段勉抬抬下巴。

陸鹿掃一眼屋裡諸人，抿嘴笑。「以西寧侯的能耐，請幾個高明鎖匠想必不是難事吧，不知段世子為什麼會巴巴的把我擄來開鎖呢？是實在逼不得已還是病急亂投醫？」

「妳管那麼多幹麼？」

「哈，前車之鑑，不能白做工。先結舊帳，咱們再計較新帳。」陸鹿挑眉。

「程竹，妳搞清妳的身分！」段勉踏前一步。

陸鹿舉手指。「兩千金。」

「不過一個陸府丫頭，囂張如斯，妳是嫌活膩了吧？」

「三千金。」陸鹿自顧自倒茶，看也不看他。現在是他有求於她，就要坐地起價，煩死他。

「妳！」段勉握緊拳頭，這丫頭表情怎麼這麼欠扁呢？

「四千金。」陸鹿抿口香茶，抬眼笑。「說呀，繼續。」

管先生出面打圓場道：「好了，程姑娘也不要賭氣了。這一千金，在下代段兄弟應下了。來來，先辦眼前正事吧。」

「管先生你耳力不行呀，什麼一千金，明明是四千金，現在就結算。」

管先生看一眼段勉，哈哈笑。「好好。不過，如今是深夜，四千金怎麼兌付給姑娘呢？」

「出銀樓寶號的錢票呀。」陸鹿早就想到了。

黃公子忽然輕聲笑了，使個眼色給那個娘氣的半老男子。那半老男子接收到眼色，笑嘻嘻的從懷中摸出幾張錢莊銀樓寶票遞上前，道：「這裡有五萬貫各大錢莊銀樓皆可即時兌付的寶票，請姑娘驗證。」

「五萬貫？」陸鹿腦子轟地一聲。

她翻翻眼心算了下，在這兒好像等於十萬銀子吧？那四千金，是不是差不多這個數？這是虧還是賺呀？她才來這個古代沒多久，還不大會換算啊？怎麼辦？

「呃，這五萬貫，真的可以隨我支取？」陸鹿手都是顫抖的。

黃公子微笑點頭。「隨時隨地都可以向任何錢莊銀樓支取。」

「哇，發財了！」陸鹿認真的看了又看，還不放心，對著滿室的燈光照了照，不像是假的？

「這位黃公子，你如此財大氣粗，到底是何方神聖呀？為什麼這麼痛快的替段勉還錢？」陸鹿隨口好奇問。

黃公子眼一眨，笑道：「在下與段世子情同手足，勝似兄弟。區區小錢，何足掛齒。」

「好吧，那是你們的事。」陸鹿也不深究，管誰出錢，進她口袋就行。小心把寶票收好，陸鹿神清氣爽，眉開眼笑主動說：「好啦，可以說今晚把我帶來的目的了。」

「聽段世子提及，姑娘開鎖有獨特竅門，事關緊急，不得不深夜以非常手段請姑娘過來幫個忙。」黃公子很客氣也很委婉。

非常手段？指的就是騙陸鹿出門，然後打暈吧？這損招十有八九是段勉想出來的。陸鹿狠狠剜他一眼，先記下！

段勉淡定挪開臉。他記得程竹是陸府大小姐身邊的丫頭，在房裡侍候的，不把她騙出來，難道闖進女子閨房搶人嗎？當然是非常時期非常手段嘍。

「黃公子是指開這個鎖嗎？」陸鹿走近，不解問。「能不能先回答我之前的問題呢？」管先生無奈苦笑。「當然已經把京城能請的高明鎖匠都請過了，都說不敢妄動，沒有十成把握能開得了此鎖。」

「不會吧？京城高明鎖匠都請過了，怎麼會請我，我不高明呀。」陸鹿如實回答。

黃公子看向段勉，目光又移過來，看著陸鹿，溫和笑。「程姑娘暫且一試，實在為難，我不勉強。」

「好吧。」看在錢的分上，陸鹿不再推諉，圍著這個半人高的古怪櫃子轉了兩圈，心裡有大致想法。「這櫃子只怕有機關，所以你們不敢砸，對吧？」

段勉臉色動容，正眼看向她。

「沒錯。」黃先生微笑。要不是怕機關損壞裡面的東西，他們早就開砸了，還用等到她？

「搬運過，說明禁得起震動。」陸鹿摸著下巴分析，貼著耳朵聽了聽裡頭，沒有雜音。

「錯。」管先生嚴肅道：「是搬運時動作非常輕巧，幾乎沒有過度震動，反而是昨日請鎖匠時，無意中聽到裡頭傳來輕微的聲響，想必是誤觸了機關。」

「哦。」陸鹿點點頭。搬運中沒有大幅震盪，也許並沒有觸動機關，反而是鎖匠不知底細，無意中觸到，裡頭有異響，但機關並沒有毀掉整個櫃子。

「這個櫃子，你們打不開，那就是偷來的嘍？」陸鹿忽然問。

黃公子等人都一怔，無語看向她。

「你們在做某種勾當，一定見不得光。那麼，我現在又有個問題，若是開了鎖，會不會被你們殺人滅口？」陸鹿鄭重其事問。

這丫頭太精明了！段勉定定盯著她，黃公子面色頓轉凜然，管先生更是驚駭的打量她。

「不會。」段勉搶先開口。

陸鹿漫不經心掃他一眼，問：「你個欠錢不還的傢伙，拿什麼保證？」

「項上人頭。」段勉認真看著她。

陸鹿嗤笑一聲，袖籠手轉向黃公子，笑咪咪道：「以我十多年的眼力觀察，這屋裡黃公子地位最為尊貴，就連段世子都比不上。那麼，能請黃公子下一個口頭保證嗎？保我性命無憂。」

黃公子神色淡然，淺笑說：「只要姑娘毫髮無損的打開這個鐵櫃，我黃某人保妳一世無憂。」

「黃某人？」不知怎麼，陸鹿腦海裡跳出三皇子特使、那個倒楣的林公子。「鐵櫃」這個詞語似乎最近在哪裡聽過？陸鹿聚精會神回憶了下，猛然想起陸度說過的聚寶齋失竊事件，別的都沒少，獨獨少一個裝了有關三皇子在益城活動的鐵櫃。

「程姑娘？」見她定定的似乎在出神，黃公子溫和輕聲喚。

「哦？哦。」陸鹿瞬間清醒，堆上笑臉說：「有黃公子的承諾，我就安心了，不過……」

黃公子帶笑的臉稍稍一愣。還有下文？

「不過什麼？程姑娘但講無妨。」黃公子溫潤如玉，態度和善。

陸鹿看一眼段勉，黑白分明的眼睛挪到黃公子面上，嘆氣說：「如果我成功打開這個櫃子，代價是我希望段世子不要找陸府的麻煩。」

段勉眼神沈沈看向她。

黃公子有些意外，摸摸下巴，與管先生對視一眼，笑容很淡，問：「程姑娘何出此言？」

「這些天，府裡人心惶惶的，鬧得大家都不安生，就是大小姐也愁苦不安，憂心忡忡，我雖是個小小丫頭，可是……」她看一眼默不作聲的段勉，抽抽鼻子，懊惱道：「聯想到前些日子我救助受傷的段世子，自己似乎做了一件對陸府不大好的事，所以……」

黃公子展顏，戲謔的瞄段勉。

「妳放心，陸府暫時沒人會動。」段勉清冷出聲。

「真的？」陸鹿面上滿是狐疑。

段勉扭過臉，傲然道：「只要他們審時度勢，不再眼瞎，暫且不會有事。」

「只是暫且？」陸鹿撇撇嘴。

管先生若有似無笑說：「能讓段世子保證，此暫且等同赦令，程姑娘放寬心。」

「好吧。」陸鹿也曉得段勉這幫人老奸巨滑，話都不會說死，一定是要留一半當退路的。

再認真看一眼笑得親切的黃公子，陸鹿心裡大致有底了。陸府只要不繼續作死，遠離三皇子，還是有可能翻身的，以後的大齊本來就是二皇子上位，她也不想強求改變歷史軌跡。

「快點動手！」段勉見她磨磨蹭蹭的，不耐煩催。

陸鹿白他一眼，真是夠煩的這人！

黃公子忍不住掩齒低笑，玩味的眼神在兩人之間來回掃視。

「程姑娘，有把握開鎖嗎？」管先生很客氣，迂迴催促。

「有。」陸鹿蹲下，並不看鎖，而是盯著櫃子表面那些雕刻細看。

「要什麼工具嗎？」管先生也蹲下好心問。

「不用。」陸鹿搖頭笑。「真想認識造此櫃的匠人，高明之極！」

黃公子笑道：「程姑娘這是惺惺相惜啊。」

「沒錯。能造出這樣的鎖櫃，任憑多少高明鎖匠也開不了的工藝人，很想結識拜服。」陸鹿轉臉問。「莫非黃公子知道造櫃者是誰？」

「我知道。但他雲遊四海，居無定所，聽說連當今皇上的詔令都強硬拒絕，說是世外高人不為過。」他說起來，也是滿滿遺憾。

「連皇家的面子都不給？嗯，我更加佩服了。」陸鹿嘴角一翹。每個時代都有個性鮮明、特立獨行的大師，不為名利束縛，只為心中那點最初的堅持。難能可貴！

「有機會，一定讓程姑娘見到。」黃公子坦然承諾。

「多謝。」陸鹿看他一眼，既然他都這麼說，那就沒問題了。她活動下手腕，深吸口氣笑。「好，正式開始大展身手了。」

段勉視線掠過來，問：「有幾成把握？」

「十成。」

第十九章

陸鹿哈口氣，沒理睬他們，而是閉眼沈思。

鎖櫃出自聚寶齋，而聚寶齋是三皇子秘密據點，那保管此櫃的必定是三皇子親信。益城親信是誰？林特使嘛。

這一切的問題在陸鹿看到櫃面後就迎刃而解了。那些夾雜在櫃面雜七雜八雕刻的古代數字一定就是開鎖密碼。

林特使臨死之前之所以寫給她，估計也是看在她是陸府的丫頭面上，以為她會透露給陸靖當家人。讓陸靖知道了，總比他把這個秘密帶下地府好吧？

「當真有十成把握？」段勉明顯不信。

陸鹿睜眼，眸底一片清明，肅冽無語地看向他，又轉臉嚴肅勸告黃公子。「黃公子，怕的話，退遠點。」

黃公子微怔，這丫頭換表情跟換個人似的。他坦蕩回道：「無妨。」

瞧邊上的人都一臉緊張，陸鹿破天荒露出個真心淺笑，然後在段勉灼灼目光下伸手向鐵櫃去。

「妳當真不用……」不用鑰匙嗎？

「不用。」陸鹿隨口回應段勉的質疑，她已經把數位從頭捋順了，因此她並沒有去碰那個古怪別緻的鎖，那完全就是擺設。

屋裡燈光如晝，幾個大男人目光不離的瞪著她纖白手指按向鐵櫃表面的其中某處。不對，不止一處，總共有六處。

陸鹿纖指如飛，迅速將記憶中的數位找到，然後照順序按下。每按一下，她能感覺到指尖碰到的突起點是冰涼的，而她內心是激動火熱的。

見證非凡手藝的時候到了！當她收回手後，就安靜的盯著鐵櫃看。段勉站得離她最近，目睹全部過程，然後眼角餘光斜瞥她一眼。

「怎麼還沒動靜？」陸鹿愣了。

「妳……」段勉才說一個字。

鐵櫃傳來「喀嚓」輕微聲，嚴絲無縫的櫃門緩緩開啟。

陸鹿忍不住雙手抓緊旁邊人的衣袖，眼睛死死盯著開啟的櫃門，難掩興奮期待之色地嚷道：「開了，開了！」

段勉視線下垂，看到自己的衣袖被扯得死緊，微微皺眉，但抬眸見陸鹿神采熠熠、光芒奪目的笑臉，抿緊唇沒作聲。

「公子，真的打開了！」管先生也難掩激動之情。

黃公子最為鎮定，臉上也滿是笑容，嗯了一聲，狀似無意的瞟瞟段勉的衣袖，眼中升起一絲玩味。

「賭贏了！」陸鹿完全是下意識扯段勉的。見櫃門緩緩自開，忍不住雙手握拳蹦跳起來嚷。

「賭？原來妳並沒有把握？」段勉眉頭深鎖。

陸鹿揮舞的雙手一下石化，定了幾秒，訕笑搔頭。「我有。」

「哼！」段勉冷笑。

陸鹿回他一個「切」，剛要湊近鐵櫃細看，衣領卻讓人拽起。

「閃開。」段勉將她拎到一邊，板著臉。「沒妳事了。」

「我看看不行呀？」陸鹿反手拍他。

「不行。」

「我又不看別的，只想看看裡面構造。」陸鹿振振有詞。

「不准。」段勉鐵面無情。

陸鹿捏拳，狠狠忖：好想揍他怎麼辦？

管先生沒顧上這二人吵嘴，搶先一步上前翻看，很快轉過頭驚喜道：「公子，都在這裡。」裡頭有三層隔間，有一層是密閉式的，另有小鎖，上頭兩層擺滿他們想要的物件。

「全帶回去。」

「是。」

「哎哎，黃公子，讓我看一眼櫃子裡面的構造吧？」陸鹿求情。

黃公子笑容不變，語氣卻跟段勉一個調調。「不能。」

過河拆橋！哼！陸鹿憤怒。不行，不准，不能……三不准是吧？好，我也不告訴你們怎麼開鎖的！陸鹿孩子氣的暗惱。

黃公子笑咪咪問段勉。「看清怎麼開鎖的嗎？」

「看清了。」段勉淡笑點頭。

陸鹿頭頂響炸雷。啊！這個死段勉站在她旁邊，將她的手法看得一清二楚了！「你、你們……」陸鹿磨下牙，又忍了。

鐵櫃天下只怕獨有這一只，既然打開了，想必開鎖技巧也沒什麼可保密的，她藏著掖著也沒多大意義。算了！人在屋簷下，她忍！

黃公子開懷一笑轉向她，認真說：「多謝程姑娘幫大忙。」

「免了。希望你們遵守承諾別為難陸府就行了。」陸鹿有氣無力地擺擺手。

管先生將櫃裡的所有東西搬出來，正堆放桌上與那個娘氣中年男打包，聽聞，抬頭說：「想不到陸府還有妳這樣忠心為主的小丫頭。」

「人要憑良心嘛。我吃穿用度都是陸府提供，小姐又對我極和善，我若不忠心，天理不容。」陸鹿說得理直氣壯。

「食君之祿，忠君之事！」黃公子面色凝重，看向陸鹿的眼神多了一分欣賞。

陸鹿裝作聽不懂的樣子，袖起手道：「好了，事也圓滿辦成了，該送我回去了吧？」

「對。冷言……」

「我送她回去。」段勉出乎意料的截下黃公子的指派。

「段勉？」黃公子詫異問。「你不是……」不是很討厭跟女人接觸嗎？

段勉神色坦然，迎向他的不解。「是我把她打暈帶過來的。」

這意思，還要打暈帶回去？要有始有終？陸鹿嗖的一聲躲到黃公子身邊，苦著臉委屈。

「我不要被打暈。我可以閉上眼，當什麼也沒看到、什麼也沒聽到。黃公子，求求你了！」

別看陸鹿平時凶巴巴、咋咋呼呼的，可真要扮楚楚可憐還是有幾分像模像樣的。五官雖未長開，精緻的輪廓卻已慢慢成形，尤其是那雙黑白分明的靈動眼睛，無辜又濕漉漉的望著他，平添可愛。

覺得她頗像個妹妹。黃公子失笑，忍不住想摸她的頭，伸到一半發現不妥，自然縮回來，衝段勉說：「好好把人送回去，別嚇著她了，到底是個小姑娘。」

「嗯。」段勉彆彆扭扭的應了。

陸鹿頓時喜笑顏開。「謝謝黃公子。那，我先告辭了。」她盈盈有禮的福福身。

「去吧。」黃公子揮揮手。

陸鹿很高興，終於可以回家睡大覺了。時辰不早了吧？不曉得春草有沒有發現她的異樣……陡地，脖子又是一陣痛意襲來，陸鹿不可思議的緩緩掉頭，屋子好像在旋轉、傾斜，而倒映入她眼簾的是段勉那張冷冰冰的俊臉。

「你怎麼……」黃公子語氣很是惋惜，餘下的話，陸鹿沒聽清就陷入新一輪的迷糊中。

這次段勉出手比之前輕，拿捏得還算有分寸。

陸鹿雖迷迷糊糊的，但感官沒有喪失。先是聽聞四周有嬉笑放浪聲，濃濃的脂粉香味，混合著各色薰香，很快就身子一涼，寒風撲面，直往脖子裡灌。

陸鹿一個冷顫，慢慢清醒。

身體在顛動，雙臂被箍緊在一具溫暖寬厚的胸膛中，臉上的寒氣越來越厲，耳邊有呼呼風聲。

天邊懸著一輪冷月，四周格外安靜，只有輕微的「得得」蹄聲。輕微喘息熱氣噴薄在她頭頂上，帶著年輕男子特有的氣息。

「嗯……」她微微掙動，想透氣，蹄聲頓時停止。她抬眼對上一雙比寒星更明亮的眼睛。「段勉？」她認出來了。

段勉一身黑斗篷，帽簷遮擋大半個臉，唯那雙眼睛黑得如燦星。

陸鹿稍作思索，同時也感覺出來，自己竟然在他懷中被緊箍著，身下是原地打轉的健馬。

他們在共騎？陸鹿震驚，不可思議地脫口。「放我下去。」

雙臂一鬆，她自然而然的滑落下馬鞍，雙腳痲木，差點軟倒。段勉二話不說鬆開她後，只是拽著韁繩居高臨下盯著她。

「呃？」陸鹿落地後又後悔了。這他媽的是哪裡呀？黑乎乎的街道，根本認不出位置來。加上秋夜寒風，冷沁逼人，她裹裹身上半舊的披風，只好仰頭小聲問：「離陸府還有多遠？」

段勉不答，而是掉轉馬頭準備離開。

「哎哎，姓段的，你不能把我丟下。」形勢比人強，陸鹿顧不得往日怨仇，衝上前攔住他，氣憤指責。「黃公子說過讓你好好把我送回去的。」

「我送了，妳不願意。」段勉說得很欠扁。

「我、我哪裡說不願意？」陸鹿梗起脖子反駁。

段勉清楚重述。「是妳說放妳下去。」

「我？我那是下馬活動活動快凍僵的身體而已。」陸鹿磨著後槽牙，道：「我活動好了，可以繼續回家了。」

夜色下，段勉嘴角泛起一絲難以察覺的淺淺笑紋。

不就是共騎一匹馬嘛，有什麼大不了的？他這個厭女症患者都不介意，想她程竹可是現代開明女性，還介意他一個二十不到的毛頭冰山小夥子？暫且拋下唄！

為了早日鑽熱被窩，陸鹿也顧不上計較往日的恩怨了，她伸開手大大方方。「拉我上馬。」

段勉不語，只是長臂一撈，輕輕鬆鬆的就把陸鹿給拽到馬背上，箍在身前。清醒狀態下，兩人親密相挨，都有些不適應。

段勉後挪了一點，陸鹿往前趴了趴，拉下帽兜，鎮定吩咐。「走吧。」

韁繩一抖，坐騎開始有節奏的踏著馬步向黑夜中前進。

坐在前頭的陸鹿被冷風吹得臉生疼，借著月光，稍稍辨認下兩旁，隱約認出還是在益城。不過也想得通，齊國首府玉京城跟益城就相距一天的路程，快馬加鞭的話，大半天就到了，也難怪段勉又溜回來了。

「咳咳，我說，你能快點嗎？」陸鹿搓搓手，攏進袖中。她是側騎，也不擔心掉下去，因為整個人都在段勉的雙臂之中。

段勉輕輕夾夾馬腹，催動坐騎，然後冷聲問：「妳怎麼知道鎖是擺設？」

「給錢就告訴你。」陸鹿攤手到他眼前，歪頭戲謔笑。

段勉看一眼眼簾底下那雙纖長通紅的小手，稍抬眼，又定定看一眼陸鹿促狹的笑眼。他面無表情勒住韁繩，停馬，然後一雙大手在陸鹿腰間游走。

「喂，你幹麼？」陸鹿詫異，激烈抵抗，揚手就要搧他一個大大的耳光。「混蛋，吃我豆腐？」

段勉捉住她涼涼的手，手心朝上。陸鹿手心一沈，多了一件東西，收起怒氣，好奇定睛一看，她就不淡定了。

「這個，這個嘛……其實，我……」

掌心是一把袖劍，段勉的。她揣在懷裡準備去捉賊的，沒想到這死小子竟然不聲不響的搜出來……搜出來？搜身？

「啊啊！你這個變態無恥登徒子！你敢搜我身？」陸鹿後知後覺反應過來，臉脹得通紅。

段勉不鹹不淡道：「捉賊拿贓，抓現形，妳說的。」

呃？這話，陸鹿好像在馬車上說過，還不怕死的挺胸讓他搜，好啦，他真的下手了。

「劍給妳，說。」

段勉不喜廢話，可陸鹿卻從短短四個字裡聽出兩個意思。給錢沒有，但袖劍送給她，可以開始解密開鎖技巧了。

陸鹿吃著啞巴虧，憤憤然的把劍收回來。她才不會推說不要呢！這麼好的袖劍，不要白不要！

「不行，你揩我油，嚥不下這口氣。」想想真是虧了！憑什麼被他亂摸呀，雖然只是腰，但在這時代，那也是女人身體最隱秘的部分之一好吧？男人頭，女人腰，不能亂摸。

段勉喉頭悶哼一聲。「有膽子妳揩回來好了。」諒她不敢！

小看人！陸鹿瞥他老神在在的神色就來氣。太小看我程竹了吧？當真以為不敢摸你？摸就摸，不能吃這個悶虧！

於是，陸鹿歡快答：「好。」果真伸出雙手就朝段勉寬厚的胸不客氣探去。

「咦喲？小小年紀，看不出來，這麼壯實啊！」陸鹿手挨上他的胸就不由自主發出感慨，還評價道：「你看起來不高壯嘛，怎麼肌肉這麼結實有力。哦，對，你是當兵的，武將……哎呀，腰上真的沒有一絲贅肉耶！」

她摸得興起，自然就要戳戳傳聞中的軍人標準身體。是不是真的寬肩窄腰長腿？呃，腿肯定是長的，她見過啦。

摸得正歡快，小手忽然被捏進一隻溫熱大手中。她一愣，抬眼，與段勉黝黑清亮的眼眸相視，不好意思抽了抽手，道：「嘿嘿，我揩夠本了。扯平！」

段勉定定低望著她，卻沒有鬆手。

「好啦、好啦，我就算摸過頭了，那也是因為你身材好嘛！多摸幾下。這種事，你們男人又不吃虧。」

「妳還摸過誰？」段勉答非所問。

陸鹿眨巴眨巴眼睛，努力將手抽回來，順勢戳戳他的胸，笑得燦爛。「恭喜，你是第一人。」

段勉神色不經意放緩，重新執繩，身體沒再後縮了，略略朝前傾，語氣冰冷吐詞。「說。」

「心情不好，不想說。」陸鹿扭過頭，望著黑漆漆的長街。

遠遠有狗叫，還有更夫打梆子的聲音。

段勉沒作聲，夜色如此漆黑，以他的眼力還是看清她半邊臉被冷風颳得紅通通的。夾緊了馬腹，一甩韁繩，座駕的速度陡然加快。

陸鹿反身緊緊抓著他的斗篷，嘀咕。「好冷！」

「很快到家。」

「哦。」

得得的跑馬聲打破夜街的冷寂，兩人誰也不說話，各懷心事。

一刻鐘左右，段勉將馬勒停在一座高牆黑瓦之下。不等陸鹿自個兒往下縮，段勉箍著她的細腰一躍而下。

「喂，你？」又吃豆腐！

陸鹿剛想給他一拳，牆內有大狼狗的叫聲傳來，急忙捣嘴，聽到段勉輕輕悶笑，氣惱地拿手肘撞他。

「又逞強。」段勉淡淡嗤笑。

「我自己走。」

「哦，不送。」段勉根本不挽留，輕輕鬆鬆拽著馬頭往回走。

陸鹿望一眼陸府的高牆大院，又歪頭看一眼不遠處緊閉的側門，還是得求助段勉。

「喂，段勉，回來。」她小聲喊。

段勉沒回頭，將馬牽在樹影下，拴牢，剛要回頭。陸鹿就小碎步衝過來，喘吁吁道：「哎，做事要有始有終嘛，這半途而廢的風格可不像段將軍你哦……嗳？」他把馬拴好了？難道是……

段勉忽然當著她面笑開了，挑眉問：「妳就這麼篤定我能升職將軍？」

六年後，赫赫有名的紫衣將軍，不是吃素的！

陸鹿腹誹一句，嘻嘻笑。「沒錯，在鄉莊時我跟個遊方僧學了點相面皮毛，夜觀天象，假以時日，段世子定是齊國威震敵境的紫……段小將軍。」

好險，差點說溜口。不過……陸鹿這才注意打量他一眼。

最愛紅色的段勉，現下是一身淺青色打扮。玉樹臨風的，氣質出眾。

「呵呵。」段勉感官也敏銳，聽出她在胡說八道，不以為然。

「你……這身打扮？」陸鹿疑惑。

段勉面上一熱。自從她在青雲觀譏諷他一身紅衣像新郎官後，就慢慢轉換了穿衣顏色。這次短暫回府，他的穿衣風格甚得家中祖父母喜愛。

「走吧。」段勉擦肩而過，不解釋。

搓搓手，陸鹿攏進袖中，急忙跟上。來到牆角，再次仰視高深圍牆，陸鹿問：「然後呢？」

然後就是毫無懸念被段勉摟在懷中，彈身一躍而起，掠上圍牆，輕鬆翻入陸府。

陸鹿嚇得又要摀嘴又怕失去平衡，只好騰出一隻手牢牢勾定他的脖子，感受到拔地而起的凌空飛躍感，接著就是俐落降在平地的踏實感。至於某個人怦怦亂跳的心跳及驟然升高的體溫，那不在她的感受範圍中。

「哇！傳說的輕功啊！」陸鹿鬆開手，一面搓手哈氣，一面發出真心誇讚。

段勉平復下急亂的情緒，強自鎮定指向左邊。「從那裡過去，就是竹園。」

「我認得路。」陸鹿眼珠一轉，又開始異想天開了。

段勉又深深看她一眼。這丫頭直愣愣盯著他，鐵定沒好事。

「段、段世子呀！先別走，咱們的帳還沒好好算清了。」陸鹿清清嗓子。

「五萬貫，嫌少？」段勉冷冷反問。

「不少，但是，這跟你沒關係吧？你的一千金借據還在我手裡呢！咱們這筆帳可要重新算。」

段勉乾脆抱胸，望著她，面無表情。「妳想怎麼算？」

「不如這樣吧……」陸鹿一聽就笑眯了眼。果然中招了!就等你這句話。

「不收徒。」段勉一句話就堵死她的企圖。

「呃?」陸鹿嘴角抽抽。這個死冰塊男,為什麼會一眼看穿她想用一千金代替學費的心思?

段勉挑眉。

「啐!不稀罕!」陸鹿氣鼓鼓掉頭就走。

秋夜冷月下,段勉嘴角微翹,泛起他自己都沒意識到的淺笑。

一夜無眠。

春草、夏紋領著小青等人進房服侍姑娘洗漱,卻見陸鹿黑著眼圈,披著外套,盤腿坐在床上發呆。

「姑娘,起床了。」

「我再躺會兒。」陸鹿又歪倒床上,打個哈欠。

外頭小丫頭報。「姑娘,姝姑娘那邊打發采芹姊姊來了。」

「這麼早?」陸鹿哈欠連天,有氣無力。「問她什麼事?」

夏紋轉過屏風出去了,很快就進來,手裡捧著一疊書冊,笑說:「姝姑娘可真有心。瞧瞧,這是學堂裡的課業。特意遣采芹送過來。」

陸鹿腦仁疼,好不容易躲過上學堂,陸明姝還好心巴巴的送來?真不曉得是不是故意為難她。

「放下吧。」陸鹿慢吞吞梳洗，眼角都不掃一下。

夏紋放下後，過來給她梳頭。

剛搞定起床這項繁鎖的工程，衛嬷嬷臉色不大好地進來。「姑娘，這可怎麼好？」

「衛嬷嬷，妳老大清早又拉著臉做什麼？誰得罪妳了？」春草抿嘴笑。

這丫頭跟姑娘真是越來越像了。衛嬷嬷翻翻眼，瞪她。「還不快去領姑娘的早膳，晚了，只怕又是清粥小菜了。」

「是。」春草看一眼無動於衷的陸鹿，帶著小青和小秋轉去大廚房。

夏紋將薰籠裡的燃香撥了撥，就聽衛嬷嬷拉著陸鹿嘆息。「姑娘，這回禁足可是老爺親自交代的，也不知幾時解禁。」

「正好，我也懶得去敷衍他們。」陸鹿不以為然。

衛嬷嬷跺足急道：「姑娘，離常夫人辦的賞菊會可只餘兩天了。」

「對哦！」陸鹿精神一下大振。怎麼把這件大事給忘了？

「賞菊會？還是知府夫人所辦，那一定很熱鬧！」陸鹿嚮往了下，好不容易有個出門應酬的機會，屆時全城官紳之女都會參加吧？

「可不就是。」衛嬷嬷唉嘆不已。「可姑娘妳在禁足，若沒老爺格外允許，太太必不會帶著妳同去。這可怎麼是好？」

在衛嬷嬷看來，這可是自家大姑娘亮相的最佳時機。若能一舉俘獲夫人、太太們的目光，大姑娘的婚事想必會順風順水，不為別的，挑個年貌相當的公子是綽綽有餘。

可若養在深閨不出門，那些與會的夫人、太太們自然見識不到自家姑娘的好，又怎麼會想結親呢？姑娘家的大好未來，可不就是嫁個好人家！

這次賞菊會，就是這麼一個夫人、太太們相互交流、相看、試探的平臺活動。

陸鹿卻笑了，安撫憂傷的衛嬤嬤。「放心吧，我會去的。」

「可是老爺……」

「有禁必有解，爹爹他還不至於糊塗到這個地步。」陸鹿伸展四肢，忽然摸摸貼身小衣裡懷揣的幾張寶票，心思微動。

飯後，陸鹿就叫春草把小懷帶到偏廳。小懷是外傷，府裡又請了郎中好生看顧，現在看起來精神不錯，臉上也帶著感恩的笑容。

陸鹿最愛打量別人，溜眼一看，見他穿上嶄新的秋袍了，從頭到腳都煥然一新，看起來更清爽伶俐了。

「小的見過大姑娘。多謝姑娘開恩相救，小的無以為報，願當牛做馬，報答姑娘。」他恭敬磕頭，說得誠懇。

陸鹿端坐著任他感恩謝過後，才慢悠悠笑。「起來吧，多大的事。」

「是。」小懷爬起，雙手垂立一側。

「沒大礙了吧？」陸鹿關心問。

「託姑娘福，小的已大好，姑娘有什麼吩咐，只管差遣小的。」小懷很是機靈。

陸鹿笑，拿起茶盅笑道：「你果然是個伶俐的。」

「小的愚笨，還請姑娘提點。」

陸鹿輕啜口茶，使眼色讓春草等人退出。說實話，春草還真不願意，職責所在，她是該一直守在姑娘身邊的，只是她也曉得自家姑娘性子古怪執拗，行事不循章法，猜不透主意。

小懷也很緊張，把人遣出去，這是又有機密事嗎？

「小懷，那些銀子，周管家還你沒有？」

「回姑娘，不但還了，管家爺爺還格外賞了小的十兩。說是兔屈小的了。」說到這裡，小懷是真心感謝的。雖然挨了打，遭了無妄之災，可好歹雨過風停，一切朝著他想像不到的方向發展。

「是不是在府裡入了籍，以後按月領銀子？」

「是。小的以後就歸姑娘使喚，按例每月有半吊月銀。」小懷低頭咧嘴笑。

陸鹿放下茶盅，微笑問：「我二叔那邊大哥哥沒賞你？」

小懷一怔，他被接到二老爺府上養傷，陸度可是一直在密切關注，等他能開口說話了，便問了一些雜七雜八的話，他不大懂陸度問的事，只在心裡衡量了下得失，挑了一些他認為瞞不住的說了。

「回姑娘，度少爺賞了衣裳，還請郎中好生看顧，小的哪敢得寸進尺？」

「你倒是會說話。」陸鹿冷哼一聲又問。「我且問你，他們是怎麼問你的？你又是怎麼答的？」

小懷怔了怔，茫然望著她。

陸鹿拍桌子，怒容滿面道：「除了供出太平坊十八號，你還說了什麼？」

「姑娘息怒。」小懷一下又跪倒，惶恐道：「小的、小的也是一時糊塗，讓度少爺給套出話來……實在是當時燒迷糊了，就……」

「好啦，這事不提，你只老實交代，還說了些什麼？」

「多謝姑娘。」小懷抹抹額汗，低頭道：「除了這個，小的什麼也沒說。」

「真的？」陸鹿狐疑。

小懷左右看看，膝行幾步，小聲道：「小的發誓，除了太平坊，什麼也沒多說，就是福郡王別院，小的也一句沒透露。」

第二十章

「算你機靈。」陸鹿咬牙慍惱道：「虧得你沒供出來，不然，你只怕早讓老爺打死扔到府外頭去了。」

小懷唬一大跳，害怕道：「是，全託姑娘福，小的才福大命大。」

陸鹿莞爾，這小子，嘴倒油滑得很。「好啦，前事不究。我且問你，周管家派你過來，有什麼吩咐沒有？」

小懷鬆口氣，感激她沒揪著過往事不依不饒追究，卻又遲疑下。

「說。」陸鹿敏銳捕捉到他的困疑。

「小的不敢欺瞞姑娘，是老爺親口許小的回竹園聽喚。」小懷頭垂得低低的。

「老爺？」不就是陸靖？陸鹿還不大明白是什麼意思，皺起眉頭，揹著手踱兩圈，猛然擊掌道：「反常必有妖！小懷，老爺還對你說了什麼？」

小懷很為難。一邊是威嚴的老爺，一邊是行事乖張的大小姐，都是他主子，一個都惹不起。

見小懷一臉為難，再不通曉古人行事規則的陸鹿也瞧出端倪來，她重新坐好，歪著頭直盯著跪著的小懷幾眼，慢慢又端起茶盅，問：「老爺是不是要你暗中留神我的舉動，然後報給他？」

「哎？不，不是……」小懷眼角一跳，心虛的否認。

陸鹿手一揚，「咣」一聲茶盅摔在小懷跟前，碎了一地，茶水也濺了一身。聽到動靜的春草趕忙過來，一見這陣仗，不知說什麼好，嘴裡只喃喃道：「姑娘，可燙傷了手？」

「沒事，我手滑了。先出去。」陸鹿拿起帕子不慌不忙拭手。

春草低頭倒退出門，心神不定的守在外頭。

「小的該死！姑娘息怒！」小懷確實被嚇著了。

陸鹿撿起茶盅碎片，在他眼前晃呀晃的，笑得奸詐又可惡道：「你確實該死！像你這樣兩頭想討好、誰都不得罪的小子，通常下場都很慘哦。」

小懷眼睛驀然睜大。

「頂著我竹園下人的身分，幫著老爺盯緊正經主子。你說，你這種牆頭草，我是該尋個藉口提出去發賣呢，還是設個什麼局，讓你被府裡亂棍打死好？」

「姑娘饒命！」小懷快哭了。他再機靈謹慎，也沒想把自己的命搭上呀！眼前這大小姐雖然在笑，可比威嚴冷肅的老爺嚇人多了，句句都戳到他的軟肋。

他才入了陸府奴籍，再不是自由身，稍事不慎被主人發賣是天經地義的，他親叔叔都無權阻止。至於設局陷害，那是再簡單不過了，竹園裡面都是年少女子，隨便找個藉口就足夠他萬劫不復，打死也不冤。

「看在你幫我多次傳信，你的命呢我是想饒的，就看你識不識時務，懂不懂變通嘍？」

「小的明白。小的是姑娘的奴才，不敢起異心，求姑娘開恩。」小懷當機立斷，還是投靠眼前這位比較保險。

陸鹿很滿意她的嚇唬奏效，故意似笑非笑地確認。「真的明白了？」

「是是，小的生是姑娘的人，死是姑娘的鬼……」

「我呸！」陸鹿倒讓他逗樂了。這什麼亂七八糟的，也不知跟誰學的。

小懷不好意思搔搔頭，紅著臉道：「我、我聽小安哥說的，說發下這樣的重誓，神明都看著呢，管用。」

「少胡說！我問你，既然你真心實意只效命我這個主子，老爺那邊怎麼交代？」

小懷想了想，眼珠子轉轉，低聲小聲說：「小的腦子笨，求姑娘教導。」

「你並不笨，快成精了。」陸鹿冷笑一聲。

小懷也不知她又起什麼心思，乖乖跪著不吭氣。

原本想讓小懷幫著把銀票存進安全錢莊，陸鹿卻不敢大意了。雖然看著小子被她連唬帶嚇的鎮住了，也表明效忠的決心，可凡事三思，不可妄動，暫且還是保管著，等完全收服後再想辦法了。

「先起來吧。」陸鹿抬抬手。

「謝姑娘。」小懷恭敬的爬起，垂頭一旁。

「聽過一個詞沒有，陽奉陰違？」陸鹿眼光一瞥。

小懷很快點頭。「聽過。」

「知道什麼意思嗎？」

「小的知道。」小懷微微露出點笑意道：「小的原先在老家唸過兩年私塾，識得幾個字。」

難怪比一般鄉下小子機靈，原來是識字的。陸鹿眼神一展，重新打量他兩眼。「知道就好。餘下的不用我多說了吧？」

這種對抗府裡當家人的意思，還是點到為止好，免得授人以柄。

小懷連連點頭。「小的懂了，多謝姑娘教誨。」

唉！機靈小子，可惜是個沒身分的小廝！不過，這種可塑之材收服了，倒是不小的助力。

陸鹿攢著眉頭已經開始在盤算如何以德服人，將這枚靈泛小子收歸座下，好生利用了。她看著小懷，道：「沒什麼事，你先下去吧。」

「是。小的告退。」

「等等，」陸鹿想到什麼，叫住他道：「我好像還忘了問你件事。」

小懷站住，等著她問。

「哦，我想起來。」陸鹿略一思索，便冷厲了神色，眼神也不再溫和，罩上冰寒。「我讓你送信給這兩家時，你為什麼不提醒我一家是福郡王別院，一家大有名堂？」

千古奇冤啊！小懷快被雷劈死了！他一個下人小子，怎麼敢過多詢問主子？做下人的不是要少看少聽少說嗎？不是要把自己當透明人，才能存活在大家族裡嗎？再說他還是投親依附叔叔而來，好不容易小主人賞識一回，他怎麼敢多嘴多舌的駁回呢？

「姑娘明鑑。」小懷又跪下，可憐巴巴道：「自打小投奔叔叔而來，管事大叔和幾位大哥都耳提面命提醒小的，府裡規矩多，不該問的閉嘴，不該看的閉眼，凡事少打聽、少摻和。姑娘差遣小的跑腿是小的榮幸，哪敢多嘴多舌隨意質問？」

「哦？你這麼說，也有幾分道理。」陸鹿擺手。「起來吧。」

「謝謝姑娘。」小懷知道這一關又過了，緊張得手心在褲腿蹭了蹭。

陸鹿看著他，冷冷板臉道：「凡事以府裡規矩為重，卻是沒錯。只不過，以後竹園的規矩，你皮繃緊點，好自為之。」

「小的省得。」

「去吧。」陸鹿抬抬下巴趕人。

「是。」小懷如蒙大赦，飛也似的退出。

哎呀，媽的，這大小姐年紀不過十四、五，沒想到板起臉來還真有點嚇人，說起話來更是令人膽戰心驚，比面對大老爺、周大總管更令人膽寒。

小懷抹著汗，匆匆逃回二門外的下人房，正好碰上幾個原來在馬廄的小廝結伴來看望他。

陸鹿歪身撐在桌上，轉著心思。賞菊會？好歹是陸府嫡女，應該不會落下她吧？倒要看陸靖以什麼名義把她解禁。

衛嬤嬤憂嘆道：「前些日子太太還說已趕製新衣，怎麼姑娘的還沒送過來？別是故意拖延吧？」

「叫小青去催催？」夏紋徵詢陸鹿意見。

陸鹿懶懶「嗯」應一聲。夏紋轉身出門喚來小青，而春草則將明姝送來的課業整齊的碼在她面前。

「哎呀，我頭好痛！」陸鹿看到一堆書冊，就撫額叫苦。

衛嬤嬤趕緊關切問：「姑娘，要不要請大夫？」

春草面無表情把書冊拿走，陸鹿不假思索的眉開眼笑。「又好了。」

於是，春草又把書冊沈默的挪過來。

陸鹿不負眾望的又痛苦嚷：「不好，又痛了。」

屋裡頓時寂靜，就連最縱容她的衛嬤嬤都老臉抽搐，眼光凝滯的望著表演痕跡過重的陸鹿。

「拿走，快拿走。」陸鹿也不裝了，直接揮手。

春草幾不可聞的嘆氣，看一眼衛嬤嬤。

「姑娘讓拿走就拿走吧。」衛嬤嬤笑咪咪道：「女孩子家家的認那麼多字做什麼？還不如好好學學女紅。對了，小語，把姑娘的繡花繃子拿過來。」

這下，換陸鹿嘴抽筋了。難怪衛嬤嬤突然通情達理跟自己站一條陣線上，敢情她的目標瞄準在女紅繡花啊。啐，失算！

於是，陸鹿逃過練字，卻悲苦的沒逃過做女紅，在衛嬤嬤的監督下，拿起針線，開始瞎繡。

也不完全瞎，至少前世的陸鹿在鄉莊這十多年，一直大門不出，二門不邁的，別的沒學會，女紅倒打下堅實的底子。只可惜，底子猶在，現在卻是手生得很，繡出來的半成品慘不忍睹，讓衛嬤嬤好一頓數落。

這兩天乖乖在竹園認真刺繡的舉動，透過小懷傳到陸靖耳中，他表示詫異，但隨後也了然。常家的請柬已經收到，明確邀請了剛回益城的陸府嫡長小姐。

想必陸鹿這麼乖這麼聽話，也是聽到風聲，很重視這次難得的賞菊會吧？陸靖心忖，眉目舒緩。到底也十四歲了，嫡長女，是該正式在益城千金小姐的圈子亮相了。

高牆鐵門外，幾個衣著厚實整潔的僕役頗有些無聊。天色漸漸晚，客人也散得差不多了，大門前燈籠再過一刻該掌上燈了。

突然，馬蹄聲急如撒豆般由遠漸近。三騎駿馬停在高大古老的門庭前，當先一騎跳下名長身玉立的年輕公子。

「大、大少爺？」看門的吃驚，隨後欣喜喚：「大少爺回來了！」

「世子爺，你可回來了！」

僕役紛紛迎上前。段勉將馬鞭拋給隨身小廝鄧葉，板著臉，目不斜視進了西寧侯段府。

只不過，這一路可不怎麼清靜，從大門到二門，紛雜細碎的腳步，還有隨時冒出來的丫鬟們，見了他嬌滴滴的福身招呼，跟蒼蠅似的一撥又一撥。

王平和鄧葉兩個相視苦笑。自家主子冷面無情十多年，咋府裡丫頭們還是不死心呢？鼻子碰多少回灰了，怎還不長記性呢？

「表哥！」嬌滴滴軟糯糯的聲音隨秋風而至，同時還伴著一道移動的耀眼紅影。

段勉腳步一滯。那道紅影就如蝴蝶般撲向他而來，還有一股濃重的脂粉香味。段勉打了個噴嚏，眉頭都不皺一下的敏捷閃開。

「吧唧」撲地聲。

「哎喲！」嬌音再起，紅影靜止。定睛一看，紅影卻是一個嬌柔纖美的少女，此刻撐起半身，嘟著嘴撒著嬌。「表哥，你幹麼不接著人家？」

段勉眼角瞟一下。這誰呀？表妹太多，也沒耐心記，所以不認得。

「表小姐，快起來。」

婆子、丫頭正要去扶，紅衣少女卻噘嘴手伸向段勉，秀眉蹙起，可憐楚楚嚷道：「表哥，我、我腳扭了！我起不來了。」

「還愣著幹麼，請大夫去呀。」段勉衝內院跟出來的婆子、丫頭冷冷交代，然後，繞開紅衣表妹，一點不憐香惜玉的進了後堂去見祖父母。

「哼！表哥，我恨你！」紅衣表妹擺了半天受傷的姿態，卻不見冷面俊表哥半點憐惜，氣惱的一咕嚕爬起來咬牙跺腳。

段勉並不在乎表妹的情緒。

段老太爺病纏榻上，雖然太醫每天報到，府裡也養著兩個醫術精湛的大夫，病情卻總不見效。他時而清醒、時而昏睡，表面看是吊著老命，實際情況卻並不樂觀，好幾年了不見起色，府裡也暗中將一切後事悄悄備妥了。

段勉來得不是時候，老太爺剛吃藥睡下了。

祖母姜氏神色平靜的在榮延堂等著。早就接到消息，長孫今日會回府，大概趕得上晚膳，陪同的還有兩個兒媳良氏和顧氏，及一屋子的孫女們。

也不知道段府的先祖們做了什麼倒楣事，子孫方面是單傳。段老太爺是獨子，好不容易娶姜氏得兩子一女算是成功改命。

可是，段征和段律兩個兒子卻也只各得一子。段征所出便是段勉，段律所出也只有一個段又晃，其他均出女兒。

姜氏看在眼裡，急在心裡，當年也曾大肆鼓勵兩兒子納妾，多多為段家開枝散葉，事事卻不盡如人意，枝還是單枝，葉倒是散了很多。

葉太多了，以至於段征和段律都心灰意冷，早就認了生女兒的命，也不再納新妾了。

苦的是段勉，府裡妹妹們太多，陰盛陽衰，放眼望去全是女人，還整天嘰嘰喳喳，花紅柳綠的，煩不勝煩。在這種環境下，段勉極度不適應，所以年才十五，他便跑到邊關去歷練了，逃離這個小型女兒國。

「給祖母請安。」段勉撩袍跪下。

「快起來。」段老夫人打他一進門就眼含喜色。

段勉又向顧氏和母親良氏行禮。

顧氏淺笑。「勉哥看著越發精神了。」

良氏卻心疼的拉著他打量，憐惜道：「又瘦了。」

「娘，我瞧大哥是又俊了。」旁邊一個少女抿齒戲笑。

「少貧嘴。」良氏嗔怪地瞪少女一眼。

姜氏滿心歡喜叫上段勉近前，細細看去，果然精神了，臉色帶著點憔悴，眸光卻堅定又清亮。

「前日回府，匆匆行個禮又出門，都沒來得及好生瞧瞧我這乖孫。」姜氏摩挲著段勉略顯粗硬的大手，低頭又關切。「可是累了？」

「還好。」段勉正面回。

「大哥，這回你能在家待多久呀？」問話的是個玉面白俏的少年，十三歲的年紀，舉手投足很顯貴氣，就是段又冕，還未成年，被段家拘在家裡習文練武。

「未知。」段勉說的是實話。已見過皇上及二皇子了，什麼時候離京重返邊境，不是他能決定的。

「大哥哥，你可見過瑤表姊了？她方才出去接你啦。」另一個堂妹說話了。

段勉神色不變，反問：「是不是穿一身紅衣？」

「對呀，對呀。」

「哦，她摔跤了，著人請大夫去了。」段勉平淡道。

「啊？瑤兒摔跤了？」顧氏著慌了，那可是她娘家一個姪女。

「我沒事。」隨著話聲，紅衣少女快步走進，向在座各位行禮後，目光盈盈就膠著在段勉英俊又淡漠的臉上。

姜氏笑。「沒事就好。來，勉兒，這是你嬸娘家的瑤表妹。」

段勉神情絲毫不見動容，只淡漠的微一點頭，便起身拱手道：「祖母，我還沒去見過爹爹，容孫兒暫且告退。」

「急什麼？」姜氏卻不肯放，笑咪咪道：「你爹在外院待客，這會兒沒空，陪祖母用過晚膳再去不遲。」

良氏也含笑，拉著兒子，道：「聽老太太的話。」

「祖母見諒，我另有公事需即刻請教父親。」段勉才不想跟這群各式各樣的女人們同桌呢！哪怕都是親人，他的忍耐也到極限了。這一屋子老中青女人，實在快把段勉的眼晃花了，也不知段又冕是怎麼熬過來的？

他討厭與女人打交道，闔府俱知。就是祖母姜氏，母親良氏和嬸娘顧氏，他也從不見多親近，都只是帶著恭敬之色；至於親妹妹、庶妹妹、堂妹妹們，他簡直能避則避，躲遠點好。

「公事再忙，也得吃飯。」姜氏老眉直皺。暗暗嘆口氣，看一眼明豔嬌柔的顧瑤——還是不入他的眼啊？真愁人！得什麼樣的女人，這個嫡長孫才肯接近？

這個孫子什麼都好，怎麼看怎麼稱心滿意，唯一就是像有厭女症，用盡方法也沒把這毛病治好，她還想有生之年抱上重孫呢！

顧氏有眼力，覷察到姜氏臉色沈下來，忙自作主張招呼。「還愣著幹麼？擺飯。」

「是。」姜氏身邊的丫頭、婆子們覷一眼主子，急忙應聲。

「祖母、嬸嬸？」段勉臉色也更冷冽了。

良氏不方便出聲，婆婆和兒子，她夾在中間很是為難。

旁邊那個明麗少女卻歡笑著打破僵局，跳上前湊到段勉跟前。「大哥，先別忙公事，我們這裡有件家務還想請你幫忙呢！」

「對呀，對呀！大哥，後天我們要去益城賞菊花，你護著我們姊妹同去，好不好？」另一個段勉叫不出名字的妹妹也來湊趣。

「益城，賞菊？」段勉眉毛一挑，來了點興趣。

姜氏失笑指著兩個膽子大的孫女，道：「妳大哥才從益城回來，又攛掇著去益城，就不能讓他好生在家裡歇歇？」

「祖母說得對，是凝兒不懂事。」一個少女吐吐舌頭向段勉扮個鬼臉。

段勉卻難得露出點笑容。「不妨事。祖母，妹妹們離京，做哥哥的理當一路相護。」

段又冕忙舉手澄清說：「不是我不護，後天我學院正好考試呢，有勞大哥費心了。」

「嗯，好。」段勉一口答應。

所有人都不約而同瞪大眼打量他。怎麼這次這麼痛快答應呢？他平時可是千般推託，寧肯調派營兵也不想跟家裡這些女人糾扯在一塊兒。

「哎呀，大哥，你、你這是答應陪我們去益城嘍？」

段勉點頭。

「好耶！」半屋子妹妹們都擊掌歡呼。這是歷史性的一刻，重大得能記錄進段府家事錄。

餐桌上，姜氏特意遣走兩個兒媳，獨把孫子、孫女們留下陪同。

幾位嬌俏的孫女自覺的獻了會兒乖，因為段勉破天荒留下來同桌，都有點不習慣，開始時，都不怎麼出聲。

倒是段勉主動問及。「益城賞菊會是怎麼回事？要賞菊好好在京裡賞就是，為何大老遠去益城？」

別人都不開口，顧瑤卻搶先表現說：「表哥，你難道沒聽過益城菊，天下絕嗎？京城雖有好菊，哪裡比得上益城品種多、開得又好。我聽說，益城程家的菊花可是專供宮裡頭的。」

「是呀，大哥，這賞菊會可是益城知府夫人親自主持的，不但邀請城裡官紳，還請了京城許多達官貴人呢。」

「官就罷了，為何有紳？」段勉故作不解。

段又冕笑嘻嘻說：「這個我知道。那益城首富陸府，只怕是這次常夫人背後的金主，這麼大場面，財力可少不了。」

「二哥說得有理。那陸府的商號，京城也遍地呢。」

其中一個段家小姐若有所思道：「往年我倒見過陸府兩位庶出小姐，雖是小家碧玉，瞧著倒順眼。」

「咦？他們家沒嫡出小姐嗎？」顧瑤好奇問。

「好像沒有。」其中一個妹妹小聲說。

「有。」段勉話一出口就感覺不對了。數道目光聚焦他臉上，就連看著孫兒、孫女和樂融融的姜氏也拭拭嘴角，意味深長看過來。

段勉面不改色，放下筷子說：「這次回京，在益城歇了幾天，坊間傳言陸府養在鄉莊的原配嫡出大小姐接回來了。」

「哦？原來如此！」他這麼一注解，也說得通。

陸府可是益城首富，一舉一動自然會引起路人們八卦興趣，接回一個養在鄉莊的嫡出大小姐，有議論有好奇也是人之常情。何況，段勉最近這些日子確實在益城待比較久，一些風言風語傳進耳中，很是正常。

只有顧瑤憑著萌動的少女情懷，敏銳發覺其中的怪異。段勉表哥可是清高孤傲、對女子不假辭色的西寧侯世子，怎麼有閒心聽這種來自女人的八卦？他不是整天喊忙嗎？這種坊間傳言他不是該左耳進、右耳出嗎？

夜深人靜。段勉半天睡不著，被急召回京城，被伏擊，被暗算，然後反擊……秘調武騎衛，皇上竟然只是面斥？段勉暗沈一笑，心裡已有大致猜測。

可惜太平坊秀水街十八號那麼一個成功經營的據點，不得不放棄……哎，不對？為什麼放棄，還不是他怕那個野丫頭一氣之下告密。

事實證明，她還真的告密了！前腳才把人撤出，後腿就有身分不明的人不露聲色的上門查探。

段勉面有慍色。這丫頭還真是唯錢是命！兩天後的賞菊會，她……一定會去吧？她不是陸府大小姐從鄉莊帶回城的貼身丫頭嗎？

想起那愛財丫頭，段勉隱隱有絲期待，期待她瞧見自己的神色。當然，更多的是牙癢癢的惱怒。

第二天，秋高氣爽。

段勉帶著兩小廝沿著長廊去給祖父母請早安，迎面就見顧瑤花枝招展，又是一身紅裳的向他見禮。「表哥早。」

段勉只拿眼角一掃，目不斜視走過。

「哎呀，我頭好暈。」顧瑤在他經過身旁時，故意裝嬌弱，身子一歪眼看就要倒向他。按常理，表哥怎麼也要扶一把表妹吧？屆時非得賴上他身不可，一旦他扶她，就別想脫身，然後嘛……嘿嘿，這有肌膚之親，還怕他不認帳？

段勉卻沒按她的稿本情節演，飛快閃開，任由她歪倒地上，嫌惡的冷冷拋下一句。「走路長點眼。」便施施然離開。

沒見過這麼笨的，就不能換種方式？

顧瑤又羞又氣，朝他背影狠狠的揚揚拳頭，放下狠話。「我就不信拿不下你！」

「表小姐，快起來吧，地上涼。」一旁邊有段府丫頭經過，還說風涼話。

顧瑤一骨碌爬起，抿抿頭髮，面不改色。「我沒事。」

姜氏屋裡，又是濟濟一堂的珠翠圍繞。

大群妹妹們、堂妹們熱切討論著去益城的事，明天開始的賞菊會，今日下午就得出發，早做準備。

段勉算聽出來了，不但段府小姐集體出動，還把姑姑家的表妹也邀上了。正好落腳福郡王府別院。

姜氏看向眉頭皺得死緊的段勉，叮囑他。「下午就得出門，早點做準備。」

看著眼前一大群少女，段勉壓下心頭的煩悶，應道：「是，祖母。」

——未完，待續，請看文創風548《斂財小陶氣》2

2017年8月出版

斂財小淘氣

文創風 547～550

爹不疼，沒娘愛，唯有金銀能依賴，
她盡心盡力幫他忙，就想賺點私房錢傍身，
可他身為堂堂世子，竟然厚臉皮的賴帳！

追趕跑跳碰　緣結逃不過／涼月如眉

想起那憋屈的上一世，這回重新開始，陸鹿沒打算重蹈覆轍，
她沒多大野心，只求在災厄來臨前遠走高飛、獨善其身。
但她年幼喪母，一個被外放別院、不受寵的首富嫡女，
是既無財力，也無人脈，逃跑計劃還得徐徐圖之。
誰知，不過因救了條命，順手摸了把短刀當報酬，
就惹來了前世最大的冤家，西寧侯府世子——段勉。
瞧著負傷的他，她心中沒有前世陰霾，畢竟碰上落難貴人的機會罕有，
身為大門難出，二門難邁的古代小姐，此等斂財良機可不能放過。
未料她任務都達成了，他卻翻臉不認帳，還奚落她一番，
想著白花花的銀子飛了，恨得她是牙癢癢又只能乾瞪眼，
哼，山不轉路轉，路不轉人轉。惹不起他，避開他總行了吧？
反正在他面前，她不過是個無足輕重的陸府小丫鬟，
且好歹也對他有救命之恩，想來不致對她痛下殺手。
倒楣的是，她怎麼樣都躲不過他，還暴露了真實身分……

流浪貓狗介紹所

為流浪貓狗加油 和貓寶貝 狗寶貝

廝守終生(一定要終生喔！)的幸福機會

對人來說，貓寶貝狗寶貝只是生活的一部分，
但妳（你）對牠們來說，卻是生活的全部，領養前請一定要考慮清楚——

▲ 等待幸福降臨的大男孩　LOKI

性　　別：男生
品　　種：米克斯，混哈士奇犬
年　　紀：約8～9歲
個　　性：親人、愛撒嬌、活潑
健康狀況：已結紮。打過狂犬病疫苗、驅蟲藥，
　　　　　定期點蚤不到；曾有心絲蟲，但已治療。
目前住所：桃園市南崁

本期資料來源：台灣認養地圖

第282期 推薦寵物情人

『LOKI』的故事：

中途是在桃園觀音區某小吃店對面和LOKI相遇。由於位處工業區，中途擔心LOKI在附近會遭遇危險，便展開對LOKI的救援行動。

這是中途首次的救援，就遇上大問題——LOKI感染了心絲蟲，以及齒槽膿漏導致臉部腫脹。中途陪著LOKI治療約半年的時間，如今所有疾病都已被妥善治療並痊癒，臉部的傷口也癒合的相當良好。除了心臟因心絲蟲造成的損傷無法修復，讓LOKI在激動時會咳嗽外，已經是一隻健康又活潑的可愛狗狗了。

LOKI非常聰明，能快速地學習指令，現在不論是坐下、趴下、臥倒，還是吃飯等待、隨側散步都難不倒牠。LOKI很親人又愛撒嬌，喜歡玩玩具，不會在家裡隨意大小便，都會等到被帶出門時才在外面解決；然而，或許是在外流浪太久，LOKI有點貪吃，且相當的護食，除了這點，LOKI都很乖巧。

LOKI在治療過程中從不放棄自己的生命，很有毅力地堅持著；中途見到如此也不願意放棄牠，同時也決定一定要幫牠找到一個適合牠的新家。對於米克斯大型犬來說，能被領養的機會不高，但LOKI仍然期待牠的幸福降臨。如果您願意給LOKI一輩子不離不棄的承諾，請來信chang.shrimp@gmail.com（張小姐）。若您想再多了解LOKI，請至FB收尋：Husky Loki 救援日記。

認養資格：

1. 認養者須年滿25歲，有穩定收入。
2. 若為男性需役畢，與家人同住者則需取得家人同意。
3. 須同意簽認養寵物切結書，並定期向中途回報LOKI的狀況。
4. 須定期讓LOKI施打年度預防針，每月除蚤、心絲蟲的預防。
5. 同意讓LOKI養於室內，且不關籠，以及不讓LOKI做看門狗，或是隨意放養，外出時則一律上牽繩。

來信請說明：

a. 個人基本資料：姓名、性別、年齡、居住地、同住者、 職業與經濟來源等。
b. 預定如何照顧LOKI，以及所能提供之環境和承諾（如：食物、飼養方式）。
c. 請簡述過去大型犬的經驗、所知的心絲蟲相關知識，及簡介您的飼養環境。
d. 若未來有結婚、懷孕、出國或搬家等計劃，將如何安置LOKI？
e. 是否同意中途作日後追蹤（家訪、以臉書提供照片）？

文創風
547

斂財小淘氣 1

國家圖書館出版品預行編目資料

斂財小淘氣 / 涼月如眉著. --
初版. -- 臺北市 : 狗屋, 2017.08
冊 ; 公分. --（文創風）
ISBN 978-986-328-756-8（第1冊：平裝）. --

857.7　　　　　　106009728

著作者　涼月如眉
編輯　林俐君
校對　黃亭蓁　周貝桂
發行所　狗屋出版社有限公司
地址　台北市104中山區龍江路71巷15號1樓
電話　02-2776-5889～0
發行字號　局版台業字845號
法律顧問　蕭雄淋律師
總經銷　知遠文化事業有限公司
電話　02-2664-8800
初版　2017年8月
國際書碼　ISBN-13　978-986-328-756-8

本著作物由起點中文網（www.qidian.com）授權出版

定價250元
狗屋劃撥帳號：19001626
網址：love.doghouse.com.tw　E-mail：love@doghouse.com.tw